국제신문

1억 원 뜻깊은 기부로 '세상의 큰 울림' 되다

2018.05.28.(월) 08:52   김민정 기자 min55@kookie.co.kr

서울

좌우명 실

2018.05.28.(일)

할성화하고

별난 아이에서
별난 교사로

별난 아이에서 별난 교사로

1판 1쇄 발행　　2021년 8월 3일

지은이　　이양자
발행인　　이선우
펴낸곳　　도서출판 선우미디어
　　　　　등록 | 1997. 8. 7 제305-2014-000020호
　　　　　02643 서울시 동대문구 장한로12길 40, 101동 203호
　　　　　☎ 2272-3351, 3352 팩스: 2272-5540
　　　　　sunwoome@hanmail.net
　　　　　Printed in Korea ⓒ 2021. 이양자

값 13,000원

ISBN 978-89-5658-672-4 03810

별난 성장과정을 거친 별난 교사가 솔직, 담백 털어놓는 Herstory

별난 아이에서 별난 교사로

이양자 지음

선우미디어 sunwoomedia

작가의 말

한 번은 나에 대해서 써야겠다고 오래전부터 생각했지만, 시작이 참 어려웠다. 과연 내가 끝까지 잘 써낼 수 있을지, 나에 대한 믿음이 부족한 탓도 있었지만, 지난 시절을 내가 제대로 잘 기억하고 있는지, 얼마나 잘 표현할 수 있을지, 또 부족한 나의 문장력에 대한 염려도 있었다. 그런데 어느 날 문득, 이렇듯 어물거리다가 더 나이가 들면 정말 가물가물해져서 쓰지 못할 수도 있겠다는 생각이 들었고, 더 늦기 전에 일단 시작하기로 마음먹었다.

그때 그 시절로 되돌아가 쓰다 보니 그립고 아쉬운 일도 있었지만, 내가 겪은 일들이, 지금은 도저히 있을 수 없는 황당하고 부당한 일들이어서 생각할수록 억울하고 가슴이 쓰라렸다. 어떤 경우에는 반대로 왜 그런 행동을 했던 것일까, 그때의 내가 너무 뻔뻔한 철면피였음에 낯이 뜨거워져서 잊고 싶은 일도 있었다. 그런데 또 다른 그때에는 닥쳐오는 역경에 도망치지 않고 당당히 맞서서 인내하고 도전했던 나도 분명 거기 있어서, 난관에 좌절하지 않고 이겨낸 나 자신이 은근히 자랑스럽게 여겨지기도 했다. 그래서 힘들기만 했던 그 시절이 이제는 그리움으로 남아 있다.

사람들은 '내가 살았던 시절이 가장 힘들고 어려운 시절이었다.'라고 말한다. 우리 세대의 사람들도 역시 같은 말을 할 것이다. 만일 누가 나에게 묻는다면 '그 시절이 사는 데 힘은 들었지만, 남들이 생각하는 만큼 그렇듯 힘들게 느끼지 않고 살았다.'라고 말해주고 싶다. 그건 어릴 적부터 꿈을 간직하고 있었기에 가난이 힘들게 생각되지 않았던 것 같다.

내가 글을 깨우치고 즐겨 읽었던 책이 위인전기였다. 책 속의 주인공들은 대부분 어렵고 힘든 현실 속에서도 자신의 의지를 굽히지 않고 묵묵히 하고자 하는 일을 끝까지 해낸 사람들이었다. 위인전을 읽으면서 장차 나도 그들처럼 살겠다는 의지를 품고 자랐다. '내가 이렇듯 어렵게 살아야 나중에 어른이 되었을 때 나도 책 속의 위인들처럼 훌륭한 사람이 될 수 있을 것'이라는 꿈을 가졌다. 그런 꿈과 믿음이 있었기에 가난했지만 별로 불만이 없었다. 어쩌면 하나님이 나를 훌륭한 사람으로 만들어 주시려고 일부러 이런 환경을 만들어준 것일지도 모른다는 생각까지 했다. 어처구니없는 황당한 발상이었지만, 그래서 그때 나는 오히려 내가 빨리 자라 훌륭한 사람이 되어 우리 가족을 행복하게 해주어야겠다는 각오로 더 열심히 공부하였고 분발했다.

요즈음 젊은이 중에는 꿈이 없이 사는 이가 있다. 분명히 나의 청춘 시절보다 비교할 수 없을 정도로 생활 여건이 좋아졌는데 왜 의욕을 잃고 사는 것일까? 평생을 교육자로 산 나는 미래에 대한 꿈도 없이 대책 없이 사는 젊은이를 가끔 만나게 되면 안쓰럽고 '내가 인성 교육을 잘못시켰구나.'라는 자책감마저 든다.

꿈을 잃은 채 사는 젊은이가 혹시라도 이 책을 읽고서 '아, 나도 이 사람처럼 꿈을 가지고 열심히 살아야겠구나.'하고 새롭게 삶의 의욕을 갖는 계기가 되었으면 하는 바람을 가져본다. 내가 학창 시절에 가장 좋아했던 푸시킨의 시구처럼 '삶이 그대를 속일지라도 결코 노하거나 슬퍼하지 마라. 슬픈 날을 참고 견디면 즐거운 날이 오리니….'라는 말을 오늘의 젊은이들에게 해주고 싶다.

지금, 이 순간에도, 어떤 젊은이는 견디기 힘든 혹독한 시간을 보내고 있을지도 모른다. 설령 그렇더라도 자신의 꿈을 포기하지 말고 굳건하게 잘 버티고 성실하게 노력하면 언젠가 좋은 날이 반드시 온다는 것을 믿기 바란다. 내가 살아보니 참을 수 없을 만큼 견디기 힘든 날도 시간이 지나니 흘러가더라는 거다. 그래서 하나님은 인간에게 견딜 수 있을 만큼만 고통을 주신다는 말이 있지 않은가.

오늘 이 순간이 힘든 젊은이들이여! 부디 힘든 오늘에 굴복하지 말자. 내 속에 있는 또 다른 나를 믿고 굳건하게 참고 살아가노라면 반드시 웃을 날이 찾아온다. 영원한 오늘은 없다. 내일이 있다. 내일을 믿고 살자.

내가 이 글을 중단하지 않고 계속 쓸 수 있도록 늘 내게 힘을 주신 하나님께 감사와 영광을 드린다.

끝으로 나는 여기에 등장하는 분들의 명예를 손상할 의도가 전혀 없었음과 나의 관점으로만 쓴 것임을 밝힌다. 혹 누가 되었으면 너그럽게 용서해 주시기를 바란다.

2021. 7. 이양자

차례

1부

나는 별난 아이였다

나는 별난 아이였다

∽

밥이 제일 좋아

나의 어린 시절은 부산에서부터 시작되었다.

영도 부둣가 부근에서 태어난 나는 친척 어른들 말에 의하면 온 가족의 축복을 받으면서 태어난 아이가 아니었다. 태어나기 전에 이미 내 위로 언니가 둘이나 있었고 언니들 위로도 오빠가 둘이나 있었지만, 부모님은 이왕이면 딸보다 아들이 태어나기를 더 바라고 있었다. 내가 딸이었으니 환영을 받지 못한 건 당연한 일인지도 모른다. 또 그때 마침 아버지는 일본으로 장사하러 갈 준비를 하느라 아기가 태어났어도 관심을 둘 여유가 없었다고 한다.

당시 선주였던 아버지는 내가 태어난 지 일주일 만에 배를 타고 일본으로 장삿길을 떠났는데 그 후에 영영 소식이 없었다. 십여 년이 지나고 나서 들려온 소식은 아버지의 배가 현해탄을 건너갈 때 태풍을 만났고, 배가 파도에 뒤집혀서 타고 있던 열다섯 명 중의 한 명만 간신히 살아남았다고 한다. 아버지는 쌀과 각종 농산물을 배에 가득 싣고 떠났다고 하는데 집 안의 돈을 거의 다 들여서 산 물건들이었다.

그래도 아버지가 안 계신 몇 년은 집에 있던 값이 될 만한 물건을 팔아서 근근이 살았는데, 더 이상 팔 물건조차 없어지자 더 살기가 힘들어졌다.

어린 시절 나는 항상 배가 고팠다. 초등학교 다닐 무렵 아침 먹고 놀다 보면 곧 점심나절인데 점심을 거의 못 먹었다. 물 한 사발로 허기진 배를 채우고 나면 저녁밥 먹을 때까지의 시간은 너무 더디게 갔다. 해가 설핏 서산으로 기울라치면 제발 빨리 지기를 간절히 바라면서 서쪽 하늘을 뚫어지게 쳐다보았다.

나는 밥 먹으라는 할머니의 말씀이 있기 전에 미리 밥상머리에 앉아 있었다. 구수한 보리밥과 된장국 냄새가 퍼지는 밥상, 보리밥을 한 숟갈 입속에 넣으면서 얼마나 행복했는지 모른다. 늘 보리밥에 반찬은 김치와 된장국이었다. 간혹 생선조림이 나오는 날이 있었다. 할머니는 생선조릴 때 항상 밑에다 무나 묵은김치를 깔고 조렸다. 그것들이 생선과 함께 익으면 어찌나 맛있었던지 실컷 먹고 싶었다. 그러나 막내인 나는 오빠와 언니들보다 동작이 느려서, 먹고 싶은 만큼 양껏 먹지 못했다. 그래서 나는 엄마가 밥 먹을 때를 기다리곤 했다.

할머니는 외할머니였다. 혼자서 자식들을 키우고 사는 막내딸인 우리 어머니가 불쌍해서 우리 집으로 오셨다. 어머니는 구멍가게를 하면서 삯빨래를 하셨고, 우리 육 남매 돌보는 것과 집안일은 할머니가 거의 다하셨다.

할머니는 식사 때 우리를 먼저 먹이고, 어머니 밥상은 나중에 차렸다. 아귀처럼 먹어대는 자식들 때문에 어머니가 밥도 제대로 먹지 못하는 게 안타까워 밥상을 따로 차렸던 거다. 당신 딸을 밥이라도 제대로 먹이고 싶었던 할머니의 마음을 그때는 정말 몰랐다. 할머니는 우리가 밥 먹고 나면 다 나가라고 쫓아내고, 밥상을 다시 차려놓고 어머니를 불렀다. 나는 밖에 나가지 않고 방구석에 숨어 있었다. 가끔은 들켜서 쫓겨났지만 운 좋은 날은 들키지 않았다. 숨어 있다가 엄마가 밥숟가락을 들면 쪼르르 밥상머리 앞에 앉아 어머니가 밥 먹는 것을 정신없이 쳐다보았다.

어머니 밥에는 항상 쌀이 많이 섞였고 반찬도 뭔가 하나 더 놓여 있었는데 생선도 두툼한 가운데 토막이었다. 금방 밥을 먹었는데도 절로 침이 꼴딱꼴딱 넘어갔다. 어머니 식사하는 걸 하염없이 쳐다보는 나에게 어머니는 3분의 1쯤 남겨서 밥상을 나에게 밀어주곤 했다.

"엄마 다 먹었다. 나머진 니가 먹어라."

어머니의 그 말이 떨어지기 무섭게 비호처럼 덤벼들어 남은 밥과 반찬을 순식간에 다 먹어 치웠다. 그 순간이 얼마나 기쁘고 좋았던지. 그러나 할머니에게 들켜서 쫓겨나는 날도 많았다. 할머니에게 꾸중 듣고 쫓겨나는 날은 민망스럽고, 뭔가 억울해서 골목길 구석에서 한참 울기도 했다.

우리 집 구멍가게가 잘 안 되어 쌀을 살 수 없는 날이 더러 있었다. 그럴 때는 꼭 나를 쌀집에 보내서 외상으로 쌀을 가져오게 했다. 우리 집에서 제일 어린 나를 쌀가게 주인이 불쌍히 여겨서 외상으로 쌀을 줄 것이라고 여겨서 심부름을 시킨 것이었다.

내가 싫다고 앙탈을 부려도 소용이 없었다. 온 식구가 어르고 달래는 데는 당해낼 재간이 없어 쌀가게로 가긴 했지만, 차마 외상으로 쌀을 달라는 말이 나오지 않았다. 쌀가게 앞에서 한참을 주인 눈치를 살피면서 그대로 서 있으면 주인아저씨가 "쌀 사러 왔느냐?"라고 물었다.

"예, 그런데 외상으로 사러 왔는데요. 우리 엄마가요. 지금은 돈이 없다고 외상으로 사 오면 다음에 꼭 갚는다고 했어요. 아저씨 쌀 한 되만 외상으로 주세요."

"야, 전번에 가져간 것도 안 갚았는데 무슨 염치로 또 외상을 달라고 그러냐! 너네 엄마도 참 뻔뻔스럽다."

기어들어 가는 목소리로 겨우 말을 꺼낸 나에게 쌀가게 아저씨가 버럭 소리를 지르면서 눈을 부라리고 야단을 쳤다. 그래도 나도 할 말이 없었다. 얼마 전에도 내가 외상으로 가져간 쌀값을 아직 갚지 않았기 때문이다. 그렇다고 집으로 갈 수도 없었다. 식구들이 내가 외상으로 쌀 가져오기만 목 빠지게 기다리고 있을 것을 잘 알기에. 그리고 내가 쌀을 외상으로 가져가지 못하면 그날 우리 식구는 저녁을 굶어야 했다. 나는 죄인처럼 고개를 푹 숙이고 쌀가게 아저씨 뒤를 졸졸 따라다녔다. 그리고 거의 기어들어 가는 목소리로 울먹이며

"아저씨, 제가 쌀을 가져가지 못하면 우리 식구들이 저녁을 굶어요. 이번 한 번만 더 외상으로 주세요. 엄마더러 꼭 외상값 갚으라고 할게요."

그러는 내 모습을 한참 흘겨보다가

"이번 한 번만 더 외상으로 줄 테니, 집에 가서 너네 엄마한테 내일이라도 꼭 외상값 갚으라고 해."

그리 독하지 못한 쌀가게 아저씨가 못마땅해하면서 쌀 한 됫박을 봉투에 담아 주었다. 그때 얼마나 눈물이 나도록 고맙고 좋았던지.

쌀 봉투를 들고 총알처럼 집으로 달려가면 문밖에서 내가 오기를 애타게 기다리던 식구들이 '양자가 쌀 가져왔다.'라고 소리를 지르면서 좋아했다. 쌀가게에서 그렇게 기가 죽어 있던 나의 모습은 어디로 가고 개선장군처럼 의기양양하게 외상으로 쌀을 가져온 무용담을 식구들에게 자랑스럽게 늘어놓는다. 그런 쓸데없는 자랑이 다음에 또 쌀가게로 내가 외상 쌀을 가지러 갈 빌미가 된다는 것을 그 순간에는 잠시 잊어버리고….

이렇듯 그럭저럭 사는 우리 집에 감당하기 어려운 고난이 닥쳐왔다. 그 주범은 외삼촌이었다. 어머니에게는 단 한 분뿐인 오빠, 외삼촌이 가끔 우리 집에 오셨다.

"지금 금광 사업을 하고 있는데 광맥을 거의 찾았는데 자금이 조금 모자라서 마지막 마무리를 하지 못하고 있으니, 돈을 빌려주면 금을 캐는 대로 몇 배로 갚아주마."

외삼촌이 어머니를 꼬드겼다. 현실감각이 없고 마음도 여린 어머니는 처음에는 돈을 빌릴 곳이 없다고 거절했다. 그래도 계속 솔깃한 말로 꼬드기는 외삼촌 말을 믿고 어렵게 사채를 빌려다 줬다. 그렇게 어머니에게 돈을 빌려 간 외삼촌이 몇 달이 지나고 해가 넘어가도 감감무소식이었다.

이웃 동네에 사는 사채업자는 동네에서 지독하다고 소문난 여자였다. 말을 할 때 발음이 분명치 않고 '콩 캉' 하는 울림이 있어 사람들은 그 여자를 '콩캥이'라고 불렀다. 이잣돈만 몇 번 주고 엄마가 돈을 갚지 못하자 어느 날 그 여자가 우리 집으로 쳐들어왔다.

"왜 빌린 돈을 안 갚느냐? 빨리 내 돈 내놓아라." 하면서 어머니 머리채를 잡아 뜯고 뺨을 때렸다. 어머니는 "오빠한테 돈을 받으면 금방 갚겠으니 조금만 더 기다려주세요."라고 울면서 잘못했다고 빌었다. 우리 남매들은 "아줌마, 우리 엄마 때리지 마세요. 잘못했어요."라며 그녀를 붙잡고 말리면서 엉엉 울었다. 한참 난동을 부리던 그녀는 "이 달 말까지 안 갚으면 가만 안 있을 테니 명심해." 하고 씩씩대다가 돌아갔다.

큰오빠가 외삼촌 집에 찾아갔더니 그 집식구들도 외삼촌이 어디 있는지 모른다고 했다. 외삼촌의 행적은 알 수 없었고 사채업자의 압

박과 행패는 점점 더 심해졌다.

그때 어머니와 막역하게 지내던 지인의 소개로 이 사장이란 분을 만났는데 그분은 부인과 사별한 지 몇 년 지난 홀아비였다. 그분이 친구와 함께 우리 가게에 왔다가 어머니를 보고 마음에 들었던 차에, 빚쟁이에게 쪼들리는 우리 집 사정을 친구한테서 듣고 흔쾌히 외삼촌의 빚을 대신 갚아주었다. 우리 가족에게 구세주가 나타난 것이다. 정말 고마운 분이었다. 악귀 같은 콩캥이 아줌마의 횡포에 더 이상 시달리지 않게 해주었다.

영도다리와 점순이

아침 먹고 나면 나 혼자 놀이터로, 부둣가로, 돌아다니면서 해가 떨어질 때까지 밖에서 놀았다. 집에서 영도다리가 멀지 않아서 영도다리 부근도 나의 놀이터 중의 하나였다.

내가 영도다리를 자주 가는 이유는 두 가지였다.

첫째는 영도다리가 올라가는 것을 보기 위해서였다. 그 당시 영도다리는 하루에 두 번 올라갔다. 지금 내가 기억하기로 오전에 한 번, 오후에 한 번. 다리가 올라가기 전에 미리 다리 앞에 앉아서 다리가 위로 천천히 올라가는 모습을 구경했다.

거의 매일 나와서 다리가 올라가는 그 모습을 보는 데도 그때마다 신기하고 재미있었다. 다리가 올라가면 대기하고 있던 배들이 그곳을 통과하였는데 갑판 위에 있는 돛도 볼 수가 있고, 큰 배 선실이 보이기도 했다. 가끔은 갑판에 나온 사람이 손을 흔들면서 소리치기도 했다. 다리를 올려주지 않으면 배가 지나갈 수 없다는 것이 재미있었다.

그런데 여고 다닐 때부터는 다리가 올라가지 않는데도 큰 배가 잘 다니고 있는 게 이상했다. 그래서 영도다리에 대해 은근히 화도 나고 실망도 했다. 영도다리가 올라가지 않으면 큰 배가 통과할 수 없는 것을 보면서 영도다리를 대단한 존재로 알고 자랐기 때문이었다.

영도다리에 가는 두 번째 이유는 시체를 구경하기 위해서였다. 영도다리 밑에는 박스나 판자때기로 칸막이를 치고 사는 사람들이 있었는데 주로 거지와 넝마주이, 피난민들이었다. 낮에도 빛이 들어오지 않아 어두컴컴한 그곳에서 형색이 초라한 그들을 만나면 괜히 겁부터 났다.

그런데도 가는 것은 자살한 사람의 시신을 수습하는 곳이 거기 있기 때문이다. 거적으로 시신을 덮어두는데 이따금 바람이 불어 거적이 날려 버리면 시신을 볼 수가 있었다. 어떨 때는 같이 간 남자애들이 작대기로 거적을 들어 올려서 시신을 구경하기도 했다. 물에 빠져 죽은 시신은 하나같이 몰골이 무서웠다. 퉁퉁 불어난 시신은 피부가 시퍼렇게 변해있고 군데군데 패어 있어 어떤 사람이었는지 알아보기조차 어려웠다. 어른들 말로는 바다에 떠 있는 시체를 물고기가 뜯어

먹는다고 했다. 죽은 이의 가족이 찾아오는 경우는 거의 없었다. 가장 선명한 기억으로 남아 있는 건 남녀로 보이는 두 사람이 끈으로 허리를 묶고 자살한 시체였다. 구경하던 사람들이 '젊은 사람들이 죽어서도 헤어지기 싫어서 두 사람이 허리를 같이 묶었다'라면서 안타까워했다.

초등학교에서 한글을 배우고 난 후 영도다리 난간에서 '잠깐만 참으세요!' '다시 한번 생각하자. 나의 일평생' 이렇게 쓰여 있는 글을 읽었다.

영도다리에서 우리 집으로 오다 보면 부둣가 옆에서 '꿀꿀이죽'을 팔았다. 꿀꿀이죽은 미군 부대에서 미군들이 식사하고 남긴 음식을 모아둔 것을 가져와서 큰 가마솥에 넣고 끓인 것을 말한다. 주로 지게꾼이나 부둣가에서 날품팔이하는 사람들이 사서 먹었다. 큰 대접에 담긴 죽에는 소시지, 고깃덩어리도 보였다. 죽 끓이는 냄새가 구수해서 코를 벌렁거리며 한참을 그 앞에 서서 침을 삼키면서 구경하곤 했다. 맛있게 먹고 있는 그들이 부러웠고 정말 먹고 싶었다.

점심때 집에 가봤자 아무도 밥줄 생각을 하지 않았다. 나만 그런 게 아니고 우리 식구 다 점심을 안 먹었다. 아니 밥이 없어서 못 먹었다. 또래들과 해 질 때까지 부둣가에 묶여 있는 배 위로 뛰어다니며 놀았는데 배가 파도에 떠밀리는 바람에 바닷물에 빠지기도 했다. 또, 부둣가 돌 사이사이에 숨어 있는 게를 잡느라고 정신을 팔다가 파래를 잘못 밟으면 미끄러져서 바닷물에 빠지기도 했다. 아무튼 바닷물에 빠져서 버둥거리다가 정신을 잃고 물에 가라앉으면 누군가가 와서 건져주는 일이 종종 있었다. 그런데도 특별히 갈 데가 없으니 놀이터 삼아 부둣가에서 많이 놀았다.

초등학교 2학년 때다. 학교에서 집으로 돌아오는 골목에서 새끼고양이가 비를 맞으면서 울고 있기에 불쌍해서 데려와 키웠다. 집이 가난해서 생선 사 먹을 형편이 안 돼서 고양이에게 생선가게에서 버리는 내장, 생선 대가리를 얻어와서 삶아주었다. 그렇게 몇 달을 키웠더니 고양이가 집 안팎에서 날뛰던 쥐를 잡아먹기 시작했다. 흰 바탕에 까만 무늬가 있어서 고양이를 '점순이'라고 불렀다.

점순이가 쥐를 잡는 것을 봤는데 정말 날쌨다. '고양이 앞에 쥐 같다.'라는 말이 왜 나왔는지도 알 수 있었다. 쥐가 도망가는 것을 점순이가 몇 번 막고 나면 쥐는 얼이 빠져서 더 이상 달아날 생각을 포기하고 찍찍하고 버둥거리다가 잡혀 죽었다. 점순이가 집 안에 돌아다니던 쥐를 잘 잡아주니 온 식구가 좋아했다.

이듬해 추석 무렵에 태풍이 불어닥쳐 안방까지 물에 잠기는 일이 벌어졌다. '사라호 태풍'이었다. 집이 바닷가 근처이다 보니 바닷물이 불어나서 하수구로 넘쳐 들어왔다. 온 식구가 정신없이 물을 퍼냈지만, 부엌에 있던 식품들이 흙탕물에 잠겨서 먹지 못하게 된 것들이 많았다. 태풍이 지나가고 나서 우리 집은 끼니 걱정을 하게 되었다. 흙탕물이 들어간 쌀독에서 곰팡이가 생기면서 상한 냄새가 났다. 그 쌀로는 밥을 해 먹을 수가 없었다.

"앞으로 어떻게 살아가냐?" 어머니가 넋이 나간 사람처럼 같은 말만 되풀이했다. 아버지가 안 계신 집안을 어머니는 갖은 고생을 감내하면서 육 남매를 키우셨다.

이번 추석을 풍요롭게 지내려고 어머니가 꽤 여러 날 품팔이를 하여 마련한 쌀과 반찬이었다. 그런 어머니의 상심은 너무나 컸다.

우리 식구는 제대로 끼니도 못 챙겨 먹던 어느 날 밤이었다. 점순이가 부엌에서 "야옹, 야옹." 하면서 계속 울고 있었다. 부엌에 나간 나는 깜짝 놀랐는데 점순이가 부엌 바닥에 커다란 생선을 물어다 놓은 게 아닌가.

"엄마, 엄마. 빨리 나와 봐. 점순이가 생선을 물어다 놓았어!"

흥분한 내가 소리를 질렀고 우르르 몰려나온 가족이 "어머나, 이게 웬일이야!" 하며 모두 눈이 휘둥그레졌다.

"조용히 해! 이건 점순이가 우리 식구 먹이려고 가져온 거야. 기특한지고!" 할머니가 점순이를 쓰다듬으면서 호들갑 떨지 말고 빨리 방으로 들어가라고 하였다. 할머니는 이웃들이 눈치를 챌까 봐 염려하신 거였다.

다음 날 아침 밥상에 점순이가 물어다 준 생선이 매운탕이 되어 올라왔다.

"야, 생선이다." 오랜만에 맡아보는 생선찌개 냄새가 얼마나 구수하고 좋은지, 생선 한 조각을 입에 넣었더니 기가 막히게 맛있었다. 점순이 덕에 우리 육 남매의 얼굴에 오랜만에 함박웃음이 나왔고, 맛있는 식사를 하였다.

지금 생각해 보면 점순이가 우리 식구 먹으라고 가져온 게 아니고 자신이 먹으려고 한 것인데 우리 식구가 좋아하면서 점순이를 쓰다듬어 준 게 아닌가 싶기도 하다.

점순이는 그 후에도 자주 생선을 물고 왔다. 점순이가 생선을 물고 올 때마다 식구들이 반색하면서 좋아했다. 우리 동네는 부둣가여서 고기잡이배를 가진 선주가 더러 있었다. 점순이가 생선을 물고 오는 다음날이면 멀리서 "에이, 어떤 놈이 또 생선을 훔쳐 갔어? 잡히기만 해봐."라고 악을 쓰는 아주머니 목소리가 들렸다. 양심에 찔렸지만, 우리 가족은 못 들은 척했다. 밤에 점순이가 생선을 물고 오면 좋은 한편으로 걱정도 되었다. "점순아, 이제 생선 가져오지 마. 너 그러다 잡히면 큰일 난다. 알았지?"라고 타일렀다. '너무 걱정하지 마세요. 내가 안 집히게 조심할게요.'라는 듯 커다란 눈으로 나를 빤히 올려다보면서 안심시켜 주는 듯했다.

그러나 '꼬리가 길면 밟힌다.'라는 말처럼 얼마 지나지 않아 한밤중에 고양이의 절규하는 울음소리가 온 동네에 울렸다. 선주집에서 말리는 생선 옆에 쳐 놓은 덫에 우리 점순이가 걸린 것이다. 점순이 비명에 이어 아낙네의 굵직한 목소리가 들렸다. "요놈의 고양이, 너 오늘 죽었어! 여태까지 니놈이 우리 집 생선 훔쳐 갔지? 내가 이번에 다시는 이런 짓을 못 하게 죽여버릴 거야."

고양이를 마구 때리는 듯 "야-아웅" 하는 비명이 들려왔다. 우리 점순이가 틀림없는 것 같아서 나는 정신없이 선주집으로 뛰어갔다. 그 집 마당에는 축 늘어진 점순이와 몽둥이를 들고 있는 아주머니가 있었다. 나는 얼른 아주머니 팔을 잡고 눈물 콧물 줄줄 흘리면서 매달렸다.

"아줌마, 우리 점순이 살려 주세요. 한 번만 용서해 주시면 이제부터는 절대 못 돌아다니게 집 안에 묶어놓을게요."

"이게 너네 고양이야? 이놈이 우리 집에 와서 생선 물고 간 게 한두 번이 아니야. 그러니 앞으로 고양이 못 돌아다니게 잘 묶어놔. 또 잡히면 죽여버릴 거다. 알았어?"

아주머니는 잘못했다는 말과 함께 다시는 돌아다니지 않도록 잘 묶어놓겠다는 나의 다짐에 분을 삭였고 나는 만신창이가 되도록 맞아서 축 늘어진 점순이를 안고 집으로 돌아왔다.

"점순아, 정신 차려라. 이 할미가 죄가 크구나. 니가 도둑질한 걸 뻔히 알면서도 모른 척 받아먹어서 너를 이렇게 만들었네. 점순아, 미안하다."

할머니가 늘어진 점순이를 쓰다듬으면서 우셨다.

점순이는 덫에 걸려서 발버둥을 칠 때 발목뼈가 부러졌는지 잘 걷

지도, 먹지도 못했다. 눈곱이 끼고 눈에 초점도 없어지더니 그해 겨울을 넘기지 못하고 죽었다.

나는 점순이의 죽음이 내 탓인 것만 같아서 얼마나 마음이 아팠는지 모른다. 힘들고 어려웠던 시절에 우리 가족들을 부양하다가 죽은 고마운 점순이는 지금도 내 가슴에 남아 있다.

용감하고 씩씩하게

초등학교 3학년 때다. 나도 다른 애들처럼 바닷물에서 수영하고 싶어서 큰오빠에게 가르쳐달라고 졸랐다. 어느 날 오빠가 수영을 가르쳐 주겠다면서 바닷가로 데리고 갔다.

오빠가 자기 허리를 잡으라고 하고는 바다 가운데로 헤엄쳐 나갔다. 나는 무서워서 벌벌 떨면서 "이제 어떻게 하면 돼?" 했더니 오빠가 허리를 잡은 내 손을 풀고 "지금부터 니가 헤엄쳐서 밖으로 나와, 수영은 이렇게 배우는 거야." 하고는 물 밖으로 나가 버렸다. 나는 "오빠, 나 살려줘!" 하며 허우적거렸다.

아무리 애타게 불러도 오빠는 오지 않았다. 바닷물을 실컷 먹고 정신을 잃고 나서야 오빠가 와서 건져주었다. 겨우 정신을 차리고 나서 큰오빠를 보니 히죽이 웃으면서 수영은 물에 빠져서 그렇게 허우적거리다가 배우는 거라고 했다. 그 말에 화가 머리끝까지 나서 "이 나쁜 놈아, 다시는 니한테 수영 안 배운다."라고 소리쳤다. 평소에는 큰오빠라는 존재가 두려워서 꼼짝도 못 했는데 그때는 화가 머리끝까지 나서 눈에 뵈는 게 없었다. 그리고 수영 배우겠다는 생각을 접었다. 나중에 마흔이 넘어서 실내수영장에서 수영강사에게서 수영을 배웠다.

　어머니가 외삼촌 빚을 어렵게 갚고 나서 집에 걱정거리가 없어질 만하니, 외삼촌이 다시 찾아왔다. 그리고 불쌍한 어머니를 또 꾀었다. 그때는 운이 없어 산사태로 금광이 무너져 사람이 다치는 바람에 금광 작업이 중단됐는데, 다시 작업을 시작했으니, 자금을 한 번만 더 융통해주면 이번에는 틀림없이 돈을 벌 수 있다고, 날마다 찾아와서 입에 침이 마르게 엄마를 설득했다. 순진한 어머니는 외삼촌이 꾀는 말에 또 넘어가, 또 사채업자에게 돈을 빌려다 주었다.

　돈을 가져간 외삼촌은 이번에도 감감무소식이었다. 어머니는 다시 사채업자의 빚 독촉에 시달렸고, 그 빚을 갚느라고 우리 가족들은 고달프게 살아야 했다. 어머니는 자식들이 점점 커가니 가게 수입과 빨래 품삯만 가지고는 육 남매를 키우기가 힘들었다. 더구나 빚까지 졌으니 혼자 감당해 내기가 어려워 우리 자매들이 지내던 이층 방을 세 놓는 형편에 이르렀다.

　아버지가 우리 집을 구할 때 배 선착장에서 가까운 곳으로 집을 샀는데, 세월이 지나면서 인근이 윤락가로 변해 버렸다. 배에서 내린 선원들이 이곳으로 모여들자, 술집이 생기고, 또 돈벌이를 위해 술을 팔면서 몸도 파는 언니들이 한두 명씩 모여들면서 그렇게 되어버렸다. 이곳에 모인 여자들의 사연도 여러 가지였다. 전쟁터에 나가서 상이군인이 되어버린 남편 대신에 가족을 부양하기 위해 나온 여자, 동생 학비를 벌기 위해 나온 여자, 또 아버지가 진 빚을 갚기 위해 나온 여자 등등 사연이 많다 보니 울적한 마음을 달래보려고 그랬는지 여자들은 술을 잘 마셨고, 술을 마시고 나면 울기도 잘하고, 싸우기도 잘했다. 그렇지만 심성은 누구보다도 착하고 동정심도 많아서, 자기들도 어려운 처지에 있으면서 동료가 힘든 일을 당하면 내 일처럼 나서주는 여자들이었다. 그녀들은 내가 본 어떤 사람들보다 심성이 고왔다.

초등학교 고학년이 되고 철이 들기 시작하면서 내가 봉래동에서 산다고 하면 사람들이 야릇한 눈으로 쳐다보는 것을 눈치챘다. 그래서 우리 동네를 누가 알게 되는 것이 두려웠고, 혹시나 친구들이 알게 되면 어쩌나 하는 두려움도 컸다. 초등학교 때 반에서 친해진 친구 집에 나는 놀러 갔는데, 친구를 우리 집에 데려올 수 없는 게 언제나 안타까웠다. 하긴 데려와도 별로 해줄 게 없었지만.

지금도 초등학교 시절 이름이 생각나는 친구는 내가 그 집에 놀러 갔을 때 밥을 차려주던 친구 몇 명뿐이다. 끼니를 제대로 못 챙겨 먹고 자라서 그런지 나는 지금도 끼니 걱정을 잘하는 편이고, 친하게 지내는 사람과 밥 먹는 것을 중요하게 여긴다.

초등학교 시절을 돌이켜보면 밖에서 노는 시간이 많아서일까, 유독 다른 애들보다 사고가 많았다. 부둣가에서 놀다가 바닷물에 빠진 게 여러 번이고, 전봇대 밑에서 놀다가 위에서 작업하던 사람이 떨어뜨린 펜치가 하필 내 머리에 맞아서 병원에서 가서 꿰매기도 했다. 놀이터에서 놀다가 빙글빙글 도는 놀이대의 쇠 손잡이에 머리가 부딪쳐 피가 나서 병원에 가기도 했다.

이따금 우리 동네에는 미친 사람이 이상한 모습을 하고 나타나곤 했는데 철없는 애들이 짓궂게 따라다니며 놀렸다. 그러면 미친 사람이 갑자기 애들에게 몽둥이를 휘두르며 쫓아오곤 했는데, 아이들은 도망치면서도 재미있어했다. 어느 날, 미친 사람이 휘두르는 몽둥이에 하필이면 내가 맞아서 또 머리가 터졌다. 한 번은 달리다가 도로에 넘어졌는데 내 위로 시발택시가 지나갔다. 그런데 무릎과 팔꿈치만 까여 피가 좀 났을 뿐 몸이 멀쩡했다. 진찰하던 의사 선생님이 신기하게 여기면서 놀라운 일이라 했다. 이렇듯 어린 시절의 나는, 머리에 붕대가 감겨 있는 날이 많았다.

나의 유년 시절은 배고픈 날이 많았지만, 가끔 배가 아프기도 했다. 배가 아프기 시작하면 헛구역질이 나면서 신물이 올라왔는데 이때 가끔 회충도 같이 나올 때가 있었다. 엿장수가 동네에 와서 엿가락을 조금 떼어 던져주면 아이들이 서로 받아먹겠다고 난리를 치는 바람에 나는 밀려 있다가, 땅바닥에 떨어진 부스러기 조각을 손가락에 침을 발라서 흙과 함께 주워 먹었다. 지금 생각해 보면 그때 흙에 있던 회충알도 함께 먹었을 거다. 물론 인분으로 키운 채소에서도 감염되었겠지만.

이 외에도 길에서 붕어빵 아저씨가 빵틀에 눌어붙은 부스러기를 털어내면 얼른 땅바닥에 주저앉아서 빵부스러기를 주워 먹었다. 또 땅바닥에 먹을 게 있는지 땅바닥만 보고 걷다가 넘어져서 무릎과 팔꿈치가 성할 날이 별로 없었다.

아침밥을 양껏 못 먹을 데다가 점심까지 굶어서 그랬는지 어릴 적에는 늘 배가 고파 땅바닥에 먹을 게 떨어져 있으면 얼른 주워 먹곤 했다.

그중에 가장 기억에 남아 있는 것은 캔디를 주워 먹은 일이다. 우리 동네에 미군과 사는 여인이 낳은 아이가 있었다. 어느 날 그 애의 입에 있던 캔디가 땅에 떨어지는 것을 봤다. 그 애가 가고 나자 주위에 누가 있나 둘러보고 아무도 없는 것을 확인하고, 얼른 주워서 집에 가져와서 여러 번 씻어서 입에 넣었다. 내가 태어나서 처음 먹어본 캔디의 새콤달콤한 맛은 신기했다. 그때까지 눈깔사탕 말고는 먹어본 적이 없다.

초등학교 시절 학교에서 주는 회충약을 먹고 나면 다음 날 화장실 가기가 겁났다. 뱃속에서 미처 죽지 못한 회충이 힝문에 걸려서 안 나오고 버둥거리는 게 너무 무서웠다.

지금도 이해가 안 가는 것은, 초등학교 담임 선생님이 학생들이 회충약을 먹고 난 다음 날이면, 왜 학생들에게 회충이 몇 마리 나왔는지 우리에게 일일이 조사하셨을까. 참 궁금하다.

초등학교 저학년 때 학교에서 탈지분유를 학생들에게 나누어 주었다. 나는 우윳가루를 제대로 받아오지 못해서 그 일로 언니들에게 구박을 받았다. 언니들은 학교에서 주는 탈지분유를 꼬박꼬박 받아왔는데 나는 창피해서 못 받아왔다. 선생님 앞에 나가는 게 창피하기도 했지만, 우리보다 더 가난한 애들이 받아야 한다는 생각에 받지 않았다. 언니들이 받아온 분유를 양은 그릇에 담아 밥솥에 찌면 굳어진 것은 훌륭한 간식거리였다. 그걸 얻어먹을 때마다 언니들에게 어찌나 구박을 받고 잔소리를 들었는지 모른다. 그 시절, 굳은 탈지분유는 기가 막히게 맛있었다.

초등학교 고학년 때는 학교에서 옥수수빵을 결식 학생들에게 나눠줬다. 그 무렵 나는 장티푸스에 걸려서 몇 달을 고생하다가 학교에 다시 나갔기 때문에 할머니가 손녀딸을 가엽게 생각하셔서 보리밥이지만 도시락을 꼭 싸줬다. 그래서 결식 학생에 해당하지 않아 옥수수빵 배급을 받지 못했다. 그때 김이 모락모락 나는 옥수수빵이 얼마나 먹고 싶었는지, 빵을 먹는 친구들이 정말 부러웠다.

내 초등학교 시절은 먹고 싶은 게 참 많았고 어떻게 하면 그걸 먹을 수 있을까 늘 그 생각만 하면서 살았던 시절이었다.

우리 옆집에 나와 같은 또래의 남자애가 살았다. 그때 그 애와 친하게 지낸 이유는 같은 학년이기도 했지만, 우리보다 잘살았기 때문이다. 그 애는 나보다 공부는 못했지만 착했고, 나에게 늘 잘 대해 주었다. 그 애 엄마는 나를 무척 싫어했는데, 내가 자기 아들을 꾀어서 아들이 먹을 걸 가로채서 먹는다고 생각했기 때문이다. 그 친구 엄마가 없을 때 그 집 부엌에서 설탕을 먹다가 흘려놓아 흔적을 남겨놓았고, 아들 주려고 쪄둔 고구마나 감자를 내가 가져다 먹었다. 엄마는 그런 내가 얼마나 얄미웠겠는가.

그래서 나와 못 놀게 했고, 그 집에도 못 오게 했다. 나는 그 집 주위를 맴돌다가 친구 엄마가 외출하는 낌새가 보이면 동네 밖까지 나가는 걸 확인하고 나서 재빨리 그 애 집에 가서 부엌에서 먹을 것을 찾아내어 먹곤 했다. 심지어 '원기소' 같은 영양제도 한 움큼씩 가져와서 과자처럼 먹었다. 지금 생각하면 소화효소가 들어있는 영양제를 한꺼번에 그렇게 많이 먹었으니 배가 더 고팠을 것이다.

그 애는 자기 엄마가 나랑 놀면 혼낸다고 하면서도 나와 놀았고, 그 때문에 두들겨 맞기도 했다. 그래도 나만 보면 좋아했고, 내가 그 애 집에서 놀자고 하면 언제든 자기 집으로 데려갔다.

나는 초등학교 5학년 때 장티푸스에 걸렸다. 초여름으로 접어든 어느 날, 뭘 잘못 먹었는지 설사 구토가 나기 시작하더니 그치질 않았다. 다음날도 그 다음 날도 계속되더니 이젠 물만 마셔도 토했다. 고열이 나고 음식은 아무것도 먹지 못했다. 그리고 혼미한 상태로 지내는 날이 한참 계속되자 이웃 사람들이 내가 호열자이니 격리해야 한다고 해서 식구들과 떨어져 따로 골방에서 지냈다.

할머니는 그런 나에게 오셔서 아침저녁으로 기도해 주시고 가끔 함께 자기도 했다. 골방에는 햇볕이 전혀 들지 않아 늘 깜깜해서 시간이 어떻게 지나가는지 몰랐다. 고열에 시달리면서 한참을 정신을 잃고 있다가 이따금 정신이 돌아와도 주위가 깜깜하니까 그냥 또 잠들고 그렇게 한 달 넘게 지냈다. 아무리 아파도 병원에는 가지 않았다. 아니 못 갔다. 돈이 없어서. 그러다가 어느 날부터 열이 떨어지고 차츰 정신이 들었다. 그리고 할머니가 주는 미음을 받아먹어도 토하지 않았다. 죽을 먹게 되자 조금씩 기운이 났다.

몸이 조금 낫자 누워만 있기가 지루해서 방문을 열고 밖으로 나오니 햇빛에 눈이 부셔서 눈을 뜰 수가 없었다. 눈이 빛에 익숙해지고 난 후 용기를 내서 집 밖으로 나갔더니 지나가던 아이들이 나를 보고 "엄마야! 해골이다." 하면서 비명을 지르고 도망갔다. 그러는 애들을 보니 당황스럽기도 하고, 재미있기도 했다. '인명은 재천이다.'라는 말처럼 아직은 죽을 때가 아니었는지 다시 살아나서 거의 두어 달 만에 학교에 갔다.

내가 장티푸스에 걸려 학교에 다니지 못했던 그때가 주산을 배울 때였다. 그러다 보니 나는 주산을 제대로 못 배워서 훗날 교사를 하면서 몹시 아쉽고 불편했다.

초등학교 5, 6학년 때 기억에 남는 것은 월사금을 못 내서 자주 쫓겨났던 일이다. 선생님이 집에 가서 돈 가져오라고 쫓아내면 친구들과 뒷동산에 가서 놀다가 다시 학교에 갔다. 엄마가 지금 돈이 없다고 다음에 꼭 준다고 그랬다며 거짓말을 했다. 집에 가봤자 돈이 없는 걸 뻔히 알기에 선생님께 죄송하였지만, 번번이 거짓말을 했다.

그러다가 중학교 입학원서를 낼 때가 되어서 중학교에 간다면서 원서를 쓴다 했더니 담임 선생님이 월사금도 못 내면서 중학교는 어떻게 다니려고 그러냐며 호통을 치셨다.

죄지은 사람처럼 고개를 푹 숙이고 장학금 주는 중학교에 시험을 치고 나서 장학금을 받을 수 있으면 갈 거라고 했더니, 호적등본을 가져오라고 해서 갖다 드렸다. 호적등본을 보신 선생님이 너는 나이가 어려서 중학교에 못 간다고 하셨다. 어머니가 급히 시골 친척에게 전화해서 호적에 있는 내 나이를 한 살 더 올려달라고 부탁했다. 고친 호적등본을 담임 선생님께 내고 입학원서를 썼다.

지금 생각해 보면 그렇게 큰 문제가 아닐 것 같은데, 제대로 월사금도 안 내고 다니는 주제에 중학교에 진학한다니까, 알미워서 그랬던 게 아닌가 싶다. 그 일로 나는 1년 일찍 정년퇴직하게 되었다.

공부만은 포기할 수 없어

전액이 아닌 반액만 장학금 받는 성적으로 중학교에 입학했다. 그렇지만 중학교 입학식 날부터 고난이 시작되었다. 교복 사줄 형편이 안 된 어머니가 옆집 언니가 입던 일자형에 가까운 남색 치마를 얻어왔고 윗도리는 우리 동네에서 같은 학교 다니는 3학년 언니가 작아서 안 입는 것을 얻어 입혔다.

얻어 온 교복을 입고 혼자서 처음으로 중학교에 갔다. 그런데 학교 교문 앞에 서 있던 선생님이 "너 이리 와! 치마 색이 왜 그러냐?" 하면서 꾸중을 했다. 다른 애들은 부모와 함께 입학식장으로 들어가는데 나는 교문에서 선생님에게 꾸중을 듣고 서 있었다. 혹시 아는 친구들이 보면 어떡하나 너무 창피해서 고개를 푹 숙이고 있었다.

비 오는 날이면 엄마 고무신을 신고 학교에 갔다. 운동화는 일 년에 두 번, 명절에 사주기 때문에 두세 달 지나면, 밑창이 닳아 떨어졌다. 비가 오면 빗물이 들어와서 운동화를 신을 수가 없었다. 그래도 학교 다닐 수 있다는 것이 좋았다.

그런데 1학기 기말고사 시험을 치는 날이었다.

"이양자, 너는 오늘 시험 못 본다. 그동안 등록금을 한 번도 안 내서 제적되었어."

교실에 들어오신 담임 선생님이 내 이름을 부르더니 하신 말씀이었다. 반 친구들의 눈이 모두 나에게 쏠렸고 교실 문을 열고 나가려니 다리가 후들후들 떨리면서 눈물이 왈칵 쏟아졌다. 그때 위인전에 심취되어 있던 시절이라 공부해야 훌륭한 사람이 될 수 있다고 생각하고 있었는데 이제 앞으로 학교에 못 다니면 어떻게 해야 할지 눈앞이 캄캄했다. 중학교에 입학하고 나서 어머니는 등록금 줄 생각을 하지 않았고 나도 달라고 해본 적이 없었다. 초등학교처럼 생각했다. 학교 교문을 나와서 집까지 엉엉 울면서 뛰어갔다.

"엄마! 선생님이 등록금 안 냈다고 시험 못 본다며 쫓아냈어."

집에 들어가자마자 나는 대성통곡을 했다. 엄마는 깜짝 놀라서 여기저기 바쁘게 다니면서 돈을 빌려왔다. 10원짜리 동전부터 50원, 100원 지전까지 빌려와서 내 손에 쥐여주며 빨리 학교 가서 등록금 내고 시험 치라고 하셨다. 나는 돈을 손에 꽉 쥐고 빛의 속도로 뛰어갔다.

헉헉거리며 교무실에 들어가니 마침 담임 선생님이 자리에 계셨다. 선생님 앞에 가서 거의 숨이 넘어가는 목소리로 말했다.

"서, 선생님, 등록금 가져왔으니 시험 보게 해주세요."

손에 꽉 쥐고 온 돈을 선생님 책상에 올려놓으니 동전이 밑으로 굴러떨어졌다.

"그래, 알았다. 빨리 교실에 가서 시험 봐라."

담임 선생님이 당황해했다. 집에 갔다 오는 동안에 2교시가 끝나서 3교시부터 시험을 봤다. 지금도 그때를 생각하면 가슴이 먹먹해지고 눈물이 나려고 한다. 그날은 내 생애에서 가장 절망감이 컸던 날이었다.

집안 형편이 어려워 새 교복은 엄두도 내지 못했다. 동네에 사는 선배 언니가 입었던 옷들을 얻어 입다 보니 얇은 춘추복, 하복 윗도리는 미어지고 찢어져서 안에 천을 대어 깁고 또 기워서 입었으나 조금도 부끄럽지 않았다. 나는 학교 다닐 수 있는 것만으로도 행복했다.

시험 때는 밤새워 공부했다. 내 머릿속에는 공부해야 훌륭한 사람이 될 수 있다는 생각이, 어릴 적에 즐겨 읽었던 위인전기를 통해서 자연스럽게 입력되어 있었다. 수업 시간에는 선생님 말씀을 거의 한 자도 놓치지 않고 노트에 필기하고, 시험 때는 노트를 통째로 외웠다. 그렇게 공부하니 성적이 잘 나올 수밖에.

학교에 입학하고 얼마 지나지 않아 영어 수업은 선생님의 개인 사정으로 몇 달 동안 결근하는 바람에 제대로 영어를 배우지 못했다. 2학기에 다른 영어 선생님이 오셔서 교과서 앞부분을 대충 건너뛰고 2학기에 맞춰 진도를 나갔다. 그러다 보니 영어 기초를 놓쳤다. 내가 모르는 부분을 물어볼 사람도 주변에 없었다. 그래서 어물거리다 보니 점점 영어에 자신이 없어지고 내게 제일 힘든 과목이 영어가 되어버렸다. 학년이 올라갈수록 영어 문법이 더 어려워졌다. 그것을 극복하는 데 오랜 시간이 걸렸다.

중학교 때 단짝 친구가 있었다. 1학년 때 같은 반에서 만난 수정이 라는 예쁜 이름을 가진 친구다. 수정이도 아버지가 돌아가시고 어머니와 오빠만 있었다. 나란히 앉는 짝이 되어 친해지고 나서 수정이가 집에 가자고 해서 따라갔더니, 산 능선 쪽으로 한참을 올라갔다. 가다 보니 중턱쯤에 무덤이 있고 그 부근에 수정이네 집이 있었다. 판잣집이었는데 부근에 그런 집이 몇 채 더 있었다. 집에 들어가는 디딤돌이 비석이었다. 버려진 무덤에서 가져온 듯했다. 낮은 방문을 열고 허리를 굽히고 들어갔다. 방안은 신문지로 도배가 되어 있고, 쌓여있는 상자 몇 개는 옷장인 것 같았다. 그 옆에 이불이 쌓여 있고 천장에 백열전구가 달려있었다.

수정이가 자기 어머니에게 나를 소개했다. 수정이 어머니는 반색하셨다. 우리 수정이가 오랜만에 친구 데려왔는데 강냉이죽 쑤어줘야겠다며 부엌으로 나가셨다. 수정이 집에서 난생처음으로 먹어본 강냉이죽은 맛있었다. 늘 배가 고팠으니 뭔들 맛이 없었겠느냐 마는 그날 먹었던 죽의 구수한 맛이 지금도 옥수수수프를 먹을 때마다 생각나곤 한다.

수정이네는 산 아래 성당에 다녔다. 옥수숫가루도 성당에서 준 것이라 했다. 수정이 집에 다녀오니 기와집에서 보리밥이라도 제대로 먹고 있는 우리 집이 부자 같았다. 수정이를 따라서 몇 번 성당에 가서 미사를 드렸는데, 교회와 다르게 뭔가 더 엄숙한 분위기였다. 수정이와 친해지면서 친구에게 잘해 주고 싶어서 명절이나 제사를 지낸 후 수정이를 집에 데리고 와서 차례 음식을 먹이고 식구들 몰래 싸주기도 했다. 그런데 내가 그러는 것을 언니가 보고 엄마에게 고자질하는 바람에 들통이 나서 엄마에게 혼났다. 우리 식구도 먹을 게 부족한데 남을 주었으니 왜 안 그러겠나. 엄마와 언니가 야속했지만, 눈치가 보여서 더는 데려올 수가 없었다. 대신 가족들 몰래 신문지에 싸서 친구에게 갖다줬다.

중3이 되자 공부할 장소가 걱정이었다. 마침 이모가 우리 집에 오셨다. 나는 방학 동안 먹을 것은 가져갈 테니 빈방이 있으면 공부하게 해달라고 사정했다. 이모는 부산 동래 부근에 있는 한적한 주택가에서 미혼인 막내딸과 둘이 살고 있었다. 이모가 처음에는 거절하다가 내가 하도 간청하니 마지못해 승낙해 주셨다. 나는 이모에게 폐가 안 가게 알아서 잘 처신하겠다며 방학이 되면 가겠다고 약속했다.

나는 혼자 공부할 수 있는 방이 생겼다는 게 너무 좋았다. 기다리던 방학이 되자 다음날 이모 집으로 바로 출발했는데 전차를 타고 동래에 내려서 한참을 걸어가니 이모가 알려준 주택가가 나왔다. 동네 어귀에 큰 느티나무가 서 있고 집집마다 마당에 감나무나 무화과나무, 배롱나무, 무궁화나무 등이 몇 그루씩 있어 아늑하게 보였다. 이모가 알려준 대로 이모 댁을 찾아서 문을 두드렸더니 사촌 언니가 나왔다.

사촌 언니가 반가워하기보다 의아한 표정으로 나를 맞이했다. 나는 자초지종 오게 된 경위에 대해 말했다. 그 순간 언니의 얼굴이 싸늘하게 굳어졌다. 모녀가 편히 살고 있는데 불청객이 들어오게 된 것이니 불편할 건 뻔한 노릇이었다.

"뭐라고? 엄마가 그런 말을 했다고?"

언니가 방으로 달려갔다.

"엄마, 이리 나와 봐요."

언니가 큰소리로 외치니 이모가 자다 깬 듯 눈을 비비면서 나왔다. 나를 보자 이모가 당황한 목소리로 말했다.

"아니, 너 정말로 왔어?"

"엄마, 엄마가 쟤더러 우리 집에 와서 공부하라고 그랬어요?"

언니가 이모를 흘겨보며 물었다.

"그래, 쟤가 집에 공부방이 없다고 방학 때에 우리 집 빈방에서 공부하게 해 달라고 사정하기에 그렇게 하라고는 했는데 정말 올 줄은 몰랐다."

이모가 언니의 눈치를 보며 말했다.

"엄마는 나한테 물어보지도 않고 엄마 맘대로 집에 사람을 오라고 그래요?"

언니는 잔뜩 화가 난 것 같았다. 나는 싸늘해진 집안 분위기에 당황스러웠다. 그렇다고 물러설 수 없는 노릇이었다.

"언니, 제가 폐가 되지 않도록 노력할게요. 방에서 공부만 하고 밖에는 나오지 않고, 식사 때도 이모와 언니가 드시고 나면 나중에 제가 해먹을 게요. 집 청소도 제가 알아서 할 테니 방학 동안 여기서 공부만 하게 해주세요."

"나는 다른 사람이 우리 집에서 같이 사는 게 싫어."

언니는 화를 내면서 방으로 들어갔다. 나는 이모 눈치를 살폈고, 이모가 난감해하다가 마지못해 문간방을 가리켰다.

"저 방이야, 오랫동안 사용하지 않아 지저분하니 널린 물건들을 정리하고 청소해야 그 방에서 지낼 수 있어."

나는 이모에게 고맙다고 말하고, 문간방으로 갔다. 그 방은 창고처럼 여러 가지 물건들이 널브러져 있는 작은방이었다. 물건들을 정리하고 쓸고 닦고 하고 나니 내가 누울만한 공간이 나왔다. 가져온 책을 옆에 쌓아두고 사과 상자에 보자기를 씌워 책상을 만들어서 책을 펼치니, 나만의 공부방이 탄생하였다. 내가 태어나서 처음 가져보는 내 방이라 감개무량했다. 어렵게 마련한 공부방이니 방학 동안 여기서 열심히 공부해야겠다고 새롭게 각오를 다졌다.

이모 집에서 지내는 동안 내가 예상했던 것보다 더 눈치가 보였다. 나는 이모네가 식사하는 동안 밖에 나가지 않았다. 물론 이모도 식사 때 나에게 밥 먹자는 말을 하지 않았다. 배가 고파도 숨죽이고 있다가 부엌에서 설거지하는 소리가 끝나고 집안이 조용해지면 조용히 나와서 내가 먹을 밥을 했다. 주로, 가져간 국수를 삶아서 고추장에 비벼 간단하게 먹었다. 내가 밥 먹고 있으면 사촌 언니가 가끔 불쑥 나와서 혹시 자기네 반찬을 먹나 감시했다.

　그러던 어느 날 두 모녀가 외출하고 없기에, 국수를 삶아서 고추장을 넣고 비비다가 참기름을 부었다. 부엌에 들어오면 항상 고소한 냄새를 은은하게 풍기는 참기름의 유혹에 넘어간 거다. 고소한 맛이 나는 국수를 맛나게 먹고 있을 때, 부엌문이 벌컥 열렸다. 얼마나 놀랐는지 입을 벌린 채 딸꾹질을 하는 나에게 언니의 폭언이 쏟아졌다.

　"앙큼한 기집애, 너 우리가 없을 때 늘 이렇게 참기름 훔쳐 먹었지? 어쩐지 기름이 많이 줄었더라. 너네 엄마가 남의 집에서 도둑질해서 먹는 거 가르쳤냐?"

　순간 눈물이 핑 돌았다.

　"내가 언니네 참기름 먹은 것은 잘못했지만, 그렇다고 우리 엄마까지 욕할 건 없잖아요."

　왠지 모를 슬픔이 복받쳐서 울었다.

　"남의 부엌에서 참기름 훔쳐 먹고 뭐 잘했다고 울어! 재수 없게."

　언니는 그렇게 소리치고 부엌에서 나갔다. 그날 저녁에 이모가 돌아오자 언니는 신나게 낮에 일어난 사건을 일렀다.

　"그러니까 없는 집 애들은 어쩔 수가 없어. 사람이 없으면 훔쳐 먹고, 눈치도 없이 남의 집에 눌러사는 거 보면 알만하잖아. 없이 살다 보면 저렇게 뻔뻔스러워지는 거야."

　이모는 건넛방에 있는 내가 잘 들리도록 말하는 것 같았다. 그때 어떻게 이모로서 조카에게 저렇듯 심하게 말할 수가 있는지 도무지 이해가 안 됐다. 집에 돌아와서 엄마한테서 이모가 이복언니라는 말을 듣고서야 이모의 싸늘하기만 한 눈초리가 이해되었다. 이모에 대한 실망감과 수치심으로 눈물로 밤을 지새우고 다음 날 새벽에 짐을 싸서 집으로 돌아왔다. 그러면서 공부를 열심히 해야 이런 모멸감에서 벗어날 수 있다는 생각이 점점 더 강하게 들었다.

몸도 마음도 너무나 힘들었던 시절이었다. 그러나 지금은 그때 그런 일들이 이해된다. 사촌 언니도 아직 미성숙했고, 이모 역시 친동생의 딸도 아니니 부담스러웠으리라. 그나마 그 집에 있게 해준 사실이 지금은 고맙기만 하다. 아무것도 알지 못하고 공부할 욕심에 무턱대고 이모네 집에 가서 지냈던 내가 엉뚱하지만 기특하기도 하다.

그 뒤로 도서관에 다니면서 더 열심히 공부했다. 길에 다닐 때도 영어단어 암기장이나 암기가 필요한 것들은 쪽지에 적어서 들고 다니면서 외웠다.

여고 시절과 재수 시절

그렇게 공부한 덕분에 내가 원하는 부산여고에 들어갔다. 고등학교에 입학할 때도 교복을 맞추지 않고 작은언니가 입던 것을 고쳐 입었다. 고교에 올라가니 열심히 공부하는 친구들이 많았다. 이들과 경쟁하려면 도서관에서 죽치고 늦게까지 공부하는 수밖에 없었다. 여고 도서관은 크고 넓었으며 읽을 책이 많아서 좋았다. 공부하다가 쉴 때는 내가 읽고 싶었던 책을 빌려서 마음껏 읽으면서 만족하게 지냈다.

고교 시절 1학년 때의 합창대회가 지금도 기억에 남아 있다. 부산여고 합창대회는 인근에 소문이 날 정도로 유명했다. 학교에 들어가서 처음 하는 행사라서 잘해보려는 마음이 강했다. 지휘를 맡은 반장도 열의가 대단했다. 일요일에도 우리를 불러내서 얼마나 열심히 연습시켰는지 모른다. 지금도 열정적으로 지휘하던 친구의 모습이 눈에 선하다. 덕분에 우리 반이 우승했고, 그때 친구들이 얼마나 열광하면서 좋아했는지, 지금 생각해도 저절로 웃음이 난다.

2학년에 올라와서 도서관에서 공부하다가 우연히 본 벽보에서 산악회 사무실에서 저녁에 사무 볼 학생을 구한다는 광고를 보았다. 곧바로 지원해서 1년 동안 근무했다. 부산산악회는 등산을 좋아하는 동호인들이 만든 단체인데 회원들이 모여서 등산에 대한 계획을 세우고 주말에는 천재지변이 없는 한 등산을 갔다.

나는 수업이 끝나면 바로 사무실에 가서 청소하고 저녁에 찾아오는 산악회 회원들에게 산악회 소식을 전해 주는 일을 했다. 또, 산악회 임원들이 모여서 회의할 준비를 해주고, 등산계획이 잡히면 등산에 필요한 물품이나 간식을 구입하는 일을 했다. 주일에 시간이 나면 등산도 같이 가서 행사 일을 도왔다. 힘은 들었지만, 돈을 벌고 산에도 갈 수 있으니 나름대로 좋았다. 집에는 도서관에서 공부한다고 거짓말했다. 2학년 말까지 하다가 3학년 되고는 그만두었다. 아쉽지만 입시 공부할 시간이 필요했기 때문이다. 그동안 받은 월급으로 참고서를 사고, 학원비도 내고 필요한 곳에 요긴하게 썼다.

고등학교 3학년 때는 운동회가 가장 기억에 남는다. 우리 학교에서는 해마다 가을에 운동회를 했는데, 가장행렬이 운동회의 하이라이트였다. 학년별, 반별로 모두 참가하는 가장행렬이었는데 저마다 상을 받으려고 특색 있게 열심히 준비했다.

3학년 우리 반은 가장행렬 주제를 '심청전'으로 정했다. 나는 뺑덕어멈을 맡아서 분장했다. 눈먼 심 봉사를 끌고 운동장을 돌면서 주책스러운 연기를 넉살 좋게 해서 관중들의 웃음과 환호를 받았다. 관중석에서 "뺑덕어멈 잘한다." 하는 소리가 들렸을 때 얼마나 신나고 좋았는지 모른다. 새삼 그때가 그리워진다.

대학입시가 가까워지자 나는 밤을 새워가며 열심히 공부했다. 그리고 어느 과를 전공할지 고민하다가 의대를 지망했다. 초등학생 때 슈바이처 박사의 전기를 감명 깊게 읽고 나도 의사가 되어 가난한 농어촌에 가서 무료 진료를 하겠다고 결심한 적이 있기 때문이었다.

그래서 입시 공부를 열심히 했는데 시험 치는 둘째 날 연탄가스에 중독되었다. 그때 큰언니와 함께 지냈는데 이층에 거주하던 큰언니가 시험 보러 가는 동생을 위해 한밤중에 연탄을 갈아 넣은 것이 화근이었다. 아침에 일어나니 머리에 윙윙거리는 소리가 나면서 쑤시고 아프면서 속이 뒤집히고 매스꺼웠다. 게다가 어지럽고 구토까지 나서 정신을 차릴 수가 없었다. 도저히 시험장에 갈 수 없었는데, 포기하기 싫어서 억지를 부려 시험장까지 간신히 갔다.

내가 그동안 어떻게 공부했는데, 공부한 게 억울했기 때문이었다. 그렇게 고집을 부려서 시험장에는 갔는데 막상 시험지를 받아보니 머릿속이 텅 빈 것처럼 아무 생각이 나지 않았다. 식은땀을 흘리면서 끙끙거리고 앉아 있었는데, 3교시 시험이 끝날 때쯤 되니 시험문제가 제대로 이해되고 답이 생각났다.

시험이 끝나고 나서 시험장을 나오는데 억울하다는 생각이 들면서 가슴이 미어졌다. 그동안 내가 어떻게 공부했는데 내 실력대로 시험이나 제대로 보고 어떻게 됐다면 억울하지는 않을 텐데. 이렇게 끝나는 것이 너무 분했다. 하늘이 내게만 너무 무심하고 가혹한 것 같았다. 아버지 없이 고생하면서 자란 것도 모자라, 내가 품은 꿈까지 박살이 나는 것 같아서 세상만사가 다 원망스러웠다.

혼자서 울고불고하면서 두어 달을 지냈다. 그렇게 지내고 있다가 담임 선생님 연락을 받고 만나러 나갔다. 선생님을 만나자마자 울먹거리면서 시험을 치는 날 내가 겪었던 억울한 일을 하소연했다.

"한번 실수는 병가지상사라는 말처럼 한 번 기회를 놓친 걸 가지고 너무 속상해하지 마라. 남보다 일 년 늦게 시작한다고 해서 긴 인생에서 보면 남보다 크게 뒤지는 건 아니다. 인생 공부를 미리 했다고 생각하고, 지금부터 다시 시작해라. 너라면 충분히 할 수 있다."

이렇게 선생님이 격려해 주셨다. 선생님 말씀을 듣고 있으니 그때까지 뿌옇게 눈앞에 가려졌던 안개가 서서히 걷히고 새로운 길이 보였다.

나는 담임 선생님께 고개 숙여 거듭 감사 인사를 드렸다. 그리고 처음부터 다시 시작하자는 결심을 하고 그 길로 시골에 박혀서 공부하려고 책 보따리를 싸서 영천 친척 집으로 갔다.

영천은 아버지 고향으로 영천읍에서 한참을 가면 고경면 대성리라는 작은 마을이 나온다. 그곳에 큰집, 작은집과 경주이씨 성을 가진 친척들이 모여 살고 있다. 아버지는 청년 시절에 가난이 싫어서 고향을 떠나 밀항선을 타고 일본 히로시마로 가서 온갖 고생을 다 겪으면서 여러 척의 배를 가지게 된 선주로 성공한 분이다. 그때 당신이 번 돈으로 고향에서 소작을 부치던 가난한 형제들에게 논밭을 사주어서 그들이 제대로 살 수 있게 했다. 그곳에서는 아직도 아버지가 입지전적인 인물로 평가되고 있었다. 그런 아버지 덕에 우리 가족들이 시골에 가면 언제나 친척들이 반갑게 맞이해 주었다. 하지만 그곳은 천수답으로 벼농사를 짓기 때문에, 비가 오지 않고 가물면 쌀 수확이 확 줄었다.

조용한 곳에서 공부하려고 시골에 왔다고 하니 친척들이 잘 생각했다고 하면서 반겨주었다. 나는 시험공부를 하려고 시골에 온 건 선택을 잘한 거 같아서 기분이 좋았다.

늦봄 무렵이면 가을에 수확했던 쌀이 거의 바닥나서 보리로 밥을 지었는데, 쌀알은 보일락말락 했다. 장날이 되면 가끔 장에서 사 온 생선이 밥상에 올라왔다. 그런데 생선에 소금을 얼마나 뿌려서 절였는지 비린내는 나는데 너무 짜서 먹기 힘들었다. 내가 시골 올 때 가져온 마른오징어로 국을 만들어주는 이상한 밥상도 나왔다. 시골 마을에 가끔 보따리상이 오면 곡식을 퍼주고 필요한 생활용품과 맞바꾸었다. 곡식은 디딜방아가 있는 집에 가서 빻아서 키질해서 먹었다.

나는 시골 생활이 좋았다. 나에 대해서 아는 사람도, 공부하는데 뭐라 간섭하는 사람도 없는 게 좋았다.

그렇게 두어 달을 편안한 마음으로 지냈는데, 모심기가 끝난 무렵부터 비가 오지 않았다. 이곳은 대부분이 천수답이기 때문에 비가 오지 않으면 논이 말랐다. 모심기가 다 끝나면 논이 물에 잠기도록 비가 와야 하는데, 모를 심고 나서 한참 동안 비가 내리지 않았다. 그러니 논바닥이 조금씩 드러나면서 갈라지기 시작했다. 큰집, 작은집 식구들은 애가 타서 논에 갔다 오면 하늘을 쳐다보고 원망했다. 큰어머니는 조놈의 하늘 똥구멍을 꽉 쑤셔놔야 한다는 넋두리를 입에 달고 살았다. 친척들이 다들 시름에 찬 우울한 표정으로 생기 없이 지내는 모습을 보니, 나도 자연히 눈치가 보였다. 그렇게 여러 날이 지나가자 '여기도 내가 있을 곳이 못 되는구나.' 하는 생각이 들고 친척 집에 있기가 민망해서 집으로 돌아왔다. 새벽에 일찍 나가서 밤늦도록 도서관 구석에 박혀서 공부하는 게 훨씬 속이 편했다.

나는 웬만해서 도서관 밖으로 나가지 않았다. 어쩌다 나가게 되면 대학생들이 지나가는 모습이 눈에 띄었고, 그들의 활기찬 모습에 저절로 기가 죽고 약이 올랐다. 그럴수록 더욱 열심히 입시 공부에 매진했다. 드디어 다시 입학원서를 낼 때가 돼서 담임 선생님을 찾아갔다.

"올해 부산대학교에 사범대학이 신설되었는데 거기에 입학원서를 내보자. 사범대학은 등록금도 싸고 또, 졸업하면 바로 교사가 되니까 취직 걱정할 필요도 없으니 내 생각엔 사범대학이 너에게 적당한 거 같다."

선생님이 진지하게 말씀하셨다. 선생님이 우리 집 형편을 아시기 때문에 나에게 맞는 적합한 진로지도를 해주신 것이다.

"그럼 선생님 생각엔 제가 사범대학 어느 과에 지망하면 좋을 것 같아요?"

내가 진지하게 여쭈었다.

"여자는 아무래도 가정과가 낫겠지?"

나는 선생님이 추천해 주시는 대로 부산대학교 사범대학 가정과에 입학원서를 내고 시험을 쳤다.

교사라는 나무가 되기 위해

❧

새내기 대학생, 나의 전성시대

그동안 열심히 공부한 보람이 있어 사범대학에 무난히 합격했다. 나중에 알았는데 그해 부산지역에 사범대학이 처음 생겨서 경쟁률이 상당히 높았다. 특히 가정과는 여고생들에게 선호도가 높아서 부산뿐만 아니라 경남지역에서도 공부 잘하는 여학생들이 많이 지원했다고 한다.

대학생이 되니 그동안 움츠렸던 어깨가 저절로 펴졌다. 가슴에 학교 배지를 달고 자랑스럽게 다닐 수 있어서 좋았다. 신학기에 다른 대학은 신입생 환영회가 열렸는데 사범대학은 신설대학이라 선배가 없어 신입생 환영회를 못 받았다. 대신 각종 동아리에서 신입생 환영회를 해주었다. 내 마음에 드는 동아리가 있어 가입했는데 여고 동기가 선배가 되어 있었다. 나도 시험 볼 때 연탄가스를 마시지 않았으면 쟤들과 같은 학년이 되었을 것인데, 내가 동기의 후배가 되었다고 생각하니 왠지 심사가 꼬이고 억울한 생각이 들어서 가기 싫었다. 그래서 나와 비슷한 생각을 하는 재수생끼리 모여서 새로운 동아리를 만들었다.

영어 회화, 시사 토론, 전통예술, 등산 동아리 등을 만들어 바쁘게 다녔다. 그중에서 제일 열성적으로 활동한 건 전통예술 동아리이다. 우리 가락과 춤에 흥미가 있는 선후배가 모여서 만든 동아린데, 부산과 경남에 거주하는 인간문화재를 찾아가서 대학생들을 위해 강의해 달라고 하면 모두 순순히 응해 주셨다.

그분들은 대학생들이 우리 전통문화에 관심을 가지고 배우고자 하는 것만으로도 감동하셨다. 지금과 달리 그 시절에만 해도 마당놀이, 판소리, 사물놀이 등에 별로 대학생들이 관심을 가지지 않았기 때문에, 대학에 와서 강습해 주는 것을 자랑스럽게 생각하고 반기셨다. 강의료를 주지 않는데도 열심히 가르쳐 주셨다. 학교가 너무 멀어서 오시기 힘든 분은 자신이 운영하는 학원이나 집으로 직접 오라고 해서 가르쳐 주셨다.

가야금 명인이 우리한테 선생님 댁으로 오라 하기에 여학생 몇 명이 가야금을 배우려고 찾아갔다. 그분 거실에는 여러 모양의 가야금이 많이 있었다. 거기서 가야금병창을 배웠는데 가야금을 치면서 민요 가락을 같이 부르게 했다. 선생님이 목청을 틔우려면 소금을 먹고 소리를 지르라고 했다. 선생님의 말씀대로 창을 부르다가 목이 아프면 소금을 먹으면서 열심히 창과 가야금을 배웠다.

또 전통무용 선생님에게 전통무용도 배웠다. 그분은 남자였는데 어찌나 춤을 예쁘게 잘 추는지 춤추는 동작이 무척 아름다웠다. 나중에 그분은 '살풀이춤' 명인으로 인정받고 전통무용 인간문화재가 되셨다. 사물놀이 선생님에게서는 장구, 꽹과리, 징, 북 등을 치는 법을 배웠다.

이렇게 여러 가지를 배우고, 교내 대학극장에서 1년에 두 번 공연했다. 무대에서 공연할 때는 무척 신났다. 예쁘게 단장하고 무대에서 춤추면서 민요 가락이나 창을 하면 관중석에서 박수갈채가 터지는 것이 신나고 재미있었다.

대학 3학년 초에 서울시민회관에서 전국대학생예술제가 열려서 우리 동아리에서도 '동래야류'라는 마당놀이로 참가했다. 모두 한마음으로 인간문화재의 지도를 받으면서 연습했다. 땀 흘리면서 날마다 열심히 배운 것이 헛되지 않아서 우리 동아리가 우수상을 받았다. 실제로 눈앞에 성과가 나타나자 눈물이 저절로 나왔다. 심사 발표를 듣는 순간, 우리는 와~ 소리 지르고 손뼉 치면서, 서로 끌어안고 난리를 쳤던 그 날의 기억이 새롭게 떠오른다.

전통예술 동아리는 해마다 공연 준비로 늘 바쁘게 지냈다. 그런데 3학년 말 공연 때 나는 엄청난 실수를 저질렀다. 지금 다시 생각해도 나 자신이 도저히 이해가 안 되는 행동을 했다. 친구와 둘이 가야금 병창을 하는데 내 가야금 줄이 하나 끊어졌다. 순간 당황스러워하다가 옆에 있는 친구 가야금을 뺏고 내 것을 친구에게 줬다. 내 행동에 당황한 친구는 어이없는 표정으로 나를 노려보다가 줄 터진 가야금을 팽개치고 울먹이며 무대에서 뛰쳐나가 버렸다. 그때서야 '아차! 큰일 났다.' 싶었지만 공연을 포기하고 나까지 나갈 수가 없었다. 무얼, 어떻게 연주했는지 경황없이 연주하고 들어오니 친구가 울고불고 난리였다. 어떻게 그럴 수가 있느냐고 주변에 있던 선후배들이 일제히 나를 싸늘한 눈으로 흘겨보면서 비난했다.

나는 선후배들에게 "미안하다. 나도 내가 왜 그랬는지 모르겠다." 라며 사과했고, 친구에게도 미안하다는 사과와 함께 분이 풀릴 때까지 날 때리라며 진심으로 사죄했다. 친구는 이미 마음이 너무 상해서 쳐다보지도 않고 울기만 했다. 그날 이후로 그 친구는 나를 제대로 상대해 주지 않았고 동아리 회원들도 모두 나에게 싸늘했다.

그때 내가 왜 그런 행동을 했을까. 아마도 그 시절에는 나만 잘난 줄 아는 이기적이고 미성숙한 인격체의 인간이었던 거 같다. 전통예술 동아리에서 가장 친한 친구였는데 그 일이 있고 난 후에 오랫동안 서먹하게 지냈다. 친구에게 그런 뻔뻔스럽고 부끄러운 일을 저지른 나 자신이 도저히 용서가 안 되었으며 후회로 남아 있다.

등산반은 부산에 있는 대학생들이 함께 만든 동아리였다. 일요일이나 방학 때 함께 경남 일대를 중심으로 산행을 다녔다. 방학 때는 지리산, 설악산, 한라산에도 올랐다. 3학년 겨울방학 때 눈보라 치는 지리산을 죽을힘을 다해 등반한 기억은, 지금 다시 생각해도 대단한 일이다. 추위에 떨면서 지리산 산장에서 자던 일과 밑이 뻥 뚫린 낭떠러지였던 화장실에서 겁에 질려 떨면서 용변을 봤던 일, 하산 길에 눈썰매 타는 게 재미있어서 바지 밑에 아무것도 대지 않고 그냥 눈을 타고 내려왔다가 나중에 엉덩이가 시려서 밤새 고생한 일, 이 모든 게 젊은 날의 아름다운 추억이 되었다.

등산모임은 재미있었다. 등산 가면 남학생들이 밥을 지어 주었다. 그때는 여학생들이 따라가 주기만 하면, 무거운 짐부터 식사까지 남학생들이 알아서 다 해결해 주었다. 그리고 휴식 시간에는 즐거운 게임까지 다 진행해 줘서 아무 부담감이 없었다. 여학생은 동참만 하면 됐다. 등산할 때 힘은 들었지만 산 정상에 서서 아래를 내다보면 내가 뭔가 장한 일을 해낸 거 같아서 뿌듯했다. 앞으로 다가올 힘든 일들도 이렇게 인내심을 가지고 견디어 내면 얼마든지 극복할 수 있다는 자신감도 생겼다. 산에 오르는 과정은 힘들고, 때로는 길이 보이지 않기도 하지만 위로 오르다 보면 반드시 정상에 도달한다는 것이 내 삶에 큰 위로와 지침이 되었다.

나는 대학 시절에 과외지도 아르바이트로 내 용돈과 학비를 직접 벌어서 썼다. 집안 형편도 안 좋았지만 나에게 용돈 줄 사람도 없었다. 오빠들은 내가 대학 다니는 것을 별로 좋아하지 않았다. 오빠들이 중고등학교 다닐 때는 지금보다 집안 형편이 더 나빴기 때문에 등록금을 마련할 형편이 되지 않았다. 그래서 고등학교를 졸업한 오빠들은 진학 자체를 포기하고 군에 자원 입대하였다.

오빠들에게는 대학에 다니는 여동생이 곱게 보일 리 없었을 것이다. 이해는 하면서도 서운했다. 그래서 필요한 돈은 과외지도로 벌어서 사용했다. 다행히 내 주변에서 나를 좋게 생각하는 분들이 자기 자녀를 지도해 달라고 부탁해서 두 그룹을 지도했다. 중학생은 우리 집에 와서 했고 고등학생은 그 집에 가서 가르쳤다.

처음에는 긴장하고 열심히 가르쳤는데 학생성적이 조금씩 오르자 교만한 마음이 생겨 갈수록 조금씩 열의가 식었던 것 같다. 온종일 밖에서 돌아다니다가 밤에 학생을 가르칠 때쯤이면 졸음이 밀려오곤 했다. 그럴 때 과외지도 받는 중학생도 졸고 있으면 합의해서 둘이 책상에 엎드려 잠깐씩 잔 적도 가끔 있었다. 그러면서 과외수업비는 꼬박꼬박 챙겨 받고, 수고했다는 인사까지 받았으니 얼마나 파렴치했는지. 그때는 별로 그런 생각조차 못 했다. 고등학생 지도하는 집에서는 어머니가 건넛방에 계셔서 졸음이 와도 참았다.

어느 날 학생의 어머니가 외출하고 없는데 학생이 불쑥 말했다.

"선생님, 우리 집에 포도주 담근 것이 잘 익었는데 한 잔 갖다 드릴까요?"

"그래? 그러면 가져와라."

그랬더니 얼른 가서 포도주를 퍼 왔다.

무르익은 포도 향이 코를 찌르는 포도주를 대접째 마셨다. 그때만 해도 포도주를 담그는 집은 잘사는 집이었다. 잘 익은 포도주는 정말 맛이 있었다. 고등학생 제자는 과외 선생이 맛있게 술 마시는 모습을 보는 게 재미있었는지 어머니가 집에 안 계실 때 몇 번 더 포도주를 갖다주었다.

지금 생각하면 철없는 제자와 철없는 선생이 같이 저지른 엉뚱한 짓이어서 민망스럽다. 아무튼 과외지도는 힘들었지만, 용돈이 생겨서 크게 궁하지 않게 대학 시절을 보낼 수 있었다.

친구, 데이트

사범대학에 입학하고 얼마 지나지 않아 나에게 친한 친구가 생겼다. 큰 눈방울에 웃을 때 덧니가 예쁘게 보이는 덩치가 작은 귀순이는 경남여고 출신으로 재수생이었다.

그때 내가 학과 대표를 맡고 있었는데 어떤 일을 할 때마다 과 전체 회의를 했다. 회의 때 동기들의 의견이 분분해지면 귀순이는 내가 주관하는 일에 대해 조리 있게 보충 설명을 해주어 과 동기들의 동의를 받을 수 있게 해주곤 했다. 우리 과에는 경남여고, 부산여고 출신들이 대부분이었기 때문에 나와 귀순이만 뜻이 맞으면 별 무리 없이 학과 일이 진행되었다.

귀순이는 내가 학회장으로 지내는 동안에도 늘 곁에서 나를 도와주어 내가 학과 일을 동기들의 박수 받으면서 신명 나게 할 수 있었다. 귀순이는 내가 중학생 시절에 데려온 수정이 이후 유일하게 우리 집에 데려온 친구였다. 그만큼 친하게 지냈다.

철이 들면서 나는 내가 사는 우리 동네가 다른 동네와 다르다는 것을 알았다. 이웃에 윤락녀들이 살았기 때문이다. 우리 집이 어디인지를 말하면 사람들은 나를 의미심장한 눈으로 다시 쳐다보는 것 같아서, 다른 동네를 말하곤 했다. 사람들의 편견과 사람을 무시하는 듯한 태도가 싫었기 때문이다.

우리 동네에서 나는 어릴 때부터 살았기에 윤락녀들에 대한 사연을 많이 안다. 그녀들은 비록 윤락행위로 돈을 벌지만, 자신의 노력으로 살고 있다는 자부심도 있었다. 그녀들은 자신의 처지에 비관만 하지 않고 자기가 돈을 많이 벌어 가족이 잘살도록 해주겠다는 꿈을 가진 인정 많은 여성이었다.

그런데 외부 사람들이 그녀들을 보는 시선은, 불결한 물건을 보는 듯했고 또 무시하고 함부로 대했다. 생존경쟁에서 살아남기 위해 몸까지 팔면서 안간힘을 쓰는데, 왜 그녀들을 가엾게 여기지 않고 따뜻하게 대하지 않는지 그런 사람들이 야속했다. 나는 그녀들과 이웃 동네에 사는 것이 불편하거나 불결하게 여기지 않았다. 그렇지만 다른 이에게 그런 이유를 일일이 설명하기도 어려웠고, 이해시킬 수도 없었다. 그래서 철이 들면서 우리 집이 어딘지 말하는 것도 친구를 데려오는 것도 아예 하지 않았다.

나는 귀순이와 친해지자 내가 사는 동네를 말하였고 우리 집에도 데려왔다. 귀순이도 나를 자기 집에 데려갔는데 초량 부근의 산기슭에 살고 있었다. 동생이 다섯이고 언니가 한 명 있었다. 언니가 대학을 졸업하고 은행에 다니고 있었는데 귀순이 학비는 언니가 대준다고 했다. 귀순이네는 딸이 다섯이고 끝에 두 동생이 남자였다. 아마도 친구 부모님은 아들을 낳을 때까지 계속 자식을 낳았던 것 같다. 작은방은 언니가 쓰고 큰 방에 나머지 식구들이 다 모여 있어 큰방에 들어가니 시끌벅적했다. 귀순이 집에서 잘 때, 식구들이 누워서 얘기하고 있으면 천장에서 쥐가 찍찍거리면서 돌아다니는 소리가 들렸다. 그래도 우리끼리 웃고 떠드느라 쥐소리가 자장가로 들렸다.

이렇게 우리는 서로에게 숨기는 게 없었다. 시험 칠 때 모르는 것이 있으면 친구 답안지를 슬쩍 커닝했고, 자수, 뜨개질, 바느질 같은 숙제는 거의 귀순이가 해주었다. 가정 실습시간에 내가 재봉틀 앞에서 바느질감을 가지고 허둥대고 있었더니 귀순이가 내 것을 가져가고, 자기가 만든 걸 내게 주었다. 그런 귀순이가 어찌나 고마웠던지, 친구가 천사같이 보였다. 나는 집에서 재봉틀을 사용해 본 적이 없었지만, 그녀는 집에서 동생들 옷 수선을 자기가 직접 해주고 있어서 재봉틀을 잘 다루었고 바느질도 잘했다. 그 이후로 내 바느질 과제는 물론 만드는 것까지 친구가 해주는 덕분에 실습시간이 되어도 아무 걱정이 없었다.

훗날 귀순이가 내 딸들을 처음 만나는 자리에서 "얘들아, 너희 엄마는 내 덕에 대학교를 졸업했단다. 내가 너희 엄마 대신 바느질 안 해 줬으면 졸업 못 했을 거다."라며 우스개처럼 짓궂게 말해버렸다. 그 한마디에 딸들에게 고매하게 보였던 나의 체면이 말이 아니게 되어버리긴 했다.

내가 가정과를 선뜻 지망한 가장 중요한 이유는 요리 실습이었는데 소문에 가정과는 수업 시간에 여러 가지 요리를 만들어서 먹는다고 했다. 집에서 제대로 만든 요리를 먹어 본 적이 없었던 나는 그 말에 혹해서 잔뜩 기대하고 가정과에 지원했다. 그런데 조리 실습보다 바느질, 수놓기, 뜨개질 등이 더 많아서 실망했다. 귀순이 같은 친구가 옆에 없었다면 학교 다니기가 힘들었을 것은 사실 맞는 말이었다.

나의 대학 생활에서 빼놓을 수 없는 것은 남학생과의 데이트다. 활달한 성격 덕분에 학회장을 하면서 동아리 모임에도 적극적으로 참가하다 보니, 자연히 남학생들과 만나는 기회가 자주 있었다. 그중에 내게 관심을 보이며 진지하게 만나고 싶어 하는 남학생들이 있었다. 내가 별로 마음에 들지 않는 남학생이 만나자고 할 때는 중국집에서 만나자고 하고는, 친구를 몇 명씩 데리고 나가서 요리를 마음대로 시켜 먹게 하는, 소위 바가지를 씌우고는 친구들과 재미있어했다. 지금 생각해 보면 당하는 남학생 처지에서 내가 한 짓이 상당히 황당하고 얄미웠을 것이다. 정말 철없는 행동이었다.

어느 날 동아리에서 만난 공대생과 고속버스를 타고 경주에 놀러 갔다. 그때까지 나는 고속버스를 타본 적이 없어서 고속버스 타고 경주 가자는 말에 좋다고 따라갔다. 경주에서 내려 불국사를 구경하고 놀다가 돌아가는 버스를 타러 가는 도중에 갑자기 공대생이 배가 아프다고 길바닥에 주저앉았다. 당황스럽고 난감했다. 시간은 자꾸 가는데 일어나지를 않아 거기서 더 머뭇거리면 막차를 놓칠 것 같아서, 공대생만 두고 나 혼자 막차 버스를 탔다. 미안한 마음은 있었지만, 왠지 갑자기 아프다는 게 의심스럽기도 하고, 집에 가지 않으면 나에게 더 큰 일이 생길 것 같기도 했다. 그 후 한동안 학교에서 그를 만나지 않으려고 피해 다녔다. 그러다가 어느 날 그를 교정에서 마주쳤는데 "이양, 너무한 거 아닙니까? 아픈 사람을 길바닥에 내버려 두고 어떻게 혼자 갈 수가 있어요?"라고 화를 내면서 질책했다. 나는 막차를 놓칠까 봐 마음이 급해서 그랬다는 말과 함께 정중하게 사과했지만, 다시는 그 공대생을 만나기 싫었다.

해마다 열리는 ROTC 카니발에 소개팅으로 만난 ROTC 법대생과 같이 갔다. 다과와 술이 나왔고, 사회자가 무대에서 코미디로 분위기를 재미있게 이끌었다. 그리고 노래가 나오고 참석자들이 흥겹게 춤을 추었다. 처음에는 조금 머뭇거렸지만 다 함께 하는 분위기에 휩쓸려 '베사메 무초'라는 음악에 맞춰 나도 같이 춤을 추었다. 아무튼 흥겹고 즐거운 카니발이었지만 그 법대생과 계속 교제할 마음은 없었다. 나는 그때 이미 사귀고 있는 남학생이 있었다.

그런데 다음날 그 법대생이 만나자고 강의실로 찾아왔다. 싫다고 말했는데도 자꾸만 찾아왔다. 내 강의 시간을 알아내서 강의가 끝나고 나가면 강의실 앞에 기다리고 있었다. 그러다 보니 과 친구들도 다 알게 되었고, 강의가 끝나면 밖에 그가 서 있으면 친구들이 나에게 법대생이 또 왔다면서 키득거렸다. 그뿐만 아니라 시험 때 도서관에서 공부하고 있으면 건너편 쪽에 앉아서 하염없이 나를 쳐다보고 있었다. 그때는 창피스럽고 화도 났다. 아마 그 법대생이 연애해 본 적이 없는 순진한 남학생이어서 그랬던 것 같다.

전통예술 동아리가 연습하던 강당은 체육관을 겸하고 있어서, 다른 동아리도 사용하고 있었다. 그중에 유도회 동아리도 있었는데, 내 남자 친구는 유도회 동아리 회장이었다. 그는 군 복무를 마친 복학생으로 같은 공간에서 유도하는 그를 자주 보았는데 멋있게 보였다. 그도 강당에서 전통춤을 추고 전통악기를 연주하는 나를 눈여겨보면서 서로 마음이 통해 사귀게 됐다. 튼튼한 근육질의 체구와 달리, 순박한 행동과 말투가 맘에 들었다. 둘이 등산을 가고 여행도 가고 영화도 보고 재밌게 지냈다. 그와 함께 있으면 시간이 어떻게 흘러가는지 모를 정도로 그가 좋았다.

그렇게 잘 지내다가 어느 날 둘이 뭔가로 의견이 맞지 않아 심하게 다투었다. 그러고 나서 내가 먼저 "우리, 인제 그만 만나자. 당신처럼 자기만 아는 이기적인 남자하고 더 만나기 싫다."라며 홱 돌아섰다. 그리고 일절 연락하지 않았다. 시간이 지나면 그가 찾아와서 나에게 미안했다며 사과하고 다시 만나자고 할 줄 알았는데, 그도 나만큼 자존심이 강해서 그런지 연락이 없었다. 그러더니 어느 날 내게 보란 듯이 자기 과 후배 여학생과 시시덕거리며 교정을 걷고 있는 게 보였다. 순간 질투심이 나서 따귀라도 갈기고 싶었지만, 꾹 참고 '그래, 너같이 속 좁은 인간은 앞으로 절대 안 만난다.'라고 다짐했다. 그 후에 어쩌다 교정에서 그를 만나도 싸늘하게 모르는 척하고 지냈다. 그렇지만 생각할수록 은근히 약이 오르고 후배랑 정답게 다니는 것을 보면 화가 치밀었다.

그럴 때 등산 동아리 친구가 고등학교 동창이라면서 자기 친구를 내게 소개해 주었다. 첫인상이 선해 보였는데 소개받은 그가 앞으로 자주 만나고 싶다는 말에 쉽게 동의하고 사귀게 되었다. 그는 군에서 제대한 지 얼마 되지 않아서 그런지 무얼 물어보면 답하느라고 허둥대었다. 그 모습이 우습고 재미있었다. 그의 첫인상은 내가 좋아하던 영화배우 '제임스 딘'처럼 눈이 약간 우묵하게 들어간 생김새라 호감이 갔다. 그리고 만나면 나를 먼저 배려해 주었고 내 비위를 맞추려고 애쓰는 것도 만족스러웠다. 함께 있으면 왠지 내가 제대로 숙녀로 대접을 받는 듯 느껴져서 기분이 좋았다.

부친이 검찰 고위직에 있는 그의 가정환경도 마음에 들었다. 어릴 적부터 순경이 집에 오기만 해도 놀라고 쩔쩔매면서 어쩔 줄 모르던 어머니를 보고 자랐기에, 언젠가 내가 어른이 되면 그들에게 호통을 치면서 살아야겠다는 생각을 해왔다. 그런 면에서 그의 배경도 마음에 들었다. 학교 교정에서 어쩌다가 전 남자 친구를 보게 되면 여전히 가슴 한구석이 아렸지만, 새 남자 친구와 만나는 횟수가 잦아지면서 아픈 기억도 점차 무디어져 갔다.

전에는 누굴 집에 데려온다는 생각을, 더구나 남자를 데려와서 가족에게 소개한다고 생각해 본 적이 없었다. 그런데 이번에는 그를 집에 데려와서 어머니에게 인사시켰다. 그가 결혼까지 하고 싶어 해서 가족과 만나게 한 것이었다. 그만큼 내게 진심이었고 나도 졸업을 앞두고 이 정도로 나에게 잘해 주는 남자라면 결혼해도 좋겠다는 생각에 우리 집안을 공개한 것이었다.

그와 결혼을 약속했기 때문에 나도 졸업을 앞두고 희망 근무지를 그와 함께 지내기 위해서 서울로 지원했다. 그리고 졸업하고 서울로 발령을 받았다.

내가 대학교에 다니면서 가장 존경했던 교수님은 오 교수님이다. 따뜻한 봄날이나 학교 축제가 가까워지면 강의를 빼먹고 놀고 싶어서 학생들이 "오늘 날씨가 너무 화창한데 우리 밖에 나가서 야외수업 해요."라고 수작을 부리는데 교수들은 처음에는 안 된다고 거부한다. 그러나 우리가 계속 조르면 교수들은 제대로 수업이 안 되는 걸 알면서도 어쩔 수 없이 따라 주셨다. 밖에 나오면 제멋대로 떠들고 산만해져 있는 우리를 몇 번 꾸중하다가 지치셔서 "오늘 수업은 그만하자."라며 대개의 교수는 수업을 포기한다. 그러면 우리는 와아~ 함성을 지르면서 좋아했다.

솔직히 교육학 이론들은 지루하고 재미없었다. 그런데 오 교수님에게는 이 수법이 안 통했다. 우리가 생떼를 써 밖으로 나와서는 수업할 생각은 전혀 하지 않고 제멋대로 떠들며 난장판을 쳐도, 교수님은 혼자 강의하다가 끝나는 시간이 되어야 가셨다. 이러니 아무리 기세등등했던 우리라도 오 교수님에게는 질 수밖에 없었다. 또, 수업 시작종이 울리기 전에 항상 강의실에 먼저 오셔서 우리를 기다리고 계셨다. 강의 시간 내내 농담 한마디 없이 오직 교과서에 나와 있는 것만 말씀하셨다. 정말 지루하고 재미없는 수업이었다. 그런데 졸업하고 세월이 흘러가니 오 교수님이 진정한 교육자였다는 생각이 들었다. 학생이 원하는 대로 학생의 비위를 맞춰주면서 적당히 인기를 누리던 교수들은 자기 주관이 뚜렷하지 못한 교육자가 아니었나 싶다.

졸업을 앞두고 교생실습을 나갔다. 교생생활은 우리가 생각했던 것보다 훨씬 힘들었고 지치게 했다. 그때, 오 교수님이 우리를 찾아오셨다. 험지에서 구세주를 만난 기분이라고 할까. 정말로 반갑고 기뻤다. 교수님의 격려와 위로의 말씀은 우리에게 힘이 되고 용기가 되었다. 나중에 좋은 선생이 되려면 학교 현장에서 선배 선생님들이 어떻게 학생들을 가르치는지 보고 잘 배워야 한다는 말, 수업 실습을 하면서 힘든 것이 있으면 어떻게 해야 좋은지 지도해주는 선생에게 직접 물어보고 그분의 가르침대로 잘 배워야 한다는 말씀, 이담에 교사로 생활할 때 지금 고생한 것이 많은 도움이 될 것이고, 얼마나 소중한 경험이었나를 알게 된다는 말씀이었다.

우리는 교수님 훈화를 가슴 깊이 새겨듣고 나서 학교 욕먹지 않게 열심히 잘하고 가겠다고 말하면서 훌쩍거렸다. 교수님은 우리를 다독거려 주면서 너희들을 믿는다고 하셨다. 그 후에도 교수님은 가끔 오셔서 격려해 주셨고, 우리는 교수님의 기대에 어긋나지 않게 또, 부산대학교의 명예가 손상되지 않도록 학교에서 해야 할 일은 무슨 일이든지 열심히 했다.

실습 마지막 날이었다. 교직원 회의에서 교장 선생님께서 우리 교생들에게 지금까지 여러 학교에서 교생들을 보내서 지도해 왔지만, 이번 교생들처럼 열심히 하는 교생들은 보지 못했다고 하셨다. 아울러 여러분들이 우리 학교에 와줘서 고맙다는 칭찬까지 아낌없이 하셨다. 그 말을 들으니 그동안 고생한 것이 헛되지 않았다는 생각에 눈물이 핑 돌았다.

우리는 지도 선생님들의 정성 어린 지도에 대한 감사 인사와 이곳에서 배운 대로 선생님들의 기대에 어긋나지 않는 교사가 되겠다며 진심으로 고마움을 표했다. 정말 고마웠다. 그리고 현장에 나가서 멋진 교사로 지낼 앞날을 생각하니 가슴이 두근거렸다.

2부

아주 개성적인 교사

새로운 삶의 시작

❧

결혼과 동시에 교사 생활로

대학교를 졸업하고 나는 서울로 발령을 받았다. 결혼하기로 약속한 그가 서울에서 근무하고 있어서 나도 서울로 발령희망지를 적었고, 다행히 성적이 상위권이어서 서울로 올 수 있었다.

오 교수님께 서울로 발령이 났다고 했더니 추천서를 써줄 테니 교육감을 찾아가 보라고 했다. 생면부지의 낯선 곳으로 발령받아가는 제자를 배려해 주시는 교수님의 온정에 정말 감사했다.

서울에 도착해서 교육청을 찾아갔다. 처음 가보는 교육청에서 교육감이라는 높은 분을 만나려니 떨리고 긴장되었다. 그나마 다행스러운 것은 교육감님이 내가 졸업한 여고에서 교장 선생님으로 재직한 적이 있던 분이었다. 교육감님께 교수님이 주신 편지를 드렸다.

며칠 후 나는 도봉여중으로 발령을 받았다. 그때 작은언니가 서울에 살고 있었다. 나는 언니 집에서 지내다가 다음 해 1월에 서둘러 결혼했다.

결혼 전에 시어른 되실 분을 뵈었는데 내가 사는 동네와 홀어머니라는 것 등 나의 가정환경이 마음에 들지 않았는지 좋아하는 눈치가 아니었다. 그래도 아들의 막무가내 고집에 결혼하는 조건으로 신부의 어머니가 결혼식에 참석하지 않는 것이 좋겠다고 하였다. 동네 주변에 윤락가가 있고 그곳에서 구멍가게를 하는 모든 것이 당신의 사회적 체면에 손상된다는 이유에서였다. 참으로 어처구니없는 요구였지만 나로서는 어쩔 수가 없었다.

집에 가서 어머니께 차마 하기 힘든 말을 울먹이면서 겨우 말했다.

"네 시댁에서 그렇게 하는 것이 좋겠다고 하면 내가 안 가면 되지. 아무 걱정하지 마라. 시집가서 너만 잘살면 됐지, 결혼식에 엄마가 참석하고 안 하는 게 뭐 그렇게 대단하냐. 나는 괜찮다."

어머니는 시댁 쪽의 말도 안 되는 제안을 받아주셨다. 그런 어머니 얼굴에 서운함이 스치셨고, 나도 가슴이 아프고 쓰렸지만, 한편으로는 은근히 안도하면서 "엄마 죄송해요. 시집가서 정말 잘할게요."라는 말로 엄마를 위로했다.

지금 돌이켜보면 내가 너무 이기적이었고 어머니께 불효막심한 짓을 했다. 홀몸으로 온갖 고생을 다 하며 키운 딸자식이 시집가는 모습을 못 보게 한 것은 딸자식으로서 도리가 아닌 것을 그때는 미처 깨닫지 못했다. 당장 눈앞에 닥친 결혼식만 무사히 치르면 된다는 얄팍한 내 이기심이 저지른 옹졸한 짓이었다. 그때 그런 내 모습은 내가 나이를 먹을수록 부끄럽고 용서가 잘 안 되었다. 막내딸이 시집가는 날, 엄마는 얼마나 서운하고, 살아온 세월이 허무했을까. 지금도 어머니 산소에 가는 날이면 어머니 마음을 미처 헤아려 드리지 못한 철없던 내가 한없이 부끄럽고 죄송스러워 어머니께 사죄드린다.

어머니가 내 결혼식에 참석도 못 하는데 결혼식 비용을 부담하게 할 수는 없었다. 그런 염치는 있어서 그동안 월급 모은 것과 친분 있는 선생에게 빌린 돈으로 결혼 준비를 했다. 예단으로 두 분 시어른 옷만 제대로 갖춰드리고, 시동생들은 학생이라 만년필로 대신했다. 친척들은 고모부터 숙모까지 저고리 옷감으로 했다. 사촌들에게는 여자는 버선, 남자는 양말로 예단을 준비했다. 그때는 내 능력껏 마련해 가면 된다고 생각했다. 지금 돌이켜보면 지나치게 검소했다. 오죽하면 신혼여행을 마치고 시댁에 간 첫날, 시골에서 올라오신 고모님이 나를 가만히 불러내서 물으셨다.

"애야, 너 정말 내 예단으로 저고리 한 감을 가져왔냐?"

"예, 그것만 가져왔습니다."

고모님은 멍하니 어이없는 표정을 지으셨다. 새 신부가 예단으로 무얼 가져왔나 은근히 기대하고 왔던 시댁 일가친척들은 모두 실망하고 돌아갔다는 말을 나중에 들었다. 내게는 돈도 없었고, 또 어머니에게 예식장에도 오지 말라고 한 주제에 무얼 해 달라고 말할 염치도 없었다. 어머니가 형편이 안 되는 줄 뻔히 알면서 그러긴 더욱 싫었다. 그래도 어머니가 이불 한 채를 해 주셨다.

결혼식을 마치고 신혼여행으로 경주에서 불국사를 관광하고 해운대 관광호텔로 갔다. 난생처음 호텔이란 곳에 들어가서 나는 친구들을 불렀다. 시아버님이 호텔에 묵으면서 돈 걱정은 하지 않아도 된다고 하셨기에, 친구들을 오라고 해서 같이 저녁 먹고 클럽까지 갔다. 나도 그랬지만 친구들도 클럽 가서 놀아본 적이 없었기에, 다들 들떠서 밤늦도록 놀았다. 나도, 친구도, 그때는 그렇게 눈치도 철도 없었다. 신랑은 신부의 눈치 보느라 싫다는 말도 못 하고 얼마나 황당했을까. 지금도 웃음이 저절로 나온다.

아무튼 그렇게 신혼여행을 마치고 서울에서 신혼살림을 시작했다. 결혼하고 나면 서울에 집을 사줄 거라고 은근히 기대했는데, 시댁에서 전셋집 구할 돈만 주었다. 친척들 말로 시어머니가 계모라서 그랬을 거라고 했다. 친모는 남편이 세 살 때 돌아가셨고, 몇 년 뒤 시아버지가 재혼해서 맞이한 분이 지금 시어머니다. 시어머니는 시집와서 아들 셋을 낳으면서 전처 아들인 남편과 갈등이 있었던 것 같았다. 시어머니와 그런 관계라서 전셋돈만 마련해 준 듯했다. 시댁에서 준 돈으로 전세방을 한 칸 구하고, 나머지는 세간으로 캐비닛과 찬장을 하나 샀다. 그리고 나머지 돈으로 충치가 생긴 치아를 치료했다.

어린 시절에 이를 잘 닦지 않아 충치가 있었다. 그래서 어금니 몇 개를 치료했는데 치료가 잘못됐는지 다시 아팠다. 치아는 유전된다고 하던데 아마 내가 어머니를 닮은 모양이었다. 어머니가 치통으로 고생하는 것을 어릴 적에 많이 봤는데 나도 치아가 좋지 않았다. 거기다 식구들이 이 닦는 데 별로 관심이 없었고, 닦으라는 말을 아무도 해주지 않았다. 가끔 손가락에 소금을 묻혀서 이를 닦는 흉내를 내는 것이 전부였다. 할머니와 엄마가 그렇게 닦아서 나도 그렇게 따라 했다. 칫솔로 이를 닦은 건 초등학교 고학년쯤이었다. 그때 치약은 가루로 된 것이었다. 이 닦는 것이 얼마나 중요한 일인가에 대한 개념이 우리 가족에게 별로 없었다. 그러다 보니 여고생일 때 이미 충치가 생겨서 고생했다. 대학 다닐 때는 충치가 생긴 어금니를 아말감으로 때웠다.

결혼할 때쯤 이 어금니가 다시 아파서 치과에 갔더니 전에 치료한 것이 잘못됐다고 했다. 그래서 이번에는 충치를 금으로 때우기로 했다. 그런데 어금니가 모두 충치여서 예상보다 치료비가 많이 들었다. 남편은 시댁에서 전셋집 얻으려고 받은 돈으로 선뜻 치료비를 내주었다. 미안했지만 이가 아프니 어쩔 수 없었다.

충치 치료비를 내고 나니 방 한 칸 얻을 돈밖에 남지 않아, 단칸방에서 살림을 시작했다. 그래도 둘이 함께 사는 게 행복했다. 일 년쯤 지나서 첫째 딸을 낳았고, 애를 돌보는 가정부를 데려오기 위해 두 칸짜리 방이 있는 집으로 이사 갔다. 내가 딸애를 낳자 시댁에서는 그 집에 있던 가정부를 우리 집으로 보내주었다. 이사하고 얼마 지나지 않아 얼마 지나지 않아 겨울방학 때 친정집에 갔는데 저녁나절이 되어도 어머니가 저녁밥을 하지 않고 그냥 있었다. 이

상해서 저녁 안 하시냐고 물었다.

"하늘나라에 곡식을 쌓아두려고 저녁 한 끼를 굶는다. 모아둔 쌀은 어려운 사람들에게 나눠 주려고 교회에 갖다낸다."라고 하시는 게 아닌가.

교회 목사님이 '한 끼를 금식해서 불우한 이웃을 돕자.'라고 하신 말을 어머니가 지키고 계셨던 거였다. 그때는 내가 아직 교회에 나가지 않았던 때라 금식한다는 말에 화가 났다.

"아니, 엄마는 하루 세 끼 밥밖에 먹는 게 없는데 저녁을 굶으면 어떡해. 그러다 영양실조로 쓰러지면 누가 책임져요."

"이제 저녁 안 먹는 게 습관이 돼서 괜찮다. 예수님도 40일 동안 기도하시면서 아무것도 안 드셨는데, 나는 겨우 저녁 한 끼만 안 먹는데 뭘 그러냐."

어머니는 대수롭지 않다는 듯 말씀하셨다.

"엄마 혼자 있으면 큰일 나겠네. 나하고 같이 서울 올라가요. 엄마가 우리 집에서 내 딸애를 돌봐주면 내가 마음 놓고 학교 갈 수 있으니 같이 살아요."

나는 딸애를 핑계로 어머니를 우리 집으로 모셔왔다. 제대로 끼니도 안 챙겨 먹는 어머니를 도저히 혼자 둘 수 없다는 마음이 들어서였다. 남편에게는 내가 학교에 근무하는 동안 엄마가 우리 딸을 돌봐주고 있으면 내가 안심하고 학교 일에 충실할 수 있겠다고 말했다. 딸애를 빌미로 당당하게 어머니를 모셔 올 수 있었다. 집안일은 가정부가 하고 어머니는 딸애를 돌보면서 함께 살았다. 내가 교사가 되면서부터 어머니에게 뭔가 보답하고 싶었다. 그래서 첫 월급부터 매달 얼마씩 용돈을 보냈다. 우리와 함께 살아도 변함없이 계속 드렸다.

부산에서 살다가 서울에 오니 제일 힘든 게 경상도 사투리를 쓰는 것이었다. 더구나 학생들을 교육해야 하는 처지이기에 더욱 신경이 쓰였지만 어쩔 수가 없었다. 나의 경상도 억양과 사투리 때문에 동료 교사와 학생들이 폭소를 자아내는 일이 자주 생겼다.

"야, 너거들 퍼득퍼득 해라."라는 내 말이 외국어 같은지 학생들이 어리둥절하고 있다가 '와~ 하하'하고 웃어댔고, 옆에 있던 동료 교사도 "본토말 나오네."라며 놀렸다. 내게 가장 어려운 발음은 '싸'와 '으'였다. '쌀'을 '살'로 말하고 '의사'를 '어사'로 말하다 보니 내가 수업하는 교실은 항상 웃음이 넘쳐났다.

나는 이상하게도 학교에서 업무 분담받을 때 주로 학생부에 배정이 되었다. 그 이유를 나중에야 알았다.

교직 사회에도 소위 텃세라는 게 있었다. 부산 출신이 서울에 왔으니 아는 사람이 아무도 없어 찬밥신세를 면하기 어려웠다. 학생부는 다른 교사보다 30분 일찍 와서 교문에서 학생 등교지도를 하고, 주말에는 학생 교외지도까지 해야 하는 부서여서, 교사들에게 인기가 없었고, 나처럼 동문이 없는 교사들이 가는 부서였다. 내가 부산사대 1회 졸업생이어서, 발령받아가는 학교마다 당연히 선배가 한 명도 없었다. 그러다 보니 학생부 업무를 많이 맡게 된 것이었다. 그래도 나는 서울에서 근무한다는 것만 해도 행운이라 생각하고, 아무런 불만 없이 열심히 근무했다.

　명절이나 일요일에 당직하는 교사가 평일에 당직인 나와 바꿔 달라면 순순히 응했고, 수업 시간을 바꿔 달라고 부탁하면 내가 자진해서 했으며, 선배 교사들 대신에 주번 교사도 해주었다. 그렇게 선배 대접을 깍듯이 해주면서 지냈더니, 같이 근무하던 선배 교사들이 차츰 내게 관심을 주었고, 마음을 터놓고 친하게 지내는 사이가 되었다.

아주 개성적인 교사

　선배 여교사들은 친목 모임에도 나를 끼워주었다. 서울이 낯선 곳이라 지리를 잘 몰랐던 나는 그들이 데려가는 곳이 하나같이 새롭고 신비로웠다. 미술, 국어, 사회, 과학, 체육 과목 교사 일곱 명의 모임인데 다들 소신이 뚜렷한 분들이었다. 월급날이면 얼마씩을 걷어서 퇴근 후 종로, 퇴계로, 명동 등으로 나갔다. 주로 간단한 저녁 식사를 한 후 2차로 파전, 빈대떡, 도토리묵에 막걸리를 마셨다. 모임의 리더를 맡은 미술선생은 학교 밖에 나오면 우리에게 선생이라는 호칭을 못 쓰게 했다.

"야, 나보고 부장이라 그래. 다른 선생도 과장이라고 불러라. 촌스럽게 이런 데서 무슨 선생 타령이야."

이 모임에서는 전부터 밖에 나오면 그렇게 불렀다고 나보고도 그러라고 했다. 그 말투부터가 맘에 쏙 들었다. 술집에서 선생이라는 호칭을 생략하고 이렇게 자유롭게 행동하는 선배 교사들의 자유로운 영혼이 존경스러웠다. 막걸리를 몇 잔 마시고 나서 학교에서 있었던 업무 중에 부당하다고 생각되는 것을 내가 열을 올리면서 비판하면, '옳다, 네 말이 맞다.'라고 호응해 주는 선배 교사들이 옆에 있어서 좋았다. 그리고 쌓였던 스트레스도 확 풀렸다.

어느 해 중간고사 때 미술 교사인 O 선생이 자기 집으로 우리를 초대했다. 우이동 골짜기에 집이 있었는데, 가는 길에 재래시장에서 장을 보고 오징어로 안주를 만들어, 선반에 진열되어 있는 과일주들을 몇 병 가져와서 한 잔씩 따라 주었다. 진달래술에서는 진달래 향이, 모과술에서는 모과 향이, 포도주에서는 포도 향이, 더덕술에서는 더덕향이 났다. 우이동 산자락이 내려다보이는 거실에서 클래식 음악을 들으면서 산자락에 핀 이름 모를 꽃들을 바라보면서 마시던 그 술맛은 세월이 한참 지나도 오랫동안 잊히지 않는다.

대학 다닐 때 같은 미술과에서 공부하던 남자와 연애하다가 결혼했는데 남편은 대학에서 미술을 강의한다고 했다. O 선생 집은 벽에 붙인 그림부터 거실에 통나무를 잘라서 만든 탁자까지, 모두 다 예술

가가 만들어 놓은 작품을 나열한 것 같았다. 집안 어디에도 돈을 들여서 번듯하게 치장한 모습이 전혀 없었는데, 내 눈에는 예술가의 집으로 손색이 없어 보였다. 거실 곳곳이 멋있었다. 과일주를 마시고 나서 조금 어릿한 눈으로 창밖에 펼쳐진 늦봄 꽃들의 향연을 만끽하면서, 온 천지가 참 아름답다고 느낀 감회는 오랫동안 내 머릿속에서 떠나지 않았다.

이 모임에서 X선생은 O선생과 또 다른 감동을 내게 주었다. 나 혼자서는 감히 엄두도 낼 수 없는 곳으로 데려가 준 분이 X선생이다. 그녀는 내게 새로운 세상을 경험하게 해준 분이었다. 대학 시절 술집에는 자주 갔지만 카바레는 가본 적이 없었고 감히 갈 엄두도 내지 못했다. 그런데 X선생이 나를 카바레에 데려갔다. 영화나 TV 화면에서만 구경하던 곳으로 나를 데리고 간 거다. 어느 날 퇴근 때, 좋은데 가는데 특별히 데려간다고 따라오라고 했다. 서로 친하게 지내는 교사 중에서 몇 명만 가는데 나도 데려가 준 거다.

"오늘 일은 다른 이에게 비밀로 해야 해. 어디 갔다 왔다는 말을 절대로 하면 안 돼. 내가 이 선생을 좋아해서 특별히 데려가는 거니까 오늘 우리가 놀러 간 데는 누구에게도 말하면 안 되는 거야. 알았지?"

나에게 몇 번을 당부하고 데려간 곳이 카바레였다. 이곳은 이전에 한 번도 본 적이 없는 새로운 신천지었다. 남녀가 번쩍거리는 샹들리에 불빛 아래에서 부둥켜안고 춤추는 모습이 신기해서, 보고 있는 것만으로도 가슴이 두근거렸다. 얼떨떨해하면서 자리에 앉자 우리를 데려온 X선생이 건너편 자리에 앉아 있는 남자에게 손짓했다. 그러자 남자 네 명이 우리 쪽으로 왔다. 그들 중 한 명이 X선생과 친분이 있어서 오늘 미팅이 사전에 약속되어 있었던 모양이었다. 그래서 그들과 짝을 맞추기 위해 신참인 나를 데려간 것이었다.

그 후에 X선생의 집안 사정을 들었는데, 그녀 남편이 미국으로 박사학위를 취득하려고 유학하였는데 그곳에서 다른 여자와 바람이 나서 살림을 차렸다고 했다. 뒤늦게 사실을 안 그녀는 혼자 속앓이를 하면서 살고 있었고, 가끔 이렇게 스트레스를 풀고 있는 것이었다. 그녀가 데려온 남자들과 즉석에서 미팅이 이루어졌다. 그리고 잠시 후 자리에 앉은 사람들이 춤추러 나가자, 내 파트너 되는 남자도 나가서 춤추자고 했다.

"여긴 오늘 처음 왔어요. 죄송하지만 정말 춤을 못 춥니다. 미안해요."

거절하는데 등에서 식은땀이 났다. 이럴 줄 알았으면 대학교 체육 시간에 열심히 좀 배워둘 걸 그랬다는 아쉬움이 들었다. 그래도 이런 곳에서 외간 남자와 앉아서 술 마신다는 것만으로도 스릴있고 흥분이 되었다.

X선생과 다른 이들은 무도회장에 나가서 신나게 춤을 추었다. 어쩌면 다들 저렇게 잘 추는지 구경하면서 그저 감탄했다. 그러다가 10시가 되자 X선생이 "자, 이제 우리 그만 놀고 집에 가자."라며 자리

에서 일어섰다.

"아직 시간이 있는데 좀 더 놀다 가시지요."

남자들이 붙잡았다.

"집이 너무 멀어서 안 돼요. 가는데 한 시간 넘게 걸려요."

X선생이 냉정하게 딱 잘라 말하고 우리에게 가자고 하면서 데리고 나왔다. 이런 X선생의 분별력 있는 행동이 또 나를 감동시켰다. X선배와 함께라면 앞으로 어디든지 안심하고 다닐 수 있겠다는 믿음이 생겼다. 그런데 내가 춤에 대해 너무 맹탕이라고 들었는지 그 이후로는 같이 가자는 말을 하지 않았다.

나는 선배 교사들과 어울려 시내로 돌아다니는 것이 좋았다. 이들 중에 K선생은 나와 각별한 사이로 지냈다. 나보다 여섯 살이 많은 선배는 아들의 돌이 지났을 무렵에, 남편이 회사 일로 미국에 파견 나가서 돌아오지 않는다고 했다. 들리는 말로는 딴 여자와 살고 있다고 했다. K선생도 X선생처럼 아들을 키우면서 혼자 살고 있었다. 나와 같은 동네에 살아서 가끔 우리 집으로 초대해 밥을 같이 먹고, 엄마가 만든 밑반찬도 나누어 주면서 친해졌다. 그런데 어머니는 내가 K선생과 친하게 지내는 걸 못마땅하게 여겼다. 식구들이 먹으려고 만들어 둔 것을 번번이 K선생에게 주는 게 싫었던 거다.

아무튼 선배 교사들과 친해지고 나서 학교에 근무하는 것이 즐거웠다. 신학기가 되면 어느 부서로 옮기는 게 좋은지 조언도 해주고 학생들을 다루는 요령도 알려주었다. 그들이 학생부보다 새마을부가 편하다고 해서 부서를 옮겼다. 하지만 당시 새마을 운동이 한창일 때라 그 부서도 힘들었다.

그리고 얼마 지나지 않아 부장이 카바레에 다니는 것을 알았다. 같은 부원인 A선생도 부장을 따라다니다 춤바람이 나 버렸다. 그런데 카바레 출입이 잦아지면서 같이 춤추던 여자와 바람을 피운 모양이었다. 어느 날 퇴근 시간에 얼굴이 핼쑥한 여인이 교무실에 들어와서 A선생에게로 가서 큰 소리로 떠들었다. 그 선생의 부인이었다.

"이제 퇴근 시간 됐으니 딴 데 갈 생각하지 말고 나하고 집에 갑시다."

비장한 얼굴로 부인이 남편에게 다가와서 소매를 잡아당겼다.

A선생은 당황하고 난감한 표정으로 얼굴을 붉히면서 부인을 나무랐다. 그러나 부인은 이미 뭔가 작심하고 온 듯했다.

그때 광경을 지켜보면서 난감한 표정으로 당황스러워하는 이가 또 있었는데 다름 아닌 부장이었다. 그는 오랫동안 그렇게 춤추러 다녀도 가정에 별 문젯거리를 만들지 않았는데, 자기가 몇 번 데리고 다닌 부원이 가정 문제를 일으켰으니, 체면이 말이 아니게 되었다. 그 후로 A선생은 풀이 죽어서 다녔고 부장도 카바레 출입을 자제하는 것 같았다.

새마을부에서 일하는 동안 기억에 남는 건 학생들과 도봉산으로 소나무에 붙은 송충이를 잡으러 다녔던 것과 주말에 청소년단체 학생들과 유원지에서 길바닥에 버려진 담배꽁초, 휴지를 줍고 다닌 일이다. 그 당시는 새마을 운동이 한창인 시절이어서 전교생이 새벽에 모여서 학교를 중심으로 인근지역을 청소했는데, 담임교사는 현장에서 지도했다.

학교에서 담임교사가 해야 하는 중요한 일 중에 가정방문이 있었다. 나는 우리 반 학생 중에 편모인 가정을 주로 방문했다. 어머니가 건축 자재 판매상으로 힘들게 일해서 자녀를 양육하는 가정, 시장노점에서 생선을 팔아 근근이 자녀와 살아가는 가정, 화장품 외판원으로 자녀를 키우는 가정 등 여자가 혼자 벌어서 자식을 키우는 가정을 방문하고 나면 늘 마음이 짠하고 안타까웠다.

우리 반 여학생 중에 옆에 가면 늘 생선비린내가 나는 애가 있었다. 어머니가 시장에서 생선 파는 일을 했다. 그 여학생 어머니를 만나려고 시장에 갔을 때, 학생이 동생을 등에 업고 어머니를 도와주고 있었다. 아마 그 학생은 어머니 대신 집안일까지 하느라 제대로 씻지 못하고 학교에 왔을 것이다. 그러다 보니 한반 친구들은 생선비린내가 나는 그 애와 어울리는 걸 싫어했고 교실이나 운동장에서 늘 혼자 풀이 죽은 모습으로 있었다.

나는 그 여학생에게 측은지심이 생겨, 학교가 일찍 끝나는 토요일에, 우리 집으로 데려왔다. 밥을 먹고 난 후 간식을 내놓으며 우리 딸과 놀게 했다. 그랬더니 그 아이 얼굴에 웃음꽃이 환하게 피었다. 웃는 얼굴이 참 예뻤다. 학교에서 한 번도 내가 보지 못한 모습이었다. '이렇듯 예쁜 애가 자기 모습을 드러내지 못하고 항상 움츠리고 지냈구나.'라는 생각에 마음이 짠했다.

지금 돌이켜보면 그 시절에는 교사가 해야 할 일이 참 많았다. 수업이 한 주에 32시간이었고, 시험 보고 나면 답안지 채점과 담임 맡은 학생들 성적표를 작성하는 것이 고역이었다. 70명에 가까운 학생들 성적을 합산하고 가로, 세로를 맞추는 일이 주산을 제대로 못 하는 내게는 너무 힘든 일이었다.

이 학교에서 4년 근무한 후에 ○○여중으로 발령을 받았다. 이 학교는 버스도 자주 다니지 않는 외진 곳으로, 내려서도 한참을 걸어가야 학교가 나왔다. 학교 주변에는 주택보다 논밭이 더 많았다. 전에 근무하던 학교보다 훨씬 열악한 환경이었다. 지금도 기억에 남는 것은 수업하다 보면 운동장에 꿩이 날아와서 놀던 것과 교실 처마 밑에 제비가 와서 집을 짓고 살던 광경이다.

교장 선생님은 제비가 싸는 똥으로 베란다가 더럽혀지는 것을 싫어했다. 그래서 가끔 장대로 처마 밑에 있는 제비집을 부수고 다녔는데, 제비집에 들어있는 새끼들이 놀라서 '지지배배' 울어대다가 밑으로 떨어지는 모습이 내게도 안타깝고 잔인해 보였는데 학생들 눈에 더 잔인하게 보였을 것 같아서 학생들 보기가 민망했다.

여름방학 때 나는 둘째 딸을 출산했다. 큰딸은 전번 학교에서 겨울방학 때 낳았다. 둘 다 방학일 때 출산해서 개학이 되면 바로 학교에 출근할 수 있었다. 딸에게 모유를 수유하다 보니 퇴근 무렵이면 젖이

퉁퉁 불어서 수건을 가슴에 두르고 있어도 겉옷까지 젖었다. 전근 오기 전에는 집이 학교 부근에 있어서, 점심시간이 되면 집에 가서 아이에게 젖을 먹일 수 있었는데 여기서는 집이 멀어 그럴 수 없었다. 학교 근무 중 점심시간에 젖을 짜서 버렸는데도 퇴근할 무렵에는 다시 불었다. 헐레벌떡거리며 집에 와서 불은 젖을 아기에게 빨리면 무거웠던 젖가슴이 싹 비워져 무척 시원했다.

○○여중에 근무하면서 좋았던 것은 열악한 환경 탓에 주로 젊은 교사들이 발령을 받아 오는 곳이라 의기투합이 잘 되었다. 학생부에 근무하는 교사들과 교외지도를 핑계 삼아 퇴근 후에 가끔 회식했다. 돈이 없으면 근처 식당에서 외상으로 먹고 월급날 갚았다. 식당 주인은 우리가 월급날 꼭 돈을 갚아주니까 언제든지 외상으로 주었다. 그래서 돈이 없어도 별로 걱정이 없었다.

이 학교에서 나는 뜻이 잘 맞는 P선생과 친하게 지냈다. P선생은 소설로 여성동아 신춘문예에 당선한 작가인데, 사물을 날카롭게 보고 예리하게 판단하는 능력이 뛰어났다. 화장하지 않은 민얼굴로 다녔는데, 눈이 동그랗고 턱이 앞으로 조금 튀어나왔다. 나와 비슷한 연령인데 이 학교로 부임 온 지 얼마 지나지 않을 때, 같이 수업에 들어가다가 복도에서 느닷없이 나에게 물었다.

"이 선생, 내 별명이 뭔지 알아요?"

내가 고개를 지으며 궁금해하는 눈으로 쳐다봤다.

"애들이 내가 지나가면 뒤에서 마귀할멈이라고 해요."

P선생은 자기가 한 말이 재밌다는 듯 환하게 웃었다.

"어머, 그래요?"

"그러고 보니 내가 마귀할멈을 좀 닮은 거 같더라고. 이 선생 보기에도 내가 마귀할멈처럼 보이지 않아요?"라며 그녀는 맑게 웃었다. 자세히 보니 조금 앞으로 튀어나온 눈동자와 턱이, 만화나 영화에 흔히 나오는 마귀할멈과 비슷해 보이는 면이 있기도 했다. P선생이 조금도 민망해하거나 쑥스러워하지 않아서 나도 모르게 "그러고 보니 마귀할멈과 좀 닮은 데가 있는 것 같네." 했다.

내 말에 우리는 마주 보고 한바탕 웃었다. 이런 솔직한 성격이 마음에 들어 둘이 잘 어울리면서 친해졌다.

중간고사 때 학교가 일찍 끝나자 P선생이 자기 집으로 나를 초대했다. 중계동 부근에 있는 아파트였는데 현관문을 열고 들어가니 막 돌이 지난 아기와 네 살 된 아들이 엄마를 반겼다. 집안에는 베이지색의 기다란 풍선 몇 개가 널려 있었다. 나는 풍선 모양이 특이해 하나 주워서 만져보며 고개를 갸웃거렸다. 그러는 나를 보더니,

"이 선생, 이거 콘돔을 불어서 만든 풍선이야. 튼튼해서 잘 터지지 않아. 그래서 애들이 갖고 놀기에 딱 안성맞춤이지."

P선생이 낄낄대며 말했다. 그녀 말에 어이가 없어 나도 따라 웃었다. '이런 해괴한 광경을 동료가 보면 부끄럽게 생각할 텐데, 어쩌면 이렇게 당당하게 말할 수가 있나.' 나도 남들에게 배짱이 좋다는 소리를 듣는 편인데, P선생과는 비교가 안 되었다. 확실히 나보다 한

수 위인 것 같았다.

　P선생은 집에 들어서자마자 담배에 불부터 붙었다. 담배 피우는 행동이 조금도 어색하지 않았다. 담배 연기를 내뿜는 자세가 오래된 애연가로 보였다. 그러고 보니 거실, 베란다, 부엌, 화장실 등 집안 곳곳에 담뱃갑이 널려 있었다. 역시 작가가 사는 집은 뭔가 보통 사람과 다르다는 생각이 들었다. 내게 없는 이런 배짱을 가지고 남의 시선을 의식하시 않고 자유로운 삶을 사는 P선생이 부러웠다. P선생은 식탁에 차 대신 소주병을 내놨다. 그 행동이 자연스러워 어색하지 않았다. 둘이서 소주를 몇 잔씩 마시고 나자 P선생이 자연스럽게 자기 얘기를 꺼냈다.

　"내가 어릴 적에 친구랑 싸우고 나서, 앞으로 걔랑 말을 안 하기로 했는데, 그 친구가 지나가는 건널목으로 자동차가 달려오는 거야. 그런데 나는 구경만 하고 소리 지르지 않았어. 왜냐면 걔랑 말하지 않기로 했으니까. 친구는 자동차에 치여 병원에 실려 갔지."

　P선생이 내게 이런 말을 하는 것은, 그때 차에 치인 친구에게 미안했던 마음이 지금까지 남아 있기 때문인 것 같았다.

　"학창 시절에 엄마가 돌아가시고 나서, 고학으로 내가 동생을 키우면서 학교에 다녔어."

　푸념처럼 내뱉는 그녀의 말속에, 몸부림치며 살아온 지난날 삶이 보여 마음이 아팠다. 그런 역경 속에서도 열심히 공부하여 서울대를 졸업하고 교사가 되었다. 거기다가 교사로 근무하면서 신춘문예에

도전하여 작가까지 된 P선생이 너무나 훌륭해 보였다.

"선생님, 정말 대단해요. 소녀 가장으로 서울대에 가다니. 도대체 공부를 얼마나 열심히 했어요?"

"내가 좀 독종이긴 하지. 나한테 찾아와서 가끔 돈을 뜯어 가는 외삼촌이 있었는데 어느 날 또 와서 돈을 요구하기에 부엌에서 칼을 가져와, 탁자에 탁 꽂아 놓고 너 죽고 나 죽자, 그리고 덤벼들었더니 외삼촌이 깜짝 놀라서 허겁지겁 도망가더라. 그 후로 다시 찾아오지 않아."

그녀가 히죽 웃으며 힘들었던 그 일을 자랑삼아 얘기하는 통에 하도 어이가 없어 나도 웃고 말았다.

"대학에 들어가서 등록금과 생활비는 과외수업해서 벌었어. 그때는 서울대학생이라 하면 어디서나 과외하러 오라 했어. 돈벌이가 괜찮았지. 그러다가 쟤들 애비를 캠퍼스에서 만나서 연애하다가 졸업하고 바로 결혼했어."

P선생 얘기가 끝나자, 나도 내가 서울까지 올라오게 된 사연과 집안 얘기를 허심탄회하게 털어놓았다. P선생은 진지하게 내 말을 들었고 가끔 고개를 끄덕이며 공감해 주었다. 둘이서 속에 있는 말을 그때 시원하게 다 털어놓은 것 같다. 그 후 우리 둘은 어려운 시절을 잘 버틴 공통점을 느끼게 되어 더 친해졌다.

다양한 경험들 속에서

그 당시 학교 다니는 학생 중에 부모가 주변 땅에서 농사를 짓는 집이 더러 있었는데, 우리 반에도 있었다. 어느 날 출근하는데 열무를 보자기에 잔뜩 담아서 싸맨 것을 들고 있던 아낙네가 나를 보고 반색을 했다.

"선이 담임 선생님이시지요. 입학식 날 봤어요. 오늘 밭에서 열무를 뽑았는데 선생님도 김치 담그시라고 좀 가져왔어요. 열무가 연해서 이런 걸로 김치 담그면 맛있어요."

햇빛에 그슬린 얼굴에 해맑은 웃음을 지으면서 커다란 보따리를 내밀었다. 내가 반갑게 받아주니까 선이 어머니는 함박웃음을 지으며 좋아하시더니, 다음에는 집에서 키우는 양젖을 짜서 보내주셨다. 또 가을에는 배까지 한 보따리 싸서 가져왔다. 선이는 학교 성적이 시원찮았는데 번번이 받기가 민망스러워 내게 있는 참고서, 문제집 같은 것을 줬더니, 학부모는 그게 고마우셨던 모양이었다.

학교 주변에 건물이 없어서 그런지 겨울이 가까워지면 딴 지역보다 빨리 추웠다. 학교 형편이 열악해서 12월 초순이 되어야 교무실 난로에 불을 피워 주었다. 그러던 어느 날, 날이 갑자기 추워졌는데 교무실에는 불을 피우지 않고 서무실과 교장실만 난로에 불을 피웠다. 이 사실을 알게 된 P선생이 시무실에 달려가서 호통을 쳤다.

"야, 니네만 춥고 우린 안 춥냐? 우린 너네하고 다른 인간이냐?"

그 목소리가 복도에까지 쩌렁쩌렁 울렸다. 속이 시원했다. 덕분에 교무실 난로에도 불이 피워졌다. 학교에서 교사들에게 부당하게 행하는 일이 있으면 항상 P선생이 앞장서서 쓴소리했다. 학교 환경은 열악했지만 P선생이 있어서 즐겁게 근무했다.

교통이 너무 불편해서 원거리 내신을 신청해서 새로 학교를 옮겼다. 그 학교가 ○○여중이었다. 전 학교보다 교통편이 좋았다. 이 학교에는 협동조합이 있었고, 여기에서 주로 빵을 판매한 수입으로 학생들에게 근로 장학금을 지원했다.

나는 협동조합으로 배정을 받았는데 나에게 맞았다. 빵 공급업자가 수시로 빵 몇 개를 공짜로 주었다. 공짜로 생긴 빵은 가끔 집에 가져가기도 했지만, 학교에서 일하는 용인들에게 나눠주었다. 용인 아저씨들이 그런 나를 좋아했다. 덕분에 학교가 파하고 자기들끼리 뭔가 해먹을 때 가끔 나를 불렀다. 지금도 기억에 남는 가장 특별한 메뉴는 개고기였다. 강아지를 한 마리 사서 식당에서 생기는 음식 찌꺼기를 먹이고 키우다가 복날이 가까워지면 잡아먹었다. 그 외에도 학교에 떠돌이 개가 들어와서 돌아다닐 때 몰래 잡는다고 했다. 아무튼 나는 아저씨들이 퇴근할 때 부르면 소주만 사서 갔다.

하루는 수업하고 있는데 학생들이 창문 쪽을 쳐다보면서 웅성거리고 있었다.

"왜 그래? 밖에 뭔 일이 났어?"

나도 창문 쪽에 가서 쳐다보니 학교 담장 너머에서 웬 남자가 입고 있던 바바리를 펼치고 있었다. 자세히 보니 안에 속옷을 입지 않았다. 소위 말하는 '바바리맨'이었다. 나도 소문만 들었지, 보는 건 처음이었다. 옆 반 학생들도 '와' 하고 소리 지르고 난리가 났다. 생전 처음 보는 광경에 놀랍고, 당황스럽고, 우습고 황당했다.

"얘들아, 얼른 창문 닫아!"

흥분해서 소리치는 학생들을 야단쳐서 겨우 창문을 닫았는데, 한참 동안 가슴이 벌렁거렸다. 나중에 들으니 가끔 저렇게 이상한 남자가 학교 담장 밖에 나타나서 변태 행동을 한다고 했다.

전 학교와 달리 이 학교는 주변에 점을 보는 무당집 표시가 많았다. 또, 학교 진입로 들어가는 골목길에는 술집이 많았고 주점에는 술 파는 여자들이 있었다. 학교 주변 환경이 교육적이지 않았지만, 교사들은 열심이었다.

새로 부임한 학교생활이 익숙해지고 교사들과도 친근하게 지내게 되었을 무렵, 체육부장이 체육 교사가 양궁장을 사는데 돈이 모자라서, 빌려 달라고 한다면서 지금 자기도 돈이 없어서 그러니 나한테 알아봐 달라기에 오지랖 넓은 내가 주책없이 나섰다. 그리고 그 일로 내게 평생 후회할 일이 벌어졌다. 1백만 원이 필요하다기에 성당 세례식 때 대모를 서주신 대모님께 50만 원을 빌리고, 나머지는 상담부장에게 부탁해서 50만 원을 빌렸다. 대모님은 돈을 세어서 내게 주셨고 상담부장은 신문지에 싸서 주었다. 나는 상담부장이 주는 돈을 받아서 세어보지도 않고, 신문지에 싼 그대로 체육부장에게 갖다 주었다.

그런데 다음날, 체육 교사가 어제 받은 돈을 집에 가서 세어보니 10만 원이 모자랐다고 하는 게 아닌가. 기가 막혔다. 체육부장은 자기도 세어보지 않고 그대로 체육 교사에게 줬단다. 1만 원, 2만 원도 아니고 어떻게 10만 원이나 모자란다는 건지, 나는 도무지 이해되지 않았다. 상담부장에게 가서 어제 받은 돈이 모자란다고 체육선생이 그랬다 했더니 펄쩍 뛰면서 화를 냈다. 그리고 돈을 당장 도로 가져오라고 했다. 이러는 동안에 다른 교사들도 이 일에 대해 알게 되었고, 교무실 여기저기서 수군거리기 시작했다. 괜히 쓸데없는 짓을 하고 다니다가 저런 일을 당한다고 하는 건 다행이고, 평소에 나를 마뜩잖게 여기던 교사는 내가 돈을 중간에서 빼돌렸을 걸로 말하는 이도 있었다고 하니, 분하고 억울했지만, 결백을 밝힐 방법이 없었다.

너무 울화통이 치밀어 양호실에 가서 펑펑 울었다. 그러면서 나름대로 생각해낸 해결 방안을 체육부장에게 제의했다.

"부장님, 이번 일은 우리 둘이서 해결해야 할 거 같아요. 저는 돈을 받아서 세어보지 않고 부장님께 전달한 것이 잘못한 거고, 부장님은 세어보지 않고 받아서 준 게 잘못한 거 같으니, 둘이서 반씩 나눠서 물어줍시다. 교무실에서 이 얘기가 계속 나오면 저와 부장님만 바보 취급받을 거 같습니다."

이렇게 말하면서 다른 교사들 입에 더 이상 오르내리지 않게 해 달라고 간곡하게 얘기했더니 알았다고 했다. 사람들은 자기가 보고 싶은 것만 보고, 상대방에 대해서 모르면서 함부로 말한다는 것을 절실히 깨달았다. 그들이 위로한다고 해주는 말도 상대방을 배려해서 하는 말이 아니었다. 이 선생이 돈이 없으면 가만있지. 왜 쓸데없이 남의 돈까지 빌려서 준다고 나서서 곤욕을 당하냐, 오지랖이 너무 넓어서 탈이야, 라는 선배 교사의 현실적인 충고가 사실 더 속상했다.

"너무 힘들지? 좋은 일 하려다가 억울한 일을 당했네. 살다 보면 이렇게 황당한 일들이 가끔 있어요. 비싼 돈 내고 좋은 인생 경험했다고 생각해요. 지금 얼마나 억울한 일을 당했는지 잘 알고 있어요." 라는 따뜻한 위로가 필요했는데, 그렇게 말해주는 이가 없었다.

직장동료라면 동료가 힘들 때 상대방 마음을 헤아려서 격려해 주는 것이 얼마나 중요한 일인가를 새삼 깨달았다.

그나마 이렇게 힘든 시기를 잘 견딜 수 있었던 것은, 이 무렵 우리 가족이 성당에서 세례를 받았는데 하나님이 나의 억울함을 너무 잘 아시니까 해결해 주실 거라는 믿음 때문이었다. 속상할 때마다 울면서 하나님께 기도하면, 마음이 후련해지면서 하나님이 나 대신, 나에게 누명을 씌운 못된 인간에게 꼭 벌을 줄 거라는 믿음이 생겼다.

더불어 사는 삶, 그 소중함 속에

❧

지게꾼 이석순 씨와의 만남

성당에서 세례를 받을 때, 수녀님의 권유로 '성심회'라는 봉사 모임을 만들었다. 수녀님의 추천으로 내가 회장직을 맡았다. 성심회에서는 고아원, 양로원을 찾아가서 위문품을 전달하고 청소, 김장하기 등의 봉사활동을 했다. 노인들을 즐겁게 해주려고 노래나 춤도 추었다. 또 신부님이나 수녀님이 운영하는 결핵 요양원, 맹인 주거아파트 단지를 찾아가서 성금을 전달하고 따뜻하게 위로해 주기도 했는데 그 일이 힘은 들었지만, 보람은 컸다.

내가 이런 봉사활동을 즐겁게 하게 된 가장 큰 동기가 된 것은 한 지게꾼 아저씨 덕이었다.

어느 날 TV에서 '지게꾼 이석순' 씨의 인간드라마가 방영되고 있었다. 그 프로를 시청하면서 큰 충격을 받았다. 지게꾼이 하루 종일 지게를 져서 번 돈 중에 밥 사 먹는 것 외에는 얼마씩 돈이 모이는 대로 초등학교 장학금이나 불우이웃돕기로 기부하고 있었다. 그가 자는 곳은 목욕탕 보일러실, 그전에는 목욕탕 담벼락에서 잤다고 한다. 그러다가 그를 눈여겨 보아온 목욕탕 주인이 그를 불쌍히 여겨서 영업이 끝나고 나면, 보일러실에서 자게 해주었단다. 그는 여럿이 자는 합숙소에서 약간의 돈을 내고 자는 것이 아까워서 길에서 잤다는 거다. 그렇게 억척같이 돈을 모아서 기부해 왔다는 것이 내게 충격이었다.

나도 언젠가는 불우한 사람들을 도우면서 살겠다는 생각은 하고 있었지만, 내가 웬만큼 잘 살고 나서 도와야겠다고 생각했지, 그분처럼 내가 가진 것을 무조건 불우이웃에게 다 준다는 건 생각조차 해보지 않았던 일이다.

그래서 지게꾼 아저씨가 신기했다. 방학 때 부산 내려가면 꼭 만나야겠다고 생각했다. 그분이 거주하는 곳이 부산 충무동 부근이었고, 그쪽 지리는 나도 잘 아는 곳이었다. 시댁이 부산이라 방학이 되면 아이들과 함께 시댁에 가서 며칠 지내던 시절이었다.

그해 여름방학에 TV에서 시청한 기억을 살려 충무동에 있는 목욕탕을 찾아갔다. 그 부근에서 비스듬한 자세로 지게에 기대어 쉬고 있는 지게꾼들에게 여기 계시는 분 중에 이석순 씨가 누구냐고 물었더니 몇 명이 나를 힐끔 쳐다봤다. 그리고 한 분이 말했다.

"그 사람, 지금 일 니기고 여기 없어."

나는 잠시 기다렸다. 얼마가 지나자 지친 모습에 빈 지게를 멘 아저씨가 이쪽으로 걸어왔다.

"어이, 이 씨, 여기 당신 찾아온 사람 있어."

어떤 이가 소리 질렀다. 그 말을 듣고 그가 이쪽으로 다가와서는 의아한 눈빛으로 나를 쳐다봤다. 나는 얼른 아저씨 앞으로 나섰다.

"안녕하세요, 아저씨가 이석순 씨예요? 저는 서울에서 온 중학교 선생인데 일전에 TV를 보다가 아저씨가 나오는 프로를 봤어요. TV를 보면서 아저씨가 하시는 일에 감동했어요. 그래서 직접 만나보고 싶어서 찾아왔어요."

아저씨가 빙긋 웃으며 고개를 끄덕였다.

"아저씨와 만나면 식사를 대접하고 싶었어요. 저기 식당에 가서 같이 식사하면서 얘기해요. 식사하면서 아저씨한테 듣고 싶은 것이 있어요."

"싫어, 밥 먹으러 안 가. 나는 여태까지 남에게 공짜로 밥 얻어 먹어본 적이 없어. 할 말이 있으면 여기서 해요."

아저씨가 얼굴을 찡그리면서 단호하게 거절했다. 그 순간 너무 민망하고 당황스러웠다. 나는 그 지게꾼 아저씨의 기부하는 행동이 너무 훌륭해서 만나게 되면 꼭 식사 접대를 하려고 마음먹었고, 내의와 양말 몇 켤레도 드리려고 준비해 왔다.

그분의 완강한 거절에 계획이 어긋나긴 했지만, 아저씨를 만났으면 됐지, 생각하고 그분 옆자리에 쭈그리고 앉았다. 그리고 궁금하게 생각했던 것들을 여쭈었다. 아저씨도 어려운 처지에 있으면서 왜 그렇게 기부를 열심히 하시는지 그게 제일 궁금했다.

"이북에서 혼자 먼저 내려왔어. 내가 와서 자리 잡으면 식구들을 데려오려고 했는데, 전쟁이 터졌잖아. 그리고 삼팔선이 생겨서 이젠 영 못 만나게 됐어. 그러니 가족을 만나려면 빨리 통일이 돼야겠다는 생각이 들더라고. 그래서 집안이 어려운 학생들에게 열심히 공부하라고 학용품 살 돈을 주는 거야. 훌륭한 사람이 많이 나오면 통일이 빨리 될 거잖아. 또, 나는 육신이 멀쩡해서 지게 품팔이라도 해 먹지만, 장애인이나 아픈 사람들은 돈을 벌고 싶어도 벌 수가 없잖아. 나도 옛날에 남한 내려오면서 며칠을 굶어 봤는데 배고픈 게 제일 서럽고 힘들었어. 그래서 내가 불쌍한 사람들을 도와주는 거야."

그분이 담담하게 이야기를 이어갔다. 나는 북에 있는 가족과 헤어져 사는 그분이 한없이 가여웠다. 그런 처지에서 종교가 없는데도 불우한 이들에게 성심껏 자비를 베풀며 사는 지게꾼 아저씨, 그분의 희생적 삶이 부러웠고, 종교를 갖고 있으면서도 베풀지 못하고 사는 내가 부끄럽기도 했다. 그분과 대화하는 동안 새삼 존경심이 우러났다. 헤어질 때 준비해 간 선물을 드렸다.

"나는 이런 거 필요 없어. 나보다 더 어려운 사람에게 갖다줘."

단번에 거절하는 그분에게 가져온 성의를 생각해서 받아달라고 사정해도 끝내 받지 않았다. 할 수 없이 선물 주는 것은 포기하고, 그러면 앞으로 편지 보낼 테니 주소를 알려달라고 했다. 혼자 지내는 그분에게 편지라도 보내서 그분을 위로하고 싶었다.

그 후부터 방학이 되면 부산 내려가서 꼭 그분을 찾아갔다. 가끔 딸애들도 데리고 가서 그분 앞에서 동요를 부르게 하거나 무용을 하게 했다. 아이들이 길가에서 재롱을 떨면, 그분의 주름진 얼굴에 웃음꽃이 활짝 피었는데 보기 좋았다.

시댁 사람들이 내가 대로에서 딸애들과 이러고 있는 장면을 보았다면 아마 기겁했을 거다. 나는 틈틈이 그분에게 위로와 격려의 편지를 보냈다. 그러면서 보내는 내용도 점차 피붙이에게 하는 말처럼 변해갔다. 언제부터인지 그분에게 아버지라고 부르게 되었고 '나를 딸처럼 여기라.'고 했는데 아저씨도 그렇게 하겠다고 했다.

그런 편지를 주고받은 후에 방학이 돼서 아저씨를 만나러 충무동에 갔더니, 아저씨가 부근에 있는 지게꾼들을 둘러보면서 큰 소리로 말했다.

"어이, 여기 있는 이가 내가 말하던 내 양딸이야. 내가 서울에서 중학교 선생하고 있다고 했잖아."

아저씨는 아주 자랑스러운 듯이 으쓱거리며 말했다. 그러자 목욕탕 부근에 앉아 있던 이들이 나를 쳐다보더니, 그중에 한 분이 말했다.

"그려? 맨날 이 씨가 자랑하던 그 여선생이야? 이 씨는 딸이 생겨서 좋겠네."

"그럼, 딸이 생겼는데 좋지."

만면에 웃음을 띠면서 자랑스러운 표정으로 대꾸하는 아저씨를 보니 마음이 짠했다. 아저씨와 허물없이 지내게 되자 아저씨는 우리 애들이 가면 천 원짜리 지폐도 용돈으로 주셨다. 내가 주는 건 받지 않으면서 애들에게는 외할아버지같이 뭔가 해주고 싶어 하셨다.

그러던 어느 날 아저씨가 보낸 편지 속에 오만 원 교환권이 들어 있었다. 내가 근무하는 학교의 학생 중에서 가정형편이 어려운 학생을 도와주라고 했다. 순간 망치로 한 대 얻어맞은 기분이 들었다. 아저씨와 만나면서 아저씨가 선행을 계속 베푸는 이야기가 가끔 신문에 나는 것을 직접 읽었다. 그때마다 아저씨의 선행에 감탄만 했지, 내가 실행할 생각은 추호도 하지 못했다. 순간 부끄럽고 당황스러웠다. 아저씨가 주신 돈은 학비를 내지 못하고 있는 학생에게 장학금으로 지급했다.

'거짓 사랑은 혀끝에 있고, 참사랑은 손끝에 있다.'라고 한 어느 성인의 말처럼 나도 입으로만 하는 거짓사랑이 아니라, 실천하는 사랑을 해야겠다는 각오를 했다.

그 이후에 내 나름대로 이웃사랑을 실천하면서 살아가려고 노력했다. 우선 내가 담임한 반에서 등록금을 내기 힘든 학생을 도왔다. 그리고 가끔 고아원이나 양로원에 라면, 빵, 수박 등의 간식을 사 가지고 찾아갔다. 때때로 성심회 회원들과 함께 가기도 했다. 이런 봉사활동을 하고 나면 나도 지게꾼 아저씨처럼 남을 돕는 무언가를 했다는 생각이 들어 가슴이 뿌듯했다.

불의는 못 참아

그 학교에서 불의한 일을 겪고 나니 정나미가 떨어졌다. 다행히 원거리 내신을 할 수 있는 조건이 되어서 다음 해에 원거리 내신으로 학교를 옮겼다.

발령받은 학교가 ○○여중이었다. 부서는 진로상담부로 배정되었는데 함께 근무하는 교사들이 마음에 들었다. 상담 주임이 말할 때 경상도 억양으로 말하는 것부터 좋았다. 경북에서 중학교를 졸업하고 서울로 올라와 고등학교, 대학교를 서울에서 졸업했는데도 억양은 경상도였다. 주임 선생은 같은 경상도라고 반가워하면서 처음부터 허물없이 대해줘서 오랜만에 고향 선배를 만난 것처럼 포근한 마음으로 근무할 수 있었다.

옆자리에 앉은 국어과 L선생은 나보다 네댓 살 많은 선배인데 문학소녀 같은 감성을 가지고 있었고 나를 동생처럼 대해줬다. 무척 선량한 분이었는데 내가 지금까지 근무하면서 만나 본 교사 중에서 가장 착하고 순수한 인간미를 가진 여교사였다. L선생은 손에 늘 문학책을 들고 있었고 마음씨 못지않게 얼굴도 예뻤다. 남편이 TV에 자주 나오는 사람인데 같은 대학에 다닐 때, 남편이 자기에게 첫눈에 반해서 계속 따라다녔다고 한다.

그는 L선생 집 앞에서 밤을 새우기도 했는데, L선생이 그래도 싫다고 하자 나중에는 약을 먹고 자살을 시도했다고 한다. 그러자 남편의 어머니 되는 분이 달려와서 제발 자기 아들을 살려달라고 통사정을 했는데, 본래 심성이 착한 L선생이 부모의 반대를 무릅쓰고 결혼했다고 한다. 그런데 막상 결혼하고 나니 혼자서 외동아들을 키운 시어머니의 시집살이가 보통이 아니었다. 남편은 물론, 며느리 월급까지 시어머니가 관리하면서 출퇴근 버스비만 주어서 결혼한 지가 십 년이 넘었지만 지금 입고 있는 옷은 시집올 때 가져온 것이라고 했다. 시어머니는 가난한 자기 집에 딸을 줄 수 없다고 끝까지 결혼을 반대했던 사돈의 말이 가슴에 사무쳐서 그때부터 돈이 모이면 사채를 놓아 돈을 불렸다고 한다.

그러는 사이에 L선생 친정은 아버지가 하던 사업이 실패해서 가정 형편이 어려워지고, 시댁은 점점 형편이 좋아졌다. 월급날이면 L선생이 서무실에서 빈 월급봉투를 가져와서 자기가 직접 쓰는 것을 볼 수 있었다. 나중에 알고 보니 L선생의 친정아버지가 편찮으신데 큰딸인 자기가 생활비를 보태고 싶어서, 시어머니에게 월급봉투를 갖다주기 전에 월급에서 얼마를 빼고 월급 액수를 다시 고쳐 쓴다는 것이었다. 친정 부모에게 마음대로 효도도 할 수 없는 L선생의 처지가 너무 가슴이 아팠다. 거기다가 시집살이도 혹독하게 하는 것 같았다.

어느 날은 손등에 화상을 입었기에 왜 그러냐고 물었더니 떡시루에 찐 떡을 들다가 손등에 떡이 쏟아져서 화상을 입었다고 했다. L선생 시댁에서는 생일 같은 행사가 있으면 떡을 방앗간이 아니고 집에서 직접 한다고 했다. 말만 들어도 경악스러운데 매번 집안 행사 때마다 그런 일을 당하고 사는 L선생은 오죽할까. 같은 여자로서 L선생의 처지가 너무나 가엾고 안타까웠다.

그런 가정에서 아이를 셋씩이나 낳아 기르면서 굳건히 버티고 사는 L선생이 위대해 보였다. 신혼 초에는 옆방에 있는 시어머니가 아들 방에서 무슨 소리만 나면 방문을 벌컥벌컥 여는 바람에, 그때마다 놀라고 민망해서 쩔쩔맸다고 했다. 그래서 둘이 궁리하여 부부간에 사랑을 나누는 일은 퇴근 때 여관에서 만나 해결하고 집에서는 그냥 잤다고 했다.

넷째 애를 임신했을 때 몸이 너무 약해져, 더 이상 낳지 않으려고 산부인과에서 임신중절수술을 받았다고 했다. 며느리가 마취가 깨지 않아 병원에서 빨리 오지 않으니 시어머니는 혹시 며느리가 의사와 무슨 불륜을 저지르는가 하는 엉뚱한 상상에 빠져 입원실 문마다 벌컥 열어젖히면서 "에미야, 어디 있냐?" 소리치고 다녀서 의사와 간호사 보기에 너무 창피했다고 했다. 나로서는 상상할 수도 없는 그렇게 기막힌 일을 당하고 살면서도, 항상 온화한 얼굴에 미소를 띠고 있는 L선생이 안쓰러우면서도 새삼 더 존경스러웠다. 크리스마스가 되면 스타킹 몇 개를 곱게 포장해서 카드와 함께 선물해 주던 L선생님은 내가 교사로 지내면서 가장 닮고 싶은 나의 롤모델이었다.

그런데 '미인박명'이라는 말이 있듯이 L선생은 안타깝게도 다른 학교로 전근 간 지 몇 년 안 되어 교통사고로 세상을 떠났다. 눈이 갑자기 많이 내리던 날 횡단보도에서 파란불이 켜진 것을 보고 건너가는 중 속력을 내고 달려오던 관광버스가 브레이크를 밟았는데도 차가 눈길에 미끄러지면서 그녀를 치었다고 한다. 병원에서 수술받고 중환자실에 있는 동안, 전교사와 학생들이 모두 선생님이 살아나기를 간절히 기도했다고 했다. 그런데 모두가 기도한 보람도 없이 열흘 후에 세상을 떠난 것이다. 비보를 듣고 장례식장으로 달려가서 나와 동료 교사들은 펑펑 울었다. 남편은 넋이 나간 사람처럼 초점 없는 눈동자로 멍하니 앉아 있었다.

"이 사람아, 저 어린 자식들 두고 어떻게 혼자 그렇게 허무하게 말 한마디 없이 가냐. 앞으로 어미 없는 자식들을 나 혼자 어떻게 키우라고 그러냐."

시어머니는 며느리 영정 앞에 앉아서 반쯤 혼이 나간 채로 같은 말을 되풀이하고 있었다. 시어머니의 그런 애절한 모습을 보아도, 그 자리에 있는 여교사들은 아무도 시어머니를 동정하지 않았다. 그녀가 L선생에게 얼마나 심하게 굴었는지를 동료 여교사들이 잘 알고 있었기 때문이다. 선배 교사가 시어머니를 흘겨보면서 나직한 목소리로 말했다.

"그렇게 착한 며느리에게 못된 짓을 하다가 벌 받은 거야. 손녀, 손자들 키우면서 실컷 고생해 보라고 하나님이 벌준 거야."

시어머니의 죄를 물어서라도 갑자기 죽은 L선생을 대신해 분풀이하고 싶은 그분의 심정을 우리는 충분히 공감하고 이해했다.

이 학교에서 나와 친근하게 지낸 교사 중에 나보다 몇 살 아래인 여교사가 있었는데 체격이 우람했고 성격도 남자처럼 호탕했다. 어느 날 퇴근길에 학교 담벼락에서 오줌을 누고 있는 남자를 보고는 뒤에서 확 밀어놓고 야단을 쳤다.

"이봐, 이런 데서 오줌을 싸면 안 되잖아."

오줌 누던 남자가 깜짝 놀라서 뒤를 돌아서서 우람한 체격의 그녀를 보고는 잘못했다며 허둥지둥 달아났다. 나는 너무 우스워서 한참을 배를 잡고 웃었다.

그 이후로 자기가 하고 싶은 말이나 행동을 누구에게나 서슴없이 하는 그녀가 마음에 들어 퇴근길에 어울려 가끔 맥주를 마셨다. 그녀는 덩치가 커서 그런지 술도 많이 마셨다. 술은 주로 외상으로 마셨고 월급날에 갚았다. 그런데 외상을 갚아주면 주인이 서비스로 맥주 한 병을 공짜로 줬다. 그러면 또 마시게 되었다.

그 선생과 친숙해지자 어느 날 그녀가 내게 자기 신상에 관한 이야기를 했다.

"대학 시절에 한 해 선배인 여자와 서로 좋아하여 동거하게 되었는데 졸업 후에 나는 중학교 교사를 했고, 동거녀는 공부를 계속하겠다기에 박사학위 받을 때까지 등록금을 내주었어요. 그런데 걔가 공부하는 동안 다른 남자랑 사귀었나 봐요. 박사학위를 받고 얼마 지나지 않아 그 남자와 결혼했어요."

그녀가 울먹이면서 하는 이야기를 듣고 있자니 너무 마음이 아팠다. 지금 같이 사는 여자는 누구냐는 물음에 그녀가 말을 이었다.

"나와 동거하던 여자가 떠나간 후에, 혼자 가슴을 앓으면서 한참을 방황하고 술에 의지해서 살았어요. 그러다가 결국에는 쓰러져서 병원에 입원했어요. 그때 첫 학교에서 가르쳤던 제자가 찾아왔어요. 중학교 다닐 때부터 유난히 나를 따르던 여학생이라 졸업 후에도 서로 연락하고 '스승의 날'이 되면 늘 선물을 가지고 찾아왔어요. 그 제자는 선문대를 졸업하고 개인회사에 다니고 있었는데, 내 소식을 듣고 찾아와서는 입원해 있는 동안 지극정성으로 나를 간호해줬어요. 그러다 보니 퇴원 후에도 그 애랑 자주 만나게 되었고, 서로 마음이 통해 같이 살게 됐어요."

나는 그나마 다행이라고 해야 할지 아니라고 해야 할지, 뭐라 할 말이 없어 애꿎은 술잔만 자꾸 비웠다. 교사라는 직분에서 보면 용납이 안 되는 일이지만, 그녀의 처지에서 보면 그녀에게 가해진 가혹한 운명에 비해 비난받을 일은 아니라는 생각이 들었다.

나는 그 선생이 가여워 그녀의 술친구가 되었다. 그 선생은 그동안 학교에서 자기 속내를 털어놓고 지낼 만한 동료가 없어 외로이 지내다가, 나를 만나면서 무슨 말이든 시원하게 털어놓게 된 것이 좋았던지 퇴근 시간만 되면 같이 가자고 기다렸다. 남의 청을 잘 거절 못하는 데다 그녀의 사연을 알게 되자 자연히 더 친해졌고 특별한 일이 없으면 퇴근 후 자주 주점에 들러 술을 마셨다.

내가 있던 부서의 상담 주임은 인생의 선배로서 본보기가 되는 분이었다. 그녀는 주임이 해야 할 일과 부원이 해야 할 일을 분명히 하면서, 부원들이 각자에게 주어진 업무를 즐겁게 하도록 해주셨다.

그뿐만 아니라 나에게 승진을 염두에 두고 근무해야 더 의욕이 생긴다는 조언도 해주셨다. "기회가 오면 교육연수를 꼭 받고 교육대학원에도 지금 다녀야 해요."라면서 본인이 다니는 교육대학원 입학원서를 가져다주면서 지원하라고 권했다.

"나도 젊은 시절에는 대학원 다닐 생각을 안 했는데, 관리자로 승진하려니 대학원 졸업장이 필요하더라고요. 그래서 어쩔 수 없이 지금 다니고 있는데 나이 들어서 공부하려니 힘드네요. 그러니 이 선생은 젊을 때 공부하세요."

퇴근 후 대학원에 다니게 되면 그 여선생과 같이 퇴근하지 않아도 되고, 자연히 술 마시는 일도 없어질 것 같아서 이대 교육대학원에 입학원서를 냈다. 서류심사를 거쳐서 면접시험에 합격하고, 교육대학원에 다니게 되었다.

○○여중에 근무하면서 좋은 일만 있었던 것은 아니다. 학교장이 여자였는데 특이했다. 발령을 받고 학교에 가서 교장에게 인사를 했더니, 자기 집으로 남편을 데리고 오라고 했다. 남편과 같이 교장 집에 갔지만 특별하게 나눈 대화는 없었다. 의아하게 생각하고 있다가 교사들과 친분이 생긴 후에 이런 일이 있었다고 얘기했더니, 한 부장

이 자기는 남편의 직장 승용차를 타고 출근하는데 교장이 자기 집에 들러 태워달라고 해서 어쩔 수 없이 모시고 다닌다고 투덜댔다. 또 다른 여교사는 교장이 자기 짐을 집에 갖다 놓으라고 시켜서, 갖다줄 때마다 빈손으로 갈 수 없어 뭔가를 사 간다고 속상해했다. 이런 식으로 교사들을 자기 집으로 오도록 핑계를 만드는 치사한 교장이었다. 그녀는 학교에서도 치사한 짓을 잘했다. 그런데 나와 직접 부딪치는 사건이 생겼다.

내가 하는 업무 중에 등교 시간에 교문 앞에서 학생들의 복장 위반을 훈육하고 등교지도를 하는 일이 있었다. 등교 지도는 학생들이 교문으로 들어오기 전에 문방구나 상점에 들르지 않도록 하는 일이었다. 그 시절에는 학생이 등교하면서 군것질거리를 사는 것이 교칙 위반이었다.

이느 날 교문 지도를 끝내고 교무실로 가고 있는데, 교장실에서 누가 화를 내며 큰 소리로 떠드는 소리가 들렸다. 무슨 일인지 궁금해져서 교장실 복도 옆에 붙어서 숨죽이며 귀 기울이고 있는 교사들과 함께 엿들었다.

"왜, 등교 시간에 학생들이 문방구에 못 들어오게 선생이 막는 거요? 내가 체육복을 우리 문방구에서 팔려고 당신에게 사례까지 했는데, 애들이 안 오면 체육복을 어떻게 팔아먹어요?"

문구점 주인 남사가 악을 쓰고 있었나.

"알았어요. 내가 알아서 조치할 테니 그만 떠들고 가세요."

교장이 나직한 목소리로 그를 달래서 보낸 후에, 나를 교장실로 불렀다.

"이 선생, 학생들이 등굣길에 문방구에서 필요한 물건을 사려고 들어가는 모양인데 그냥 두세요."

"교장 선생님, 학생들이 등교하면서 바로 학교에 들어오지 않고 문방구로 가는 건 교칙 위반입니다."

나도 지지 않고 대꾸했다. 나중에 체육선생에게 들으니 문방구에서 파는 체육복이 다른 곳에서 파는 체육복과 품질은 비슷한데 30%가 더 비싸다고 했다. 문방구 주인이 교장에게 금품을 상납하고 체육복 판매를 독점하고 있었던 것이다. 교장이 하는 비열한 짓에 대해서 공공연하게 비난하고 흉을 봤다.

그 당시 나는 걸 스카우트 반을 맡고 있었는데, 지도교사 연수도 받으면서 학생들과 열심히 활동했다. 주말에는 여러 곳을 찾아다니며 봉사활동을 하고, 방학 때는 야영지에서 캠핑도 했다. 아무튼 스카우트 정신이 마음에 들어 학생들과 함께 열심히 활동했는데, 겨울 방학을 앞두고 고아원 방문을 하기로 했다. 그래서 활동비로 책정되어 있는 얼마 안 되는 예산에서 선물을 사가기로 하고 고아원에 전화를 해서 무엇을 사 가는 것이 좋겠냐고 물었더니, 겨울에는 연탄이 가장 좋다고 했다. 행정실장에게 연탄을 사가겠다고 결재해 달라고 기안을 올렸더니 현금은 줄 수 없다고 했다. 나는 내 돈으로 사고 영수증을 가져올 테니 나중에 돈을 달라고 했다.

나는 고아원에 방문하면서 인근 가게에서 연탄을 사 가니 원장님이 굉장히 좋아하셨다. 고아원은 낡고 허술해 보이는 양옥집이어서 겨울철에 난방하지 않으면 굉장히 추울 것 같았다. 걸 스카우트 대원들이 얼마씩 돈을 모아 간식을 사서 원생들에게 나눠주고, 또 게임도 하였는데 원생들이 매우 좋아했다. 다 함께 즐거운 시간을 가진 후, 더 놀아달라고 조르는 아이들을 남겨두고 아쉽고 섭섭한 마음으로 돌아왔다. 고아원을 떠나올 때 훌쩍거리는 여학생도 있었다.

다음날 서무실에 가서, 어제 연탄을 구매한 영수증을 내밀며 활동비를 청구했다. 서무과장은 불쾌한 듯 퉁명스럽게 말했다.

"이 건은 결제해 줄 수 없어. 내가 승낙하지도 않았는데 이 선생이 맘대로 연탄 사서 간 걸 왜 내가 결제해 줘야 해!"

"아니, 스카우트 활동비로 예산이 책정되어 있고 활동 목적에 맞게 썼는데 왜 결제를 안 해주세요?"

서무과장은 자기가 지정해준 상점에서 물건을 구입하지 않고 내가 맘대로 연탄을 사 간 것이 괘씸해서 그런 것이었다. 평소에 교사들이 필요한 물품을 구매할 때 청구서만 내면 서무실에서 구매해 주었는데, 내가 직접 연탄을 산 것이 문제가 된 거였다. 연탄은 공시가가 정해져 있어 서울 시내 어디서나 가격이 같았다. 그런데 서무실에서 지정해주는 상점에 연탄이 없었다. 그리고 이 상점에서 파는 물건값이 다른 상점보나 항상 비쌌다. 대부분 교사는 서무과장이 자기가 지정해 준 상점과 뒷거래를 하고 있었고, 교장이 서무과장이 하는 짓을 모른 척하면서 동참하고 있다는 것도 알고 있었다.

　나는 서무과장의 냉소적인 반응에 엄청 화가 났다. 영도 부둣가에서 자란 나는 성질이 급했다. 또, 화가 나면 물불을 가릴 줄 몰랐다. 그걸 서무과장이 잘못 건드린 거다.

　"야, 이 ××야, 너 오늘 망신 좀 당해봐라. 아무리 처먹는 거 좋아해도 처먹을 거 안 처먹을 거 좀 가려서 처먹어라. 고아원에 불쌍한 애들 갖다주는 거까지 다 해 처먹으려고 그러냐?"

　내가 욕을 퍼붓자 서무과장은 얼굴이 붉어졌다 다시 파랗게 변하더니 부들부들 떨었다. 그리고 말까지 더듬거렸다.

　"아아니, 저저 ×이 뭐라고 그러냐."

　"그래 이 ××야, 그따위로 사니까 욕 얻어먹는 거야. 내가 당신 돈 달라 그랬냐. 네가 뭔데 봉사활동에 쓰라고 책정된 돈을 용도에 맞게 썼는데, 왜 안 준다는 거야?"

　원래 내 목소리가 큰 데다 악을 쓰고 떠드니 복도까지 떠들썩해졌다. 교무실에서 교무부장과 선배 교사가 달려왔다.

　"이 선생, 왜 이래. 학생들도 보고 있는데 교사가 이러면 어떻게 해. 빨리 나가요."

　학생들이 보고 있다는 교무부장 말에 창피한 생각은 들었지만, 분을 참을 수 없어 교장실로 들어갔다. 뒤따라 서무과장이 들어왔다.

　"교장 선생님, 윗사람에게 욕하고 학교에서 행패 부리는 이런 선생은 당장 학교 못 나오게 하세요. 안 그러면 내가 가만히 있지 않을 거요.”

서무과장이 나에게 당한 분풀이를 교장에게 해댔다.

“서무과장, 좀 참아요. 내가 이 선생과 얘기하고 나서 나중에 말해요.”

교장이 아무리 달래도 서무과장은 직원들이 보는 앞에서 망신당한 게 분했는지 한참을 더 떠들다가 씩씩거리면서 나갔다. 과장이 나가고 나서 나는 교장에게 따져 물었다.

“교장 선생님, 학교에서 제일 높은 분이 교장 선생님 아니신가요? 교장 선생님이 결재해 주신 것을 왜 서무과장이 거절합니까? 고아원을 돕기로 했는데 이왕이면 그들이 가장 필요로 하는 물건을 사 간것이 왜 잘못된 겁니까?”

“이 선생 말이 맞어. 근데 서무과장은 행정실과 거래하고 있는 상점에서 물건을 구입해야 나중에 정산처리가 편해서 그런 거야. 두 사람이 서로 뭔가 오해가 있어 다툰 모양인데, 그래도 이 선생보다 나이가 많은 서무과장에게 이 선생이 먼저 욕한 건 잘못한 거니까 사과해요.”

교장이 난감해하면서 나를 달랬다.

“싫어요. 제가 왜 당연히 지출해야 할 돈을 자기 맘대로 주지 않는 그런 사람한테 사과를 해요.”

그렇게 말하고 교장실을 나왔다. 온종일 다시 생각해 보아도 서무과장이 내게 하는 짓이 알미웠고, 그런 과장의 잘못된 처신을 뻔히 알면서도 잘못됐다는 말도 못 하고, 오히려 나더러 먼저 사과하라는 교장도 못마땅했다. 새 세대를 교육한다는 자들이 이렇게 정의롭지 못한 짓을 하면서 학생들에게 무엇을 모범으로 보여주는 교육을 한다는 건지, 참 한심하다는 생각이 들었다.

퇴근 무렵 교장실에 다시 들어갔다. 교장은 당신이 말한 것을 내가 순순히 받아들이고 과장에게 사과하러 온 줄 알고 미소를 지으며 다정하게 말했다.

"이 선생 잘 생각했어요. 물이 너무 맑으면 고기가 살 수 없고, 나무가 너무 곧으면 바람에 부러져요. 우리도 서로 어울려서 살아가려면 나만 옳다고 너무 고집부리지 말고 적당히 타협하면서 살아야 해요."

"아니에요. 교장 선생님, 일반인들은 그렇게 살아도 되지만 학생들에게 정의를 가르치는 교육자들은 원칙대로 살아야 한다고 생각해요. 그래야 대한민국의 미래가 있잖아요. 저, 사표 낼 겁니다. 이런 학교에 더 이상 근무하고 싶지 않아요. 그런데요. 저도 잘한 건 없지만 교장 선생님이나 서무과장이 학교에서 하는 일들이 불법인 거 같아서 교육계의 발전을 위해서 정화되어야 한다고 생각합니다. 내일 교육청으로 가서 학교에서 일어난 일을 보고하고 교육청에 직접 사표를 낼 겁니다."

내 말을 듣던 교장 선생의 얼굴이 하얘졌다.

"이 선생, 왜 그런 생각을 해요. 아직 젊은 사람이 이런 일로 사표를 내는 게 말이 돼요? 진정하고, 앉아서 차분히 얘기합시다."

교장이 내 손을 잡고 자리에 앉히려고 했다.

"아니에요, 교장 선생님 저는 하고 싶은 말을 다 했으니 더 하실 말씀이 있으면 내일 교육청에서 해요."

나는 손을 뿌리치고 나왔다.

"이 선생 못 나가게 붙잡아!"

교장이 다급한 목소리로 서무실 직원에게 소리 지르자, 여직원이 내 손을 잡았다.

"이 손 안 치워!"

내가 화를 버럭 내며 소리쳤더니 여직원이 뒤로 물러났다. 그리고 교문으로 나갔더니 수위 아저씨가 급히 교문을 닫고 있었다. 교장이 교문을 닫으라고 지시한 것 같았다.

"아저씨, 문 안 열어주면 경찰에 신고할 거예요."

내 소리에 당황한 아저씨가 어쩔 줄 몰라 했다.

"빨리 문 열어요!"

다시 소리 질렀더니 난감해하다가 열어주었다.

"이 선생, 이 선생, 잠깐만 기다려요."

뒤쫓아 나온 교장이 뛰어오면서 하는 말을 무시한 채 집으로 갔다. 그때는 정의를 가르치는 직업이라 생각해왔던 교사가, 비리를 저지르고 있다고 생각하니 실망이 너무 커서 교사를 그만두고 싶었다. 저 교장처럼 자기 물욕을 채우려고 학교를 이용하는 인간 때문에 교육이 망가진다는 생각이 들었다. 교육청에 가서 학교에서 벌어지는 추잡한 일들을 알려주고 잘못 가고 있는 교육 현장을 바로잡고 싶었다.

그날 밤에 교감 선생이 나에게 전화를 했다. 교감 선생도 여자였는데 교장과 사고방식이 달랐다. 학교에서 어떤 일이 생기면 늘 공정하게 일을 처리했고, 여교사의 처지를 잘 이해해 주고 따뜻한 격려도 종종 해주셔서 여교사들의 존경을 받는 분이었다.

"이 선생님, 오늘 학교에서 있었던 일에 대해서 교장에게 방금 들었어요. 교육계 선배 입장에서 너무 창피해서 할 말이 없네. 교장이 결재한 물품을 샀는데 서무과장이 돈을 안 준다고 한 건 말이 안 되는 거네. 내일 내가 학교에 가서 과장을 불러 따질 거니까, 이 선생은 일단 학교에 나와서 나하고 얘기합시다. 이 선생님, 서울에 있는 학교가 모두 우리 학교처럼 운영되는 건 아니야. 투철한 교육관을 가진 훌륭한 교장 선생님이 계시는 학교가 훨씬 더 많아요. 내년에 그런 학교로 전근 가도록 내가 힘써 볼 테니 이 학교에서 조금만 더 고생해요. 이번 일로 이 선생이 서무과장에게 사과할 필요 없어요. 그러니 일단 내일은 학교에 출근해서 나와 얘기합시다."

교감 선생님과 한참을 더 통화했다. 내가 존경하는 분이 진심으로 걱정해주는 말에 쌓여 있던 울분이 점차 사라졌다.

"교감 선생님 말씀을 믿고 내일 출근하겠어요. 그 대신 교감 선생님도 지금 저에게 말씀하신 거 지켜주세요."

나는 사표 내기로 마음먹었던 것을 접고 다음 날 학교로 출근했다. 교장이 서무과장을 어떻게 설득했는지 모르지만, 서무실 여직원이 결제했던 연탄값을 갖다주었고, 서무과장도 어제 일을 더 이상 언급하지 않았다. 그 이유를 나중에 교감에게 들었다. 교장이 그날 밤에 교감에게 전화해서, 내가 내일 학교가 아닌 교육청으로 간다고 했으니 이 선생을 설득해서 내일 학교에 오도록 해달라고 부탁했다는 것이었다. 그래서 교장에게 이 선생을 학교에 나오게 하려면 서무과장에게 사과하라는 그런 말을 강요하지 말아야 한다고 했더니, 교장이 그러겠다고 약속해서 나에게 전화한 것이라고 했다. 나도 서무과장이 더 이상 아무 말을 하지 않아서 지난 일에 대해 모르는 척하고 지냈다.

열정을 다하여

　새 학기가 되자 교감 선생이 약속대로 다른 학교로 전근시켜 주었다. 내가 부임한 학교는 새로 신설된 중학교였다. 신설 학교이다 보니 할 일이 많았다. 그런데도 교직원들이 화합해서 열심히 일하는 분위기였다.

　학교 일이 힘들었지만 서로 격려해 주는 인간미가 있어서 보람을 느끼면서 즐겁게 근무했다. 내가 담임을 맡은 반에서 간혹 학부모로부터 격려금이 들어오면 교장실에 가서 자랑하고, 퇴근길에 함께 어울려서 저녁 먹기도 했다.

학생들 시험이 끝나면 어느 반 성적이 얼마나 우수한지가 교사들 간에 보이지 않는 자존심 경쟁이었다. 교사는 학생을 열심히 가르쳐야 한다는 신념도 있었지만, 남에게 지기 싫어하는 성격 탓도 있어서 시험 때가 가까워지면 우리 반 애들을 달달 볶았다. 연습장 앞뒤에 빽빽하게 공부한 흔적을 날마다 검사했는데, 그걸 '빽빽이'라 부르고 하루에 몇 장씩 하라고 정해 주었다. 만일 정해진 장수를 채우지 못한 학생은 그만큼 손바닥을 맞았다. 한문은 시험 범위 안에 있는 한자를 암기해서 다 쓰게 하고, 제대로 못 쓰면 쓸 때까지 귀가시키지 않았다. 이렇게 극성을 부린 덕에 한문과목은 다른 반보다 25-30점이나 높았다. 그래서 학급 평균도 딴 반보다 10점 이상씩이나 높게 나왔다.

처음에는 '와, 대단하다.' 하고 감탄하고 부러워하던 동료 교사들이 매 학기 우리 반이 연거푸 좋은 성적이 나오니 언짢아하면서 짜증을 냈다.

"이 선생, 해도 너무하네. 이렇게 시험 볼 때마다 자기 반 성적만 잘 나오면 다른 반은 어떻게 하라는 거야? 그것도 웬만큼 차이가 나야 말이지 이건 너무 심하잖아. 다른 반은 어떡하라고 그래?"

교과목 선생과 다른 반 담임들이 눈살을 찌푸리면서 항의했다. 나는 속으로 좋으면서 겉으로는 난감한 척 말했다.

"미안해요. 우리 반 애들에게 시험 칠 때마다 시험 못 보면 혼낸다고 엄포를 놓았더니 애들이 겁이 나서 열심히 공부한 거 같네요."

다른 담임에게는 미안했지만 내 말에 잘 따라주고 열심히 공부한 우리 반 애들이 너무 대견스럽고 사랑스러웠다. 그래서 시험 끝나면 신나게 놀자는 약속을 지키려고 일요일이면 산에도 데려가고, 학교 운동장에 모여서 운동경기를 하는 등 신나게 놀아주었다.

그 시기에 내가 다니던 대치동성당에서 이경재 신부님을 만났다. 신부님은 교우들에게 나자로 마을에 사는 나환우 150여 명의 실태에 관해 얘기하시고 도움을 요청했다.

나환우들에게 정부에서 기본적인 생활비는 주지만 부족한 것이 많아, 신부님이 직접 각 나라를 순방하면서 현지에 사는 교우들에게 도움을 요청하고, 그들이 정성껏 마련해 주는 후원금으로 마을을 운영한다고 했다. 해외 교우들의 성금으로 이번에 식당을 새로 지었는데 조리 기구, 식기 등이 부족해서 도움을 받으러 왔다고 했다. 여기 오기 전에 이미 ○○성당에서, 교우들 집에서 사용하지 않는 부엌용품이 있으면 나누어 달라고 간곡히 부탁했단다. 그리고 다시 갔더니, 조리 기구와 그릇들이 많이 들어왔단다. 고마워하면서 가져갔는데 정리를 하다 보니 나환우와 비슷한 모양의 그릇들이 많았다는 것이다. 찌그러진 냄비, 이 빠진 밥그릇, 뚜껑에 꼭지가 빠진 주전자. 금이 간 국그릇···. 그릇을 정리하다가 나자로 마을 식구들이 울었다고 했다. 나환우들은 이미 세상과 가족들에게 버림받았지만, 같은 교우이니까 조금 다를 줄 알았는데 그렇지 않구나 하는 서운한 마음이 들었다고 했다.

"성경에 제일 많이 나오는 말이 사랑입니다. 예수님의 가르침이 형제자매에 대한 사랑, 이웃에 대한 사랑이지 않습니까? 예수님이 우리를 사랑하셔서 우리를 구원하려고 우리 죄를 대신해서 십자가에 못 박혀서 돌아가시지 않았습니까? 하느님 눈으로 보면 우리는 다 같은 형제자매인데, 어떻게 자기가 못 쓰고 버리는 그릇을 줍니까?"

이경재 신부님이 가끔 울먹이는 목소리로 차분히 설교하셨다. 듣고 있는 내내 마음이 아프고 슬펐다. 나 스스로 내가 어떤 인간이었는지 자신을 돌아보면서 많이 반성했다. 그리고 나자로 마을에 가서 직접 나환우들을 만나봐야겠다고 마음먹었다.

그 무렵 수업 시간에 뜨개질을 가르치고 있었다. 대바늘로 덧버선을 뜨고 있다가 불쑥 좋은 생각이 떠올랐다.

"자기가 만들고 있는 덧버선을 하나 더 만들어서 연말에 불우이웃 돕기로 거동이 불편한 노인들이 계시는 양로원이나 나환자 마을에 기증하면 어떨까? 혹시 털실이 부족하면 나한테 있으니 가져가서 만들면 되는데."

의외로 여학생들의 호응이 좋았다. 많은 학생이 덧버선을 만들어 기증했다. 그 덧버선 중에서 제대로 만들어진 것 150켤레를 모았다.

우리 반 학생들에게 나자로 마을 얘기를 하면서 관심이 있는 사람은 내가 방문할 때 함께 가도 좋다고 했다. 대여섯 명이 함께 간다고 해서 날을 정해서 덧버선과 간식을 준비해서 찾아갔다. 12월 초순경, 날이 추워서인지 마을 입구부터 사무실까지 사람이 보이지 않았다.

사무실에 들어가니 전화 연락을 받은 수녀님이 기다리고 있었다며 반갑게 맞이해 주었다.

"서울에서 오시느라고 수고했어요."

수녀님이 성 라자로 마을의 역사에 대해 설명해 주셨는데, 이 마을은 1951년에 캐럴 주교가 빈곤과 질병으로 버려진 나환자들의 구호를 위해 20만 평의 땅을 구입하여 개원했다고 했다. 그 후 서울교구에서 파송한 이경재 신부님이 원장으로 부임하였다. 신부님이 부임해 와서 보니 마을에 부족한 것들이 너무 많은데 후원받기가 어려워지자 직접 다른 나라의 성당을 찾아 나섰다. 그곳 성당의 교우들에게 도움을 호소하여, 그분들의 도움으로 숙소, 진료소, 교육관, 병동, 식당 등이 건립되었고, 오늘날과 같이 나환자들이 사는 데 불편함이 없는 나환자 정착 마을로 만들어졌다고 했다.

설명을 듣고 있는데 신부님이 오셨다.

"이렇게 먼 곳까지 찾아와줘서 고마워요. 학생들이 우리 나환우들을 위해서 덧신을 짜서 가져온다는 말을 듣고 정말 감동하였어요. 학생들이 공부하기도 바쁜데, 덧신까지 만드느라고 얼마나 고생했어요. 고마워요. 이번 겨울은 학생들 덕분에 여기 식구들이 따뜻하게 잘 지낼 거예요."

활짝 웃으시면서 반겨주는 신부님의 인자한 모습에 여기 오기를 잘했다는 생각이 들었다.

우리는 수녀님 안내로 나환우들의 숙소를 돌아다니면서 덧신을 나눠드렸다. 그런데 숙소를 다니면서 보니 여자들과 남자들이 색깔만 다르고 모양은 똑같이 생긴 조끼를 입고 있었다.

"할머니, 조끼가 예쁘네요. 그런데 조끼 모양이 저쪽 할머니하고 똑같네요. 누가 짜줬어요?"

"이거? 우리 원장신부님 누나가 짜줬어."

"맞아요. 원장신부님 누나가 혼자서 꼬박 일 년 반 동안 뜨개질하신 겁니다."

수녀님이 답변해 주는 말에 나는 너무 놀라고 충격을 받았다. '야, 어쩜 이럴 수가 있나! 나는 내가 짠 거는 몇 개밖에 없고 거의 다 애들이 만들었는데…. 그러면서 자선 봉사한다고 은근히 우쭐거리고 자랑하고 있었는데, 신부님 누나는 1년 반 동안 내내 혼자서 준비하시다니 정말 대단하신 분이다.' 나하고 아예 비교가 안 돼서 창피한 생각이 들면서 얼굴이 확 붉혀졌다.

수녀님이 마을의 여러 곳을 안내했다.

"여기 계시는 분들은 정부에서 일정한 생활비를 받지만, 그 액수가 너무 적어 이분들이 제대로 된 생활을 하려면 턱없이 모자라서 뜻있는 교우들이 나자로 마을돕기회를 만들었어요. 회비는 한 달에 천 원 이상씩 형편대로 내는데 돕기회 회원이 많아요. 그분들이 후원해 주는 돈으로 우리는 식료품 구매, 난방비, 의복, 의료기기 구입 등 나환우들을 위해서 요긴하게 쓰고 있어요."

나는 당장 회원에 가입했고 동행한 학생들에게도 가입을 권했다.

집에 돌아와서 내 가족에게 나자로 마을과 돕는 방법에 관한 설명을 하고, 우리 가족을 모두 돕기회 회원으로 가입시켰다. 가족이 낸 회비는 매달 큰딸이 은행에 송금하도록 했다. 그때부터 지금까지 나는 여전히 돕기회 회원이다. 학교에 가서도 친분이 있는 선생님들을 설득해서 돕기회 회원에 가입시키고 매달 천 원씩 받아서 나자로 마을로 부쳤다. 다른 학교로 전근 가면 다시 회원을 모집해서 나자로 마을 돕기회를 계속 만들었다.

나는 나자로 마을에 다니면서 점차 내가 알지 못했던 새로운 세상을 알게 되었다. 매년 11월 '나자로의 날'에는 나자로 마을에서 돕기회 회원들과 모임(피정)을 갖는 행사가 있다. 1년 동안 회원들이 내는 회비가 어떻게 쓰였는지 경과보고를 겸한 피정으로 나에게도 초청장이 와서 호기심과 기대로 몇 번 참석했다. 어느 해인가 행사에 참석하려고 가는 도중에 마을 입구에서 허름한 차림새를 한 할머니를 만났다. 함께 행사장으로 가면서 할머니가 말씀하셨다.

"나는 매년 여기 오는데 올 때마다 특별히 한 거도 없는데 원장신부님이 불러 주셔서 고맙게 생각하면서도 오기가 부끄러워."

행색이 초라한 그 할머니가 짠하고 불쌍해 보였다.

"할머니가 오실 만한 일을 하셨으니까 원장님이 초청하셨겠죠."

나는 할머니가 편안한 마음을 가지도록 위로 삼아 말했다.

"아니야, 나는 내 자식들 키우느라고 하나님에게 해야 할 일은 제대로 못 하고 살았어. 육이오 때 남편이 전쟁터에서 팔과 다리에 총을 맞고 불구자가 되었어. 그때부터 내가 식구들 먹여 살리느라고 안 해 본 일이 없어. 그러다 보니 주일날 성당에도 못 나갈 때가 많았어. 다행히 우리 집 애들은 엄마가 고생하는 걸 알고 다른 애들보다 열심히 공부해서 장학금을 받으면서 학교에 다녔어. 큰딸은 지금 대학교수로 일하고 작은딸은 수녀가 됐어요. 삼성에 다니는 아들은 부장이라 하더라고. 몇 년 전에 남편이 간암으로 죽고 나서 혼자 지내면서 가만히 생각해 보니, 하나님은 내가 힘들 때마다 항상 내 곁에서 나를 지켜주셨는데, 나는 하나님에게 아무것도 한 게 없었어. 그래서 이제 애들 걱정은 할 필요 없으니, 남은 생을 하나님 은혜에 보답하면서 살아야겠다고 마음먹고 있었는데, 여기를 알게 됐어. 그때부터 동네 돌아다니면서 폐지도 줍고, 양계장에서 달걀을 받아와서 팔아서 모은 돈을 매달 여기로 보내고 있어요."

나보다 덩치도 작고 행색이 초라해 보였던 할머니가, 갑자기 거인으로 보이면서 머리 주변에서 광채까지 나는 것 같았다. 사람의 겉모습만 보고 그 사람을 쉽게 판단하는 고정적인 인식의 테두리에서 벗어나야 비로소 한 인간의 진실한 삶을 볼 수 있다는 큰 교훈을 할머니에게서 받았다.

전국에서 모인 회원들은 피정 기간 동안 조별로 나누어 함께 생활

했다. 열 명이 배정된 우리 조는 한 방에 모여 서로 인사를 나누었다. 그중에서 검은색 한복을 입은 회원이 자기소개를 했다.

"나는 원불교에서 교무직을 하고 있어요. 몇 해 전에 나하고 친분이 있는 분을 따라 이곳에 왔다가 원장신부님께 나환우들의 얘기를 듣고 나도 이분들을 돕고 싶어서 나환우 돕기회원에 가입했어요. 제가 교무로 지내다 보니 가진 돈이 없어서 어떻게 이분들을 도울까 생각하다가, 생엿을 만들어서 우리 신자들에게 팔았어요. 다행히 신자들이 생엿을 잘 사줘서 거기서 생기는 이익금을 돕기회에 기부하고 있어요."

단아한 차림의 중년 여인이 종교를 초월해서 오직 인간에 대한 사랑만으로 가톨릭 신부가 운영하는 나자로 마을을 돕고 있다는 것이 감동적이었다. 그 외에도 자식들이 칠순 잔치해 준다는 것을 여기에 기부하신 분, 미장원이 노는 날이면 이곳에 와서 나환우들의 머리를 손질해 준다는 미용실 원장님 등등 모인 회원들 한 분 한 분이 이 세상에 누구보다도 훌륭한 분들로 여겨졌다.

내가 매일 읽는 신문이나 TV 뉴스를 보면, 인간 이하의 짓을 하는 파렴치한 인간들이 넘쳐나고 있는데도 세상이 망하지 않는 것은, 남몰래 이런 선행을 하는 분들이 계시기 때문에 하나님이 봐주는 것이 아닌가 하는 생각이 들었다. 이런 모임에 참여하고 나면 나도 정화되어 앞으로 좀 더 인간미를 가지게 되리라는 기대와 그렇게 살아야겠다는 각오가 생겼다.

우리 반 학생 중에 유별나게 나를 따르는 학생들이 있었다. 나도 그 애들이 좋아서 방학 때 이따금 우리 집에 초청했다. 예닐곱 명이 몰려오면 라면을 끓여 밥과 함께 주면 게눈감추듯 먹어 치우던 모습이 눈에 선하다. 그때는 살림살이가 넉넉지 못해 짜장면은 특별한 날에만 상으로 사줬다. 지금도 그 애들 몇 명과는 가끔 만난다. 반장이었던 혜성이는 해마다 명절이 되면 아직도 선물을 보내주고 있다. 이렇게 심성이 고운 제자를 둔 것이 나의 큰 복이고 자랑거리다.

1985년 겨울방학에 남편과 울릉도 여행을 갔다. 당시 울릉도는 숙박시설이 너무 허술했다. 숙소를 어디다 정하나 생각하면서 울릉도 주위를 돌아다니는데 '울릉중학교'가 보였다. 섬에서는 학생들을 어떻게 교육하는지 학교시설은 어떤지 궁금해서 들어가 봤다. 마침 교무실에 당직 교사가 있었다. 인사를 나누고 학교에 대해 궁금한 것을 이것저것 물어보았다. 당직 교사는 친절하게 답변해 주었다. 교장을 포함해서 8명의 교직원이 30여 명의 학생을 가르치고 있다고 했다. 교사들 대부분이 집이 내륙에 있어서 방학 때는 본인의 당직 일을 제외하고는 학교에 나오지 않는다고 했다. 얘기를 나누다 보니 날이 저물었다.

"이 선생님은 어디에다 숙소를 정하셨어요?"

"아직 못 정했어요."

"그러시면 교사 사택에서 주무세요. 선생들이 없어서 사택이 다 비어 있어요. 다 같은 선생인데 그냥 여기서 주무세요. 조용하고 깨끗한 게 여관보다 나을 겁니다."

듣던 중 반가운 말이었다. 하룻밤 신세를 지기로 하고, 당직 교사와 학교 뒤편으로 가니 집이 몇 채 있었다. 그중 한 집으로 안내를 받아 들어갔다.

"여기서 주무세요. 집이 비어 있어서 바닥이 찹니다. 제가 연탄불을 피워 놓으면 곧 따뜻해질 겁니다. 그동안 저녁식사 하시면서 밤바다 구경하고 오세요."

선생님의 친절한 말에 고맙다고 인사하면서 같이 가서 식사하자고 했더니, 자기는 학교를 비워둘 수 없으니 우리만 가서 저녁 먹고 도동항 야경을 구경하고 들어오라고 했다.

도동항 부근에 있는 횟집 수족관에는 오징어들이 한가롭게 헤엄치고 있었다. 오징어가 헤엄치는 모양이 우스워서 한참을 쳐다보다가 회를 만들어 달라고 주문해서 먹었다. 토막을 냈는데도 접시에서 꿈틀거리는 것이 보기에 좀 징그러웠지만 맛있게 먹었다. 그리고 숙소로 돌아왔더니 방바닥이 따뜻해져 있었다. TV를 보면서 가게에서 사 온 맥주를 마시다가 피곤해서 내가 먼저 잠들었다.

한참 지나서 비몽사몽간에 누가 내 딸 이름을 자꾸만 부르는 것이 메아리처럼 울려왔다. 나중에 남편이 들려준 말은 내가 잠든 얼마 뒤에 자기도 잠이 들었는데, 자다가 갈증이 너무 나서 잠이 깼단다. 그런데 일어나려다가 어지러워서 쓰러졌다. 처음엔 저녁에 마신 술 때문에 그런가 하고 다시 정신을 차려 불을 켜고 보니 옆에 누웠던 내가 이상한 신음소리를 내고 있더란다. 그러고 보니 방에서 연탄가스 냄새가 심하게 났다. 마누라가 가스를 마셨구나, 큰일 났다는 생각이 들어 얼른 일어나 창문과 방문을 활짝 열고 나를 깨웠는데 일어나질 않았다.

"윤행아, 윤행아, 애들은 어쩌라고 이러냐? 제발 정신 좀 차려라."

남편이 나를 세차게 흔들면서 소리 지르며 한참을 더 그러고 있었는데 내가 똥을 싸더란다. 어른들이 죽어가는 사람이 생똥을 싸면 다시 살아난다는 말이 떠올라서 '이제 마누라가 살았구나, 하나님, 고맙습니다.'라는 말이 저절로 나오더란다.

희미하게 들리는 남편의 목소리보다, 공장에서 발전기를 돌리는 소음 같은 것이 더 크게 들려와 머리가 터져나갈 것 같았다. 남편이 나를 마루로 끌고 나와 똥 묻은 몸을 닦아주는 동안 정신이 조금씩 들기 시작하였는데 눈물이 하염없이 쏟아졌다. 조금만 늦었더라도 살지 못했을 텐데….

"하나님, 감사합니다. 저를 살려주신 건 하나님을 위해 해야 할 일이 남아 있다는 하나님의 뜻으로 생각합니다. 앞으로 살아가는 동안 하나님의 뜻에 어긋나지 않게 살도록 늘 깨우쳐 주시고 인도해 주시옵소서."

감사기도를 드리면서 인간의 생명이 인간에 의해서가 아니라 천지를 창조하고 다스리는 하나님의 계획에 따라 좌우된다는 믿음이 확

실해졌다. 남편이 나와 같은 시간에 잠들었다면, 또 자다가 갈증을 느끼지 않았다면, 우리는 둘 다 가스에 중독되어 죽지 않았겠는가. 어떻게 하나님이 보호해 주신 것으로 생각하지 않을 수 있겠는가. 앞으로 남은 생을 하나님의 뜻에 순종하면서 보람 있게 살아야겠다고 스스로 굳게 다짐했다.

울릉도 여행은 내 생애에 영원히 잊지 못할 추억을 남겨준 여행이었다.

일도 많고 탈도 많아

❦

주임교사로 첫발

1986년에 ○○중학교로 전근을 했다. 내가 사는 아파트 옆에 신설한 학교여서 출퇴근 걱정이 없었다. 그런데 학교를 개설하면서 시에서 학교 건물만 지어놓고 보도블록을 제대로 만들어 놓지 않아 비가 오면 진흙탕 길이 되었다. 게다가 시에서 땅 주인에게 토지배상을 제대로 해주지 않았는지, 땅 주인이 통학로를 막았다. 학교를 바로 앞에 두고 뺑 둘러서 학교로 들어가게 되어서 교직원과 학생들이 한참을 불편하게 다녔다. 그래도 나는 오랜만에 학교가 집과 가까워서 정말 좋았다.

전번 학교장님은 내가 전근 가기 전날에 교장실로 불러서 진지한 표정으로 말했다.

"이 선생님에게 꼭 하고 싶은 말이 있어요. 이제 새 학교 가면 절대로 먼저 나서서 말하지 마세요. 나도 처음에는 이 선생이 나서서 학교에서 하는 일에 대해서 반대를 할 때마다, 그게 학생들을 위하는 말일망정 그 당시는 별로 좋게 생각 안 했어요. 그러니 이제 새로 가는 학교에서는 주임도 해야 하는데 절대로 먼저 나서지 마세요. 이 선생이 어떤 사람인지 잘 알게 됐고, 또 이 선생을 좋아해서 진심으로 하는 말이니 꼭 새겨들어요."

"네, 명심하겠습니다. 교장 선생님, 그동안 저에게 잘해 주셔서 징말 고마웠습니다."

내가 겪은 학교장 중에서 가장 인간미가 있는 교장이었기에 나를 진심으로 염려해 주시는 것을 나도 알 수 있었다.

학교에서 학교장이 추진하는 일이 학생들에게 별 도움이 안 되면서 교사들의 업무만 가중시키는 부적절한 일일 때, 그 업무를 맡게 된 교사들이 교장에게 시정해 달라고 요구하자고 논의하고 교장실에 들어가는 일이 가끔 있었다. 학년 일인 경우도 있고, 교과목일 경우도 있고, 부서 일인 경우도 있었다. 그런데 교장과의 면담이 시작되면 주로 내가 먼저 나서서 불합리한 업무임을 설명하고 철회해 줄 것을 주장했는데, 그때 다른 교사들은 서로 눈치만 보면서 묵묵히 앉아 있었다. 교장 입장에서 보면 다른 교사들은 수용하는데 나만 반대하는 것으로 보였을 것이다. 자연히 교장 선생님의 안색이 별로 안 좋아졌다. 그럴 때 교장실에서 나와서 나는 동료들에게 불만스럽게 말했다.

"아니, 선생님들 왜 그러세요? 같이 항의하자고 해 놓고 나만 떠들고 선생님들은 가만히 계시면 교장이 볼 때 선생님들은 다 찬성하는데 나만 반대하는 걸로 오해하시잖아요?"

"교장 선생님이 이미 하려고 작정하고 계셔서 우리가 말해도 소용이 없을 거 같아서 그랬어."

동료 교사들은 이런 식으로 말하고 지나쳐버렸다. 그럴 때마다 화가 났지만 성질 급한 내 탓을 하는 수밖에 없었다. 그러나 시간이 지나자 교장 선생님도 내가 했던 말이 혼자만 주장하는 것이 아니었다는 것과 어떤 일은 나의 주장이 옳았다는 것을 아신 것이다. 그래서 떠나는 나에게 다른 학교에 가서 교장에게 괜히 미움받지 않게 배려해 주는 마음에서 특별히 당부하신 것이다. 교장 선생님의 진심 어린 충고를 감사한 마음으로 받으면서, 앞으로 어떤 언행을 하기 전에 좀 더 신중해져야겠다고 생각했다.

신설 학교에서 처음으로 주임발령을 받은 신임주임들과 의욕적으로 학교 일을 했다. 첫해는 학급 수가 적어 주임발령이 교무, 연구, 학생, 상담으로 나고 다음 해에 나머지 주임을 발령한다고 했다. 나는 다음 해에 새마을주임으로 내정되어 있었다. 그러던 어느 날 교감 선생님이 내게 말씀하셨다.

"이 선생님은 아직 젊으니 내년에 새마을주임은 김 선생에게 양보하세요."

"교감 선생님, 주임은 그 부서 업무를 맡을 만한 능력이 되는 교사가 맡아야 옳은 것 아닙니까? 나이만 많다고 능력도 없는 사람을 무조건 주임으로 임명하는 건 옳지 않다고 생각합니다."

교감 선생님이 말씀에 발끈해서 따지듯 말하는 나를 교감 선생님은 못마땅하게 받아들였다.

"이 선생도 나이 들어서 나보다 어린 주임 밑에서 일하는 게 되는 일이 생기게 되면, 그때 얼마나 자존심 상하는지 알게 될 거요. 내가 왜 이런 말을 하는지 나중에 세월이 지나면 이해하실 겁니다."

설사 교감 선생의 말이 옳다고 해도 주임이 된다는 믿음으로, 누구보다 열심히 일했던 나는 받아들일 수 없었다. 내년이면 우리 큰애가 이 학교에 입학한다. 집이 바로 옆에 있으니 이 학교 배정이 100%다. 딸과 같은 학교에 있으면서 일반교사를 하면, 왠지 자존심이 상할 것 같았다.

나는 이 학교에서 내가 할 수 있는 능력을 다 발휘해서 일했다. 그 누구보다 열심히 일했고, 교장 선생님이 또 능력도 인정해 주어서 다음 해에 주임을 시켜주겠다는 언질까지 받았는데, 교감이 이런 말을 하니 기가 막혔다. 나도 내 뜻을 분명히 말하고 나서, 교장 선생님께 능력을 보고 판단해 달라고 간곡하게 말했다. 학교의 모든 일을, 다른 교사들이 꺼리는 일까지도 억척스럽게 해내는 나를 보아왔던 동료 교사들은 다음 해에 내가 새마을주임으로 발령 났을 때, 다들 당연하게 여기고 진심으로 축하해 주었다.

"이 선생님, 축하해요. 그동안 학교에서 일하시는 걸 눈여겨봤는데 이 선생님은 주임할 만한 자격이 충분히 있어요. 앞으로 학교를 위해서 더 열심히 일해 주세요. 이 주임, 기대하겠어요."

교감 선생님도 나의 능력과 열심을 인정하고 진심으로 축하해 주자 눈물이 핑 돌면서 무척 기뻤다. 그 해에 큰딸이 우리 학교에 입학했다. 큰딸에게도 엄마가 주임교사인 것이 은근히 자랑스러웠다.

조경회사 사장인 작은 형부가 내가 주임된 것을 축하한다면서 2.5m 정도 되는 느티나무를 20여 그루 보내주었다. "느티나무는 잘 자라니까 간격을 넓게 잡아서 심어야 해요."라는 형부 말대로 운동장 가에 빙 둘러서 심었는데 잘 자라서 이듬해부터 그늘을 드리워주기 시작했다.

몇 해 전, 그 학교에서 근무하는 후배 교사를 찾아간 적이 있다. 그때 심은 느티나무들이 한 아름씩이나 되는 우람하고 멋진 나무로 자라 있었다. 같이 근무하던 선생님은 아무도 없어도 나무가 나를 알아보고 반겨주는 듯해서 감회가 깊었다.

신설 학교는 할 일도 많았지만, 교사 간 단합도 잘 되었다. 힘든 일이 끝나면 퇴근 후 반드시 회식 자리를 가졌다. 그럴 때 술을 마시면 나는 주로 맥주를 마셨다. 어느 날 교장 선생님이 말씀하셨다.

"이 주임, 맥주는 살쪄요. 소주를 마셔요."

그 무렵 자주 회식이 있다 보니 살이 찐 편이었다. 살이 덜 찐다는 그 말에 혹해서 쓴맛이 나서 꺼려했던 소주로 바꾸었다. 지금도 맥주를 싫어하는 것이 아니라 살이 찌는 것과 화장실에 자주 간다는 이유로 꺼려한다.

집이 학교에서 가깝고 어머니가 담근 술이 잘 숙성되면 동료 교사들을 집으로 초대해서 술판을 벌였다. 친정어머니와 함께 살고 있으니 잔치 벌이는 일이 쉬웠다. 어머니도 사람들이 집에 와서 노는 걸 좋아했다. 용인 아저씨들에게도 술이 익으면 갖다주곤 했더니 담근 술이 나올 때쯤 되면 아저씨들이 "주임선생님, 아직 술 안 익었어요."라고 채근했다. 다음날 잘 익은 술을 가져가면 아저씨들이 함박웃으며 반겼다.

어느 날 동료 교사들이 집에 와서 술을 마시다가 옆에 있는 요크셔테리어를 보고 J선생이 물었다.

"개가 임신했어요? 배가 불룩 나왔네."

"맞아, 새끼 배었어요. 수놈과 교미시키는데 십만 원이나 줬네."

"야, 부럽다. 나하고는 정반대구나, 나는 개만도 못한 놈이야!"

J선생이 우스갯말로 신세타령을 하는 바람에 모두 배를 잡고 실컷 웃었다.

딸과 같은 학교에 있다 보니 불편한 점도 있었다. 딸이 제대로 학교생활을 잘하고 있는지 엄마에 대한 평판 때문에 상처는 받지 않고 지내는지 신경이 쓰였다. 왜냐하면 내 성격이 어떤 일을 시작하면 철저히 하는 편이리 학생들에게는 별로 인기가 없다는 걸 알고 있었기 때문이었다. 교육적으로 생각하면 자기가 맡은 일을 책임지고 끝까지 완수해야 하는 것이 맞지만 학생 대부분은 힘든 일은 하기 싫어했다. 그런데도 학생들이 해야 할 일은 끝까지 시키니 그들이 좋아할 리가 없었다. 나는 학생들이 하기 싫은 낌새를 보이면 이런 말로 사기를 부추겼다.

"우리 학교는 선배가 없다. 여러분이 새로운 전통을 만들어서 훌륭한 학교로 만들어야 한다. 여러분이 이 학교를 졸업하고 어른이 되고 나서 다시 이 학교를 방문했을 때 여러분 후배가 '선배님이 우리 학교에 훌륭한 전통을 세워 주신 덕분에, 제가 이 학교에 다니는 것을 자랑스럽게 생각합니다. 선배님, 감사합니다.' 이런 말을 들어야 하지 않겠는가."

그 무렵 학교에 특수반이 생겼다. 지적 수준이 낮은 학생들이 모여 있는 반이었다. 나는 제각기 다른 엉뚱한 행동을 하는 학생들을 통솔하는 특수반 선생님이 대단해 보였다. 하루는 교장실에서 주임회의를 하고 있었다. 그런데 창문 쪽을 쳐다보던 교장이

"어어, 저놈 봐라. 교장실을 보면서 오줌을 싸고 있네."

교장 선생님의 말에 주임들이 일제히 쳐다봤더니 특수반 남학생이 이쪽을 보고 히죽 웃으면서 오줌을 갈기고 있었다. 모두 다 경악했지만 웃을 수밖에 없었다. 특수반이 생긴 초창기에는 조교가 없었기 때문에 담당교사 혼자서 엉뚱한 행동을 하는 학생까지 다 감당하느라 많은 고생을 했다.

큰딸이 2학년이 되면서 생겨난 전교조가 3학년이 되자 본격적으로

활동을 시작했다. 어느 날 교내 순시를 하면서 딸에 반을 지나가는데 딸이 ○○ 교사한테 손바닥에 매를 맞고 있었다. 그 교사는 평소에 나를 못마땅하게 여기는 전교조 남자 교사였다. 수업이 끝나자마자 교무실로 큰딸을 불렀다. 얼굴이 하얗게 질려서 교무실에 들어서는 딸을 보자마자 나는 대걸레 자루로 마구 때리며 소리쳤다.

"반장이라면 학급에서 모범을 보여야지. 수업 시간에 무슨 짓을 했기에 선생님한테 맞고 있어? 엄마가 너 때문에 창피해서 학교를 못 나오겠다. 내가 너를 이렇게 형편없이 가르쳤냐?"

옆에 있던 동료 교사들이 말려도 소용이 없자 교장 선생님을 데려왔다. 교장 선생님이 황급히 내 팔을 잡았다.

"이 주임, 왜 이래요. 이러다가 애 잡겠어. 진정해요."

"교장 선생님, 제 자식 잘못된 버르장머리 고치려고 그러니 말리지 마세요. 학교에서 선생님에게 맞을 짓을 한 거는 부모가 자식을 잘못 가르쳐서 그런 것 아닙니까? 내가 오늘 제 자식 버르장머리를 뜯어고칠 겁니다."

한참을 더 두들겨 팼더니 여교사 서너 명이 몰려왔다.

"윤행아, 얼른 도망가. 너 이러다가 맞아 죽겠다."

교사들이 내 양손을 꽉 잡고 있는 동안, 다른 교사가 딸을 끌고 교무실 밖으로 데려갔다. 교무실 안팎으로 교사들과 학생들이 구경하느라 난리가 났다. 그래도 분이 안 풀려 식식거리면서 앉아 있는데 소식을 듣고 담임이 달려왔다.

"윤행이 모친께서 교무실에서 애를 그렇게 잡으면 담임인 내가 뭐가 됩니까? 내 체면도 좀 생각해 주세요. 못마땅한 일이 있으면 나에게 먼저 말씀해 주셔야지요. 무조건 애부터 때리면 나는 어떻게 하라는 겁니까?"

평소에 온순한 담임교사가 목에 핏대를 세우며 강하게 항의했다.

"미안해요. 내가 수업 시간에 우리 애가 맞고 있는 걸 보고 성질이 나서 그랬는데 담임 선생님께는 미안하게 됐어요."

"제발 성질 좀 죽이세요. 앞으로 못마땅한 일이 있으면 저한테 먼저 말씀하세요. 제가 담임이잖아요. 제가 왜 그랬는지 알아본 뒤에 혼내도 되잖아요. 다른 선생님들 보기가 민망하니 제발 제 체면 좀 세워 주세요."

간곡하면서도 강력하게 말하는 담임 선생님 말이 모두 옳아서 할 말이 없었다. 담임은 ○○ 선생이 전교조 일로 나한테 쓴소리를 들은 분풀이를 딸에게 했다는 것을 눈치채고 있었다. 그래서 나에게 더 화가 나서 항의한 것이었다. 나중에 동료 교사가 와서 말했다.

"윤행이 담임이 ○○ 선생 찾아가서 앞으로 애를 괴롭히지 말라고 했답니다. 당신이 계속 그러면 걔는 엄마한테 맞아 죽게 생겼으니 제발 건드리지 말라고 그러셨답니다."

내 딸애를 진심으로 아껴주는 담임선생이 정말 고마웠다. 그 사건 이후로 딸애는 전교조 교사들의 시달림에서 벗어났다. 1989년도에 전교조가 학교 사회에 자리 잡으면서 이를 거부하는 학교와 전교조 교사 간의 갈등이 제일 심했던 시기로 생각된다. 집에 와서 보니 딸의 온몸이 구렁이가 감고 있는 것처럼 시퍼런 멍 자국이 나 있었다. 멋모르는 딸을 전교조 교사들에게 보란 듯이 제물로 삼은 내 처신이 옹졸했다는 죄책감이 들어 마음이 언짢았다. 아무튼 이 사건 이후로 전교조 교사들이 내 딸을 괴롭히는 일은 더 이상 없었다.

다음날 학교에서 돌아온 딸애는 어제 엄마한테 맞은 건 개의치 않고 선생들이 걱정해주는 말에 더 신이 난 듯했다.

"엄마, 오늘 수학 선생님이 수업 시간에 나더러 '이 녀석아, 너는 엄마가 때리면 도망을 가야지, 어떻게 그대로 맞고 있나? 다음에 또 그러면 도망가!' 그러셨어요."

딸애는 싱글거리면서 자랑스럽게 말했다. 이렇게 철부지를 그렇게 인정사정없이 때린 게 미안했다.

나는 교사들이 이념적인 갈등으로 나누어지는 게 너무 가슴 아팠다. 우리나라는 분명히 자유민주주의 국가인데, 그리고 분단국가인데 왜 민주주의의 이념을 교육해야 하는 교사들이 사회주의 사상을 추종하는지 이해가 되지 않았고, 앞으로 학교가 어떻게 되는 걸까 하는 걱정과 안타까운 마음뿐이었다.

○○중에서 가장 추억에 남는 일은 윤리주임이 도서실에서 결혼식을 올린 사건이다. 윤리주임이 결혼을 해야 하는데 날짜에 맞추자니

결혼식장 잡기도 힘들고, 돈도 모자란다고 학교에서 결혼식을 올리게 해 달라고 했다. 주임 회의에서 동료 교사가 어려운 처지에 있으면 당연히 도와야 한다는 의견이 통과되어 학교에서 장소를 제공해 주기로 했다. 내가 새마을주임이라는 명분 때문에 예식장 꾸미기부터 피로연까지 모두 맡아서 엄청난 고생을 하면서 준비했다.

드디어 결혼식 날이 되었다. 그런데 예식 시간이 한참 지나도록 신부가 나타나지 않아서 애를 태웠다. 혹시나 결혼식을 못 하는 것이 아닌가, 조바심이 났는데 한 시간이나 지나서 신부가 나타났다. 평소에 모든 일을 느긋하게 하는 윤리주임과 너무 잘 어울리는 짝이라고 다들 입을 모았다. 모든 것을 동료 교사들이 헌신적으로 나서서 준비해 주면 시간이나 제대로 지켜야지 이건 경우가 아닌 것 같았다. 그렇게 힘들게 결혼식을 올렸는데 고생한 보람도 없이 몇 년 후에 둘이 이혼했다는 말이 들려왔다. 그 말을 듣자 너무 어이없고 허망했다.

1989년에 작은딸도 우리 학교에 입학했다. 작은딸 윤진이는 교내에서 나를 만나면 언니처럼 도망가지 않고 환하게 웃으며 달려왔다. 언니는 멀리서 내가 보이면 얼른 달아나 나와 마주치는 일이 거의 없었다. 훗날 언니가 하는 말이 엄마를 만나봤자 잔소리밖에 들은 게 없어서 아예 교내에서 나를 만나지 않으려고 피해 다녔다고 했다. 그런데 작은딸은 학교에서 나를 보면 반가워하고, 학교생활도 적극적으로 잘해 내고 있어서 기특했다

새로운 신앙과 학교 문제

전교조 문제로 신경이 쓰여 마음이 언짢아 있을 때 교내 성경 모임인 신우회에서 참석을 권유해 왔다. 나는 가톨릭 신자라서 개신교 모임에는 나가지 않겠다고 했다.

"주임선생님, 개신교나 가톨릭이나 다 같은 하나님을 믿고 있는데, 성경 말씀을 같이 공부하는 것이 왜 이상합니까?"

회장인 최 선생이 내게 참석하기를 적극 권유했다. 달리 반박할 말도 없었고, 또 신우회 회원들이 학교 일에 협조적인 교사들로 구성되어 있어서 더 망설이지 않고 나도 합류했다. 일주일에 한 번 모여서 성경 공부를 하고 가끔 저녁 식사도 하는 모임이었다. 최 선생은 내가 만난 기독교인 중에 성경 말씀대로 생활하는 독실한 신앙인 중 한 분이었다.

담임을 맡으면 신학기에 교실 환경 꾸미기가 제일 큰 문제였다. 새학급에서 담임의 교육철학과 학생들의 눈높이에 맞추어 교실을 새로 꾸미는 것이 어려운 과제였다. 나도 담임을 할 때마다 학급의 환경미화가 제일 어려운 숙제였다. 환경미화가 끝나면 교장과 주임교사, 미술교사들이 환경미화 심사를 하여 등수를 매기고 시상을 했다. 새로운 반을 배정받아서 처음 시작하는 미화 심사는 학생들의 사기진작에도 크게 작용했다. 다 같이 협력해서 꾸민 학급환경으로 상을 받으면 반 학생들이 얼마나 좋아하는지 모른다. 담임교사도 덩달아 어깨가 우쭐해진다.

그런데 학생들을 데리고 저녁 늦게까지 환경미화 작업을 하다 보면 학생들에게 저녁을 사 먹여야 한다. 저녁 식사뿐만 아니라 교실단장을 하려면 학교에서 주는 물품 이외의 것들을 사는 비용도 만만찮았다. 이럴 때 학급의 정, 부반장이 된 학생의 학부모가 담임의 사정을 이해하고 도움을 줄 때는 그것으로 해결한다. 그 당시 나도 그랬고 대부분 교사가 이렇게 학급을 운영했다.

그러나 최 선생은 달랐다. 받은 촌지를 편지와 함께 그대로 돌려보냈다. 돌려받은 학부모 말이 '보내주신 어머님의 정성은 마음으로 잘 받겠어요. 대신 부탁이 있는데, 혹시 교회에 다니지 않으시면 일요일에 집 부근에 있는 교회에 한 번 나가주셨으면 감사하겠습니다.'라고 했다는 것이다. 이렇듯 최 선생은 내가 아는 사람 중에 성경 말씀을 몸으로 실천하는 진정한 크리스천이었다.

어느 날 최 선생이 모친의 회갑연을 교통회관에서 하니 꼭 참석해 달라고 하기에 교장을 비롯하여 많은 동료 교사들이 참석했다. 최 선생님과 친분 있는 목사님도 몇 분이 참석하셔서 축하 기도를 하셨다. 동료 교사들도 모친 회갑을 진심으로 축하드리며 즐겁게 저녁 식사를 마치고 주임들이 축의금으로 모은 십만 원을 최 선생에게 건넸더니 받지 않았다. 그때 뷔페 식사비가 일인당 만오천 원이었는데 식사비로도 부족한 축의금을 끝내 사양했다.

"이렇게 오셔서 축하해 준 것만 해도 감사합니다. 제가 어머니 환갑에 쓰려고 그동안 적금을 들어둔 게 있으니 아무 염려 마세요. 호의만 감사하게 받겠습니다."

최 선생은 우리뿐만 아니라 다른 사람들의 축의금도 일절 받지 않았다. 최 선생은 외아들이었고 형편도 그리 넉넉한 편이 아닌 것을 동료들이 너무 잘 알고 있었기에 다들 당황스러워했다. 나보다 나이가 아래인데도 하는 행동은 나보다 훨씬 더 어른스러웠다. 최 선생은 항상 언행이 일치되었고 성경 말씀을 실천하는 교사였다.

최 선생이 학교에서 학생들 십여 명을 모아서 제자 양육을 했는데 그중에 윤진이가 들어 있었다. 처음에는 성경 공부만 하는 걸로 알고 모임에 나가는 것을 별로 반대하지 않았는데, 나중에는 교회까지 따라다니는 것을 알고는 못 나가게 했다. 우리 가족은 성당에서 세례와 견진성사까지 다 받았으니 교회는 나가지 말라고 꾸중을 하고 말렸지만 듣지 않았다. 윤진이는 이미 최 선생의 수제자가 되어 있었다. 그리고 나중에는 제 부모인 우리 부부까지 기독교로 개종시켜 버렸다.

○○중에 근무하던 마지막 해에 나는 학생주임을 했다. 학생주임을 하면서 어려운 일을 종종 겪었다. 학생주임을 한 지 얼마 되지 않았을 때 초등학교 학부모가 교무실에 들어와서 고함치며 소란을 피우는 사건이 생겼다. 우리 학교 학생이 초등학생인 자기 아들을 공중화장실로 끌고 가서 성추행했단다. 초등학생이 거부하자 목을 조르

고 때려서 어쩔 수 없이 시키는 대로 한 초등학생이 집에 와서 이불을 뒤집어쓰고 울면서 벌벌 떨고 있었다는 것이었다. 어머니가 공포에 질린 아들을 달래고 진정시켜서 사건의 전말을 듣고는, 분하고 치가 떨려서 당장 학교로 달려와 교무실에서 난동을 부린 것이었다.

폭행당할 때 가해 학생이 명찰이 붙은 교복을 입고 있어서, 누군지 이름을 안다고 해서 초등학생의 부모가 학교로 바로 온 것이었다. 황당하고 경악스러워 가슴이 덜컥 내려앉았다. 눈앞이 캄캄하고 앞으로 벌어질 일이 두려워 떨렸다. '이럴 때일수록 침착하자.'라고 나 자신을 타이르면서 정신을 가다듬었다. 우선 피해 학부모를 진정시켜 놓고 전교생 명단을 뒤져 가해 학생을 찾아냈다. 그리고 그 집에 전화를 걸어 어머니에게 빨리 학생을 데리고 학교로 오라고 했다. 어머니와 함께 온 남학생에게 이런 일이 있었냐고 물었더니 고개를 푹 숙이고 아무 말도 안 했다.

초등학생 말이 사실이었다. 나는 가해 학생에게 "피해 초등학생 어머니에게 죽을죄를 지었으니 제발 살려달라고 손발이 닳도록 싹싹 빌어라."라고 했다. 그리고 가해 학생 어머니에게도 "육체적, 정신적 피해보상을 성의껏 하겠다는 말과 진심 어린 사과를 하셔야 아들이 형사처벌을 면할 수 있어요." 했다. 그 어머니는 사태가 심상치 않음을 직감하고 내가 시키는 대로 피해 학생 어머니를 붙잡고 울면서 통사정을 했다.

"제가 직장에 다니느라 자식 교육을 제대로 못 해서 이런 일이 생겼어요. 정말 제 자식이 죽을죄를 지었습니다. 용서하시기 어렵겠지만 저런 자식을 둔 못난 어미를 불쌍히 여기시고 한 번만 너그럽게 용서해 주십시오. 그쪽 학생이 받은 정신적 충격과 육체적 상처에 대한 보상은 제가 최선을 다해 보상하겠습니다. 한 번만 너그럽게 용서해 주세요."

가해 학생 어머니가 무릎까지 꿇고 싹싹 비니 피해 학생 부모의 마음이 조금 누그러졌다. 나도 함께 간절히 용서를 빌었다.

"학생들 지도를 잘못해서 죄송합니다. 앞으로 다시는 우리 학생들이 초등학생들을 괴롭히는 일이 없도록 학생 지도를 철저히 하겠습니다. 기가 막히고 화도 나시겠지만 저렇게 비는 어머니를 같은 부모 처지에서 불쌍히 보시고 한 번만 용서해 주세요."

피해 학생과 그 부모 처지에서는 기가 막힌 일이지만 나는 이 일이 뉴스거리가 되는 것이 더 두려웠다. 아무튼 이 사건은 피해 부모가 어렵게 용서를 받아줘서 넘어갔다. 지금도 피해 초등학생과 그 부모를 생각하면 가슴 아프고, 또 용서해줘서 정말 고맙다.

가해 학생을 불러 지도하면서 왜 그런 몹쓸 짓을 했느냐고 물었더니 자기도 고등학교 형에게 그런 짓을 여러 번 당했다고 했다. 할 말이 없었다. '욕하면서 배운다.'라는 속담처럼 이 학생이 이렇게 잘못된 성의식을 가지고 성인이 될 것이 두려웠다. 그건 잘못된 성폭행이고 바른 성관계는 절대로 남을 괴롭히는 것이 아니라고 내 나름대로 열심히 성교육을 했다. 하지만 내가 한 성교육이 이 학생에게 얼마나 효과가 있었는지 알 수 없었고, 솔직히 학교가 감당하기에는 너무 어려운 교육영역이었다.

학생부는 학생들이 일으키는 크고 작은 사건들로 분주했고 주말이 되면 학교 인근에 있는 유흥가로 학생부 교사 몇 명이 교외지도를 나갔다. 주로 영화관으로 가서 학생 입장 불가 영화를 학생들이 보고 있으면 잡아냈다. 또 후미진 뒷골목, 공원에서 담배를 피우거나 싸우는 학생들도 단속했다. 그런데 애들도 눈치가 빨라서 우리가 가면 재빨리 도망가서 잡기가 어려웠다. 아무튼 교외지도로 순찰을 하고 나면 학생부 교사들의 수고에 감사하며 술 한 잔으로 피로를 풀곤 했다.

그런데 11월 중순경에 대형사건이 또 터졌다. 학교 뒷산의 방공호에서 3학년 남학생 5명이 여학생 한 명을 번갈아 성폭행한 사건이 일어났다. 여학생 부모가 학교에 신고해서 알게 됐다. 평소에 교칙을 어기고 학교생활이 불량한 남학생들이 있었는데, 여학생도 비슷한 부류로 평소에 그들과 잘 어울렸다. 그날도 뒷산에서 함께 술을 마시고 놀다가 여학생과 성관계를 하자고 남학생들이 뜻을 모아 가위, 바위, 보로 순서를 정해서 성폭행을 했단다. 여학생이 싫다고 하는데도 강제로 남학생들이 성폭행했다며 여학생 부모가 매우 흥분했다.

머리가 하얘지면서 누가 내 뒤통수를 망치로 내려치는 것 같았다. 어떻게 아직 미성년자인 우리 학생들이 성인들도 하지 않는 그런 망측한 짓을 할 수가 있을까? 도저히 믿어지지 않았다.

그리고 이런 일이 외부로 알려지면 학교가 얼마나 망신스러울까 하는 생각이 들었다. 저 학교에서는 도대체 학생들을 어떻게 가르쳤기에 저런 애들이 있냐? 다들 우리 학교 교사들을 손가락질하고 욕할 것 같은 불안감이 밀려왔다. 급히 남학생 학부모들을 불러서 여학생 부모에게 학교장과 내가 함께 백배사죄했다. 용서를 빌면서도 남학생들이 몹쓸 짓을 한 나쁜 놈들이지만 아무 생각 없이 같이 술을 마신 여학생도 문제가 있다고 생각했다. 남학생 부모들이 여학생 부모와 어렵게 합의해서 정신적, 물질적 보상을 해주고 그 여학생은 다른 학교로 전학 가는 걸로 해결을 했다.

합의하는 그 과정까지가 나에게는 너무 힘들었다. 성인들이 중학생을 성적으로 너무 미숙하게 생각하는 기존 사고방식에서 벗어나, 청소년기가 시작되면 이성에 대한 올바른 성교육부터 먼저 실시해야 한다는 걸 그 사건을 통해서 전신히 느꼈다.

모처럼 맛보는 즐거운 나날

○○중에서 학생주임을 힘들게 마치고 1991년도에 ○○중학교로 전근했다.

이 학교는 내가 지금까지 근무했던 학교 중에서 가장 근무환경이 좋은 학교였다. 아파트촌 안에 있는 학교 부근에는 백화점, 대형마

트, 재래시장 등이 있었다. 학부모의 교육열도 높았다. 처음에는 학생주임을 하다가 3년 차에 새마을주임을 맡았다. 나는 새마을주임이 더 좋았다.

새마을부에서 G선생과 함께 근무하게 된 것이 행운이었다. 그녀는 나와 나이가 같은 교사이지만 하는 행동은 항상 언니 같았다. 음악 교사인 G선생은 말씨나 행동거지가 나와는 반대로 여성스러웠다. 언제나 온화한 미소로 남을 먼저 배려해 주는 고운 마음씨가 남달라 동료 교사들에게 호감을 사고 인기가 있었다.

그런 G선생님이 나와 같은 부서에서 함께 근무하니 마음도 몸도 너무 편안했다. 그때부터 친구로 지낸 우정이 지금까지 계속되고 있다. 그렇게 흉허물없이 지낼 수 있는 친구가 생긴 것이 대학 시절 이후 처음이어서 학교생활이 즐거웠다.

그녀는 새마을부에 주어지는 업무를 항상 솔선수범해서 했다. 그러니 다른 부원들은 혹 불만이 있더라도 동참할 수밖에 없었다. 내가 자랄 때 언니가 둘이다 보니 집안일은 거의 하지 않았다. 그리고 결혼 후에는 친정엄마와 가정부가 집안일을 해주었기 때문에, 원래 게으른 성품까지 있는 나는 주변 정리를 잘 못 했다. 그러다 보니 학교에서도 내 책상 주변이 너저분했다. 내 옆자리에 있는 G선생 책상과는 대조적이었다. 지저분한 꼴을 참지 못하는 G선생이 가끔 나한테 비키라고 하고는 깔끔하게 정리해 주곤 했다. 여성스러움이 모자라는 나에게 그녀의 이런 친절과 자상함이 고마웠다. 이렇게 마음에 드는 동료를 만나서 즐겁게 생활했던 것은 내가 학교에서 누린 최고의 행복이었다.

다른 학교로 전근 가서도 그녀에 대한 고마움을 오랫동안 잊지 못했다. 그런데 최근에 G선생이 이혼했다는 말을 듣고 너무 마음이 아팠다. 아무리 요즈음은 이혼이 흔한 시대라 하지만 G선생 같은 현모양처가 오죽하면 이혼했을까, 그렇게 결심하기까지 얼마나 혼자서 가슴앓이를 했을까, 하는 생각이 들면서 G선생의 처지가 가여워서 마음이 아팠다.

1993년에 ○교장 선생님이 부임해 오셨다. ○교장은 내가 만난 여자 교장 중에서 최고의 교장이었다. 남자보다 배포가 더 크고, 내숭을 떨지 않고 활달했다.

여름방학 때 주임교사와 기획교사들, 교장과 함께 강릉으로 여행을 갔다. 가는 길에 양양에 있는 미천골 계곡을 들렀다. 더운 날씨에 산길을 걷다 보니 땀이 저절로 났다. 시원한 물이 흐르는 계곡으로 들어서자 교장 선생님이 제안했다.

"덥고 땀나는데 여기 계곡에서 시원하게 목욕하고 갑시다. 남자들은 저 위에서 하고 여자들은 아래에서 합시다."

워낙 원시림이 무성한 곳이라서 위에서 아래가 잘 보이지는 않았지만, 손발을 담그는 정도기 아닌 목욕한다는 생각은 하지 못해 농담으로 여겼다.

"그래요. 같이 목욕해요."

우리는 응대하고 다들 웃었는데, 여교사들을 빨리 아래로 내려오라고 채근하기에 따라갔더니, 으슥한 곳에서 교장이 옷을 훌훌 벗었다. 다들 당황스럽고 민망한 표정으로 쳐다보면서 설마 팬티는 안 벗겠지 생각했는데 홀랑 다 벗었다. 그리고 그녀가 계곡물에 몸을 담갔다.

"어이구 시원하다! 다들 벗고 들어와. 왜 그러고들 있어."

이 말에 연세가 있는 여자주임들이 머뭇거리다가 돌아서서 쑥스럽게 옷을 벗고는, 서로 외면하면서 한 명씩 물에 들어갔다. 나도 눈치를 보다가 얼른 옷을 벗고 물에 몸을 담갔더니 계곡물이 차가우면서도 시원했다. 그리고 나의 영혼이 자유로워지는 듯했다. 하늘을 향해 누우니 나뭇잎 사이로 보이는 파아란 하늘과, 쏟아지는 햇살에 빤짝거리는 나뭇잎이 정말 아름다웠다. 형식의 틀에 얽매여서 사는 현실세계로부터 완전히 벗어나는 해방감을 느꼈다.

가끔 TV에서 보면 숲속에서 산림욕을 한다고 옷을 벗은 사람들의 얼굴이 희열에 차 있는 이유를 이해할 것 같았다.

"야, 좋다! 교장 선생님, 계곡물이 너무 시원해서 좋아요."

엉겁결에 계곡물에 몸을 담근 여교사들이 다들 만족스럽게 계곡목욕을 즐겼다. 그때 숲속에서 불쑥 교감 선생님이 나타났다. 남자교감은 설마 여교사들이 그렇게 순식간에 홀랑 다 벗고 물에 들어갔으리라고 미처 생각하지 못한 듯했다.

"교장 선생님, 저쪽 편에 있는 계곡이 여기보다 더 좋은 것 같습니다."

"어머나, 교감 선생님! 지금 우리가 다 벗고 있어요. 눈감고 빨리 저리로 가세요."

"예? 아, 나는 아무것도 못 봤어요."

여교사들의 외치는 말에 교감 선생님은 소스라치게 놀라고 당황해서 쩔쩔매고 허둥대다가 발까지 헛디디면서 허겁지겁 달아났다. 그 모습이 너무 웃겨서 다들 배를 잡고 웃었다. 교장 선생님도 호탕하게 웃으시다가

"나무꾼이 선녀들 노는 데 왔으면 마음에 드는 선녀 옷을 훔쳐 가야지. 그냥 가면 어떡해."

그 바람에 다들 또 한바탕 큰 소리로 웃었다.

그렇게 시원하게 목욕하고 나서 저녁나절 강릉에 있는 '선교장(船橋莊)'으로 갔다.

"어머니, 저 왔어요."

'선교장'에 들어서면서 교장 선생님이 소리쳤다. 그러자 집주인으로 보이는 나이 든 여인이 양팔을 벌리고 나왔다.

"아이고, 우리 딸이 오래간만에 오셨네."

그분은 '선교장'의 주인으로 모 대학에서 교수로 지내다가 정년퇴임하셨다고 했다. 두 분이 남남인데도 마치 모녀지간인 것처럼 반갑게 얼싸안고 있는 모습이 참 보기 좋았다.

'선교장'에는 방이 많았다. 우리가 온다는 연락을 받고 미리 청소해 둔 방에 가방을 두고 저녁 식사를 했다. 저녁상에는 강릉의 별미인 두부 요리와 순두부찌개, 그리고 각종 산채나물이 한 상 가득 나왔다. 저녁을 먹고 나서, 선교장 앞 연못에 핀 연꽃을 정자에 앉아 강릉 특산주를 마시면서 감상했다. 달빛이 은은히 비치니 연못의 전경이 신비스럽게 보여 가히 일품이었다.

"오늘 밤 어떤 놈이 나 좀 보쌈해 안 가나?"

술이 몇 잔 돌았다. 교장 선생님이 우스갯소리를 하는 바람에 모두 박장대소했다. 나는 분위기에 맞는 유머로 모두를 즐겁게 만들어주는 교장의 그런 소탈한 성품과 타고난 말재주가 부러웠다.

다음 날 아침에 교장 선생님이 대청마루로 나와서 화장실에 가려고 신발을 찾는데 보이지 않았다.

"에고, 오줌 샌다. 어떤 ×이 내 신발 신고 갔냐?"

교장 선생님이 사지를 비트는 모습이 너무 웃겨서 또 한바탕 웃었다. 교장과 함께 있으면 즐겁게 웃고 지내느라 시간 가는 줄을 몰랐다. 내게 큰 인상을 심어준 거물급 교장 선생님은 다른 학교로 전근 간 후에도 계속 만났다.

선교장에서 또 하나 특이했던 것은 사랑채였다. 사랑채에 위로 올라가는 좁은 계단이 있었다.

"여기서 술 마시고 놀다가 기생하고 눈이 맞으면 다락방으로 데려가서 따로 재미 보고 내려왔대."

교장 선생님의 설명에 다들 다락방을 쳐다보면서 민망한 얼굴로 키득거렸다. 양반집 사랑채의 다락방이 그런 용도로 쓰였다는 것을 그때 처음 알았다.

2학기가 시작되고 나서 교내 순시를 하다가, 고함지르며 복도에서 뛰어다니는 남학생을 붙잡아 머리를 몇 대 쥐어박았다.

"얘, 이 ××야. 딴 애들은 교실에서 공부하고 있는데 왜 소란을 피우고 다녀!"

야단을 쳤던 학생의 어머니가 다음날 나를 찾아왔다. 교장 선생님이 불러서 교장실에 갔더니 우아한 차림의 학부모가 나를 보더니 따지듯이 물었다.

"선생님이 새마을주임이세요?"

"네."

"어떻게 선생이라는 분이 학생에게 쌍스러운 말을 함부로 하시나요? 그리고 학생이 잘못했으면 매로 때려야지 어떻게 손으로 머리를 때리세요? 나는 아직 우리 아들에게 한 번도 손찌검한 적이 없고, 욕도 해본 적이 없어요."

학부모가 눈을 치켜뜨고 화난 목소리로 내게 항의했다. 그 순간 머릿속이 멍해지면서 큰일 났구나 하는 생각이 들었다. 그러자 옆에서 학부모 말을 듣고 있던 교장 선생님이 나섰다.

"아, 그러세요. 훌륭한 어머니시네! 그런데요. 다음에 학생이 커서 군대도 가고 사회생활도 하게 되면 얼마나 험한 일을 많이 당하겠어요? 그때 부모님에게 험한 말을 한 번도 들어본 적이 없었던 학생이 얼마나 상처를 받겠어요. 그런데 이런 선생님에게 미리 당해본 경험이 있으면 사회에 나가서 훨씬 충격을 덜 받겠죠? 어머니 대신 이렇게 야단쳐주는 선생님이 계시니 얼마나 고마워요. 그렇죠?"

이번에는 학부모가 할 말을 잃고 멍하니 있었다. 그 순간 나는 교장 선생님이 얼마나 위대해 보였는지 모른다. 그리고 진심으로 존경심이 우러났다. 그리고 다음에 나도 교장 선생님처럼 교사들의 마음속 깊은 곳에서 저절로 존경심이 우러나는 교장이 되겠다고 다짐했다.

○○중학교에는 교장부터 동료들까지 모두 마음이 맞는 교사들이어서 다른 학교로 전근 가야 하는 것이 서운하고 아쉬웠다.

도약을 위한 준비

1995년에 ○○중학교로 발령이 났다. 교장은 여자였는데 자상하면서도 엄한 분이셨다. 내가 받은 인상은 원리원칙을 고수하면서 교사들과 학생들에게 바른생활의 표본이 되는 분처럼 보였다. 전임 학교 교장과 달리 농담이나 실수를 허용하지 않는 분이었다.

비교적 자유로운 영혼인 나로서는 그런 분 밑에서 근무하는 게 답답했다. 9월에 가정과 전문과정 370시간 연수를 신청했다. 청주에 있는 교원대학교에서 받는 연수였는데 월요일부터 금요일까지 학교에서 기숙사 생활을 하고, 주말은 집에서 지내다가 월요일에 다시 갔다.

대학교 강의실에서 오랜만에 강의를 들으니 학창 시절로 돌아온 것 같다. 연수에 참여한 가정과 교사들은 전국 각지에서 모인 교사들이었다. 나는 대구에서 온 Y선생과 한방에서 지내게 되었다. 학교와 가족에게서 벗어나 혼자만의 시간을 가지게 된 것이, 지루해진 내 삶을 새롭게 충전하라는 보너스를 받은 기분이었다.

전국 각지에서 모인 가정과 교사들과 어울려 지내는 생활이 재미있었다. 각지에서 모이다 보니 말씨도 다르고 사고방식도 달랐다. 그래도 가정과라는 공통분모가 있어서 연수를 받는 데에는 큰 불편함이 없었다.

강의가 끝나고 저녁 식사를 마치면 서로 뜻이 맞는 교사들끼리 모여 과제물에 관한 논의를 하면서 수다도 떨고, 노래방도 가고 그렇게 지내다가 금요일이 되면 각자의 집으로 돌아갔다.

내가 연수받을 때 초등교사도 중등교사와 같이 교원대학교에서 연수를 받았다. 교육학은 이들과 같이 강의를 들었는데 분임토의는 지역별로 나누어서 했다. 서울지역 교사들이 모여서 토의하는 시간을 갖게 되면서 이들과도 친해지게 되었다. 초등교사는 거의 남자들이 있는데 연수에 대한 열의가 대단했다. 어떤 과제물이든 열심히 자료를 수집해서 내고, 발표 시에는 논리정연하게 말했다.

가끔 지역구 교사끼리 회식을 하고 나서 노래방에 가기도 했는데 다들 노래를 잘 불렀다. 그중에서도 ○○선생은 음색도 좋은데다 분위기 있는 노래를 구성지게 잘 불러서 그가 노래 부르는 모습에 학창 시절처럼 마음이 설레었다. 나도 노래하는 걸 좋아해서 이들과 자주 어울려서 노래방에 갔다.

한방에서 지내던 Y선생은 재미있는 교사였다. 경북지역의 교사인데 주말에 집에 갔다 와서는 남편과 싸운 이야기부터 지인들과 화투 친 얘기까지 거침없이 다 해주었다. 남편과 사이가 별로 좋지 않은 것은, 결혼식을 마치고 신혼여행에서 첫날밤을 지낼 때 남편이 자기가 처녀가 아니었다는 것을 눈치채고는 그때부터 남편이 자기를 괴롭히기 시작했다는 것이다. 같은 여자로서 Y선생이 당하고 있는 정신적 학대에 안쓰러움과 분노심이 생겼다. 남자들은 결혼 전에 별별 짓을 다 하여도 허물이 안 되는데, 여자가 결혼 전 순결을 잃으면 오랜 시간이 지나도 계속 시비를 걸고 괴롭히는 그들이 너무 옹졸하고 치사하지 않은가.

어느 날 밤에 초등교사들과 회식하고 돌아와 방문을 여니 방에 담배 연기가 자욱했다. 의아해하는 나에게 Y선생이 자기가 방금 담배를 피웠다고 했다. Y선생 처지를 잘 알고 있었기에 충분히 이해되었다. 그리고 나도 ○○중학교에 근무할 때 여교사들이 미술실에서 모여 담배를 피울 때 호기심에 따라 피운 적이 있는지라 Y선생의 행동이 특별히 이상하게 보이지 않았다. 이렇게 아무 간섭도 받지 않고 살짝 일탈하는 것이 오히려 재미있었다.

　전문과정 연수 중에 외국학교를 순방하는 연수프로그램이 있어서 가정과 교육생들은 유럽 여행을 떠났다. 학교 방문도 하고 유명관광지 순례도 하는 연수였다.

　독일에서 학교를 방문했을 때 교장이 자기 나라가 통일돼서 동독 국민과 같이 살기 때문에 전보다 훨씬 생활이 어려워졌다는 말을 했다. 정부가 주는 학교 지원금이 전보다 줄어서 학교시설이 낡았는데도 제대로 보수를 못 하고 있다는 말에 충격을 받았다. 그 외에도 정부에서 시행하는 시책에 대해 불만스럽게 말하는 것을 들으면서 이 학교 교장은 독일이 통일된 것을 그리 달갑게 여기지 않는구나 하는 생각이 들었다. TV에서 베를린 장벽이 무너졌을 때 독일 국민이 서로 얼싸안고 환호하던 장면만을 생각하고 있던 나로서는 너무 의외였다.

　나중에 가이드에게 물었더니 동독 국민이 가난해서 그들에게 생활 지원을 하느라 통일 전보다 세금을 더 걷고 공적인 지원금은 줄어서, 서독 국민의 불만이 많아졌다는 대답이었다. 나는 독일 국민은 통일이 되어서 참 좋겠다고 막연한 생각을 했는데 현지에 와서 직접 보고 들으니 내 생각이 실상과 차이가 있었다. '우리나라도 앞으로 통일이 되면 어떻게 될까? 이에 대한 적절한 대비와 해법이 필요하겠구나.'라는 생각이 들었다.

유럽 여행 중에도 나는 Y선생과 한방을 사용했다. 독일에서 취침하려고 침대에 누워서 TV를 틀고 채널을 돌렸다가 성인용 영화가 나오기에 뭔가 하고 계속 OK를 누르고 나서 잠깐 보다가 민망한 장면에 그만 끄고 잠을 잤다. 그런데 다음날 출발할 때 우리에게 호텔 프런트 직원이 돈을 내라고 해서 냉장고에서 아무것도 안 꺼내먹었다고 하니까 가이드 말이 성인용 유료영화를 시청한 요금이라고 해서 아무 항의도 못 하고 얼른 지불했다. 둘 다 외국 여행 경험이 별로 없다 보니 어제 본 것이 돈을 내는 것인 줄 몰랐던 거다.

여행 가는 곳마다 늦은 가을 정취가 물씬 풍기고, 곳곳에 가로수로 늘어서 있는 마로니에의 단풍이 인상적이었다. 샛노랗게 물든 것부터 나뭇잎 가장자리에 노랗게 물들고 있는 단풍까지 아름다웠는데 독일, 영국, 프랑스에서 흔히 볼 수 있는 가로수였다. 떨어진 단풍잎을 보다가 문득 의상디자인 교수님이 강의 시간에 해준 이야기가 생각났다.

프랑스 유학 시절에 노란 단풍잎이 떨어진 공원 벤치에 황금색 바바리를 입은 금발 여인이 앉아 있는 것을 보고 한눈에 반해서, 자기도 귀국할 때 같은 바바리를 사서 학교에 입고 갔더니 동료 교수가 "교수님, 어디 아프세요? 안색이 좋지 않네요."라고 하더란다. 매번 이상하게 그 옷만 입으면 사람들이 그렇게 물어서 '왜 이 옷만 입으면 아프냐고 물어볼까?' 의아했단다. 나중에 동양인은 피부 색깔이 누렇기 때문에 누런색 계통의 옷을 입으면 아파 보인다는 의상 학회지에 난 글을 읽고 나서야, 이해가 되었다고 한 말이 떠올라 혼자 웃었다.

노란 단풍으로 물든 마로니에 가로수 길을 떨어진 마로니에 단풍잎을 밟으며 손잡고 걸어가는 금발 남녀의 모습이 마치 영화에 나오는 장면 같았다. 어느 곳을 가든지 유럽의 가을풍경은 한 폭의 그림엽서 같았다.

프랑스에서 저녁 식사 후에 같은 방을 쓰는 Y선생이 샹젤리제 야경을 보러 가자고 하기에 나는 피곤하니 다른 교사들과 갔다 오라고 했다. 그런데 나간 지 한참이 됐는데도 오지 않아서 궁금해하다가 잠이 들었다. 잠결에 부스럭거리는 소리가 나서 일어나보니 새벽 3시경이었다.

"아니 얼마나 재미있었기에 여태까지 놀았어?"

Y선생은 내가 묻는 말에 아무런 말이 없었다. 나는 다시 잠이 들었고 아침이 되었다.

"어젯밤에 나더러 잘 놀았냐고 했지? 내가 하도 창피해서 아무 말도 안 했는데 어젯밤에 나와 함께 나간 세 명이 모두 다 죽도록 고생하다가 왔어. 근데 말하면 우리만 바보 취급받으니까 아무 말도 하지 말자고 약속했어. 그러니까 지금부터 내가 해주는 말을 절대 비밀로 해야 해."

Y선생은 나에게 다짐을 받고는 얘기해 주었다.

그들이 샹젤리제에 가서 야경을 구경하면서 돌아다니다가 호텔로 다시 돌아오려고 택시를 타고는 '로보호텔'이라고 했더니 알았다는 표시로 기사가 고개를 끄떡이더란다. 그런데 갈 때와 달리 한참을 달려서 로보호텔이라며 세워줬는데 느낌이 이상하더라는 거다. 알고 보니 '로보호텔'이 여러 곳에 체인점이 있는데, 파리에 있는 체인점이 아닌 다른 곳에 있는 '로보호텔'에 데려다준 것이었다. 그녀들이 다른 곳에 왔다는 것을 알아채고 질겁해서 여기가 아니라고 영어로 말해도 못 알아듣자 손짓 발짓까지 해대다가 호텔 로비에서 광고지를 가져와서, 거기에 파리라고 적힌 곳에 있는 호텔을 손가락으로 가리키며 '여기'라고 하자 택시 기사가 자기들을 다시 태워서 이 호텔로 데려다줬는데 택시요금이 400유로나 나왔다. 화도 나고 억울했지만 어쩔 수 없이 요금을 다 냈다는 것이다. 그리고 다들 너무 창피하니까 동료들에게는 절대로 말하지 않기로 했단다. 그러니 나도 절대 아는 척하지 말라고 당부했다.

"어머나. 저런 나쁜 놈 같으니, 자기가 엉뚱한 데로 잘못 데려가서 실컷 고생시켜놓고 요금은 다 받아먹어! 도둑놈이 따로 없네. 이건 저놈들이 우리를 동양인이라고 우습게 보고 하는 짓이야. 프런트 데스크에서도 불어 말고는 통하는 게 없잖아. 이런 큰 호텔이면 영어 정도는 할 줄 아는 직원이 있어야 하잖아."

마치 내가 당한 것처럼 분하고 화가 나서 소리 질렀다. 말만 들어도 이렇게 화가 나는데 그런 일을 당한 당사자들은 얼마나 분하고 억울했을까. 그런데도 창피한 생각 때문에 제대로 말도 못하고, 속상해 죽을 지경인데도 체면 때문에 본인들이 함구하기로 했다 하니 내가 뭐라고 위로할 말이 없어 답답하고 안타까웠다.

이 사건을 제외하고는 파리에서의 관광이 즐거웠다. 특히 에펠탑에 올라가서 파리 시내 전경을 본 것과 유람선을 타고 세느강의 야경을 관광한 것이 인상적이었다.

그런데 파리에서 사람들이 지나가면서 길가에 담배꽁초나 휴지를 함부로 버리는 광경을 보았다. 가이드에게 파리 시민들은 공중도덕심이 부족하다고 말했더니, 가이드가 아니라고 했다. 이들은 자기들이 이렇게 도로를 더럽혀 놔야 청소부들이 일을 할 수 있다고 생각한다며, 자기들의 쓰레기 버리는 행위가 그들에게 일거리를 제공해 준다는 의식을 갖고 있다고 했다. 가이드의 말을 들으면서 그들은 우리와 사고방식이 많이 다름을 알 수 있었다.

한국에서는 별로 춥다고 느끼지 않아서 내복을 안 가져왔는데 여기서는 추웠다. 그래서 백화점에 가서 내복을 사려고 돌아다녔는데 파는 데가 보이지 않았다. 속옷 파는 곳에 가서 손짓 몸짓으로 내복을 표현했더니 윗도리만 그것도 소매가 짧은 것만 보여주고 다른 것은 없다고 했다. 가이드 말이 아래는 두꺼운 스타킹으로 대신한다고 했다. 여기 사는 사람들은 우리처럼 내복을 안 입는다는 것이 의아하고 신기했다. 겨울이 많이 안 추워서 그런가? 아닌데? 아무튼 내복을 못 사서 실망스러웠다.

가는 곳마다 단풍으로 곱게 물든 고풍스러운 성들은 정말 풍경화 속에 나오는 한 폭의 그림들이었다.

　전문 연수 과정에 해외연수가 포함되어 있어서 너무 좋았다. 같은 교과목의 동료 교사들이어서 친밀감이 높은 데다 기숙사 생활을 하면서 아침부터 잘 때까지 함께 지내다 보니 웬만큼 학교에서 4년을 같이 근무한 교사들보다 더 친해졌다.

　그렇게 지내다가 학교로 돌아오니 학교가 서먹했다. 교원대학교에서 보낸 시간은 내 생애에 또 하나의 보람을 남겨주고 소중한 추억으로 간직되었다.

　1996학년도에 2학년 주임을 맡게 됐다. 오랜만에 남학생반의 담임을 맡게 되니 좋았다. 남자애들에게 바느질 기초를 가르치는데 의외로 꼼꼼하게 잘하는 남학생들도 있었다. 그런 학생들은 의상 쪽으로 진로를 택하도록 조언을 해주었다. 남학생반은 늘 활기가 넘쳐서 좋았다.

　그런데 어느 날 남자 화장실에서 난리가 났다기에 급히 가봤더니 화장실 문짝이 부서져 있었다. 거기 있던 학생들을 잡아와서 닦달했더니 성인용 만화를 서로 보려고 여러 명이 실랑이를 하다가 문짝이 빠지면서 부서졌다는 것이다. 그래서 만화책을 뺏고 교실에서 소지품 검사를 했다. 가방을 검사해도 특별한 게 나오지 않아 의아하게 생각하고 있었는데, 운동장 창가 쪽에 앉아 있는 남학생이 창 쪽을 쳐다보면서 안절부절못하는 게 눈에 띄었다.

"왜 그래? 베란다에 뭐가 있어?"

"아, 아닙니다. 선생님, 거기에는 아무것도 없습니다."

학생은 사색이 되어 당황해하면서 말까지 더듬었다. 하는 짓이 수상쩍어서 창문을 열고 베란다를 내다봤더니 거기에 만화책이 몇 권 있었다. 이 녀석들이 내가 소지품 검사한다는 걸 미리 알고는 만화책을 황급히 베란다로 던진 것이었다.

압수한 만화책을 몇 장 넘겨보니 가관이었다. 성인용 포르노 사진을 베껴 놓은 것 같았다. 성관계를 글로 표현한 것은 물론, 강제 성관계 내용이 학생들에게 너무 자극적이었다. 도대체 이런 만화를 어떤 인간이 만들어서 애들에게 팔아먹는지 돈만 아는 악질적 인간들이 아닌가, 분노가 치밀었다. 이런 저질 만화로 인해 우리 남학생들이 성에 대해 그릇된 사고방식을 갖고 자라면 어쩌나 하는 염려로 안타까웠다.

이런 만화책을 어디서 구했냐고 물으니 동네 아는 형이 빌려줬다고 했다. 이런 식으로 학교 밖에서 남학생들이 성교육을 잘못 받아들이고 있는데 학교가 어떻게 바로잡아줘야 할지 참으로 난감하고 어려운 과제였다.

장학사를 꿈꾸며

○○중학교에서 같이 근무했던 상담주임이 장학사가 됐다는 소식을 듣고 장학사에 관심을 가졌는데 교감 선생이 장학사 시험을 보라는 권유를 했다. 그래서 나도 한 번 해보자 마음을 먹었다.

대학 다닐 때 공부했던 교육학이 가물가물해서 다시 공부하려고 주말마다 노량진 공무원 준비 학원에 나가서 열심히 공부했다. 그리고 장학사 시험에 응시했는데 시험은 객관식과 주관식을 따로 봤는데 객관식 문제는 수월하게 치렀다. 그런데 주관식 두 문제 중에서 한 문제가 너무 마음에 안 들었다. '한강 고수부지를 빌려서 체육행사를 하려고 하는데 기안을 어떻게 올려야 하는가' 하는 문제였다. 이건 장학사라는 전문직 전반에 대한 문제가 아니고 학교의 특정부서에만 해당하는 사안이고 그 부서 일을 해 본 사람만이 풀 수 있는 문제이기 때문이었다.

시험이 끝난 후 본청 장학관이 들어왔다.

"시험 보시느라 고생했어요. 혹시 궁금한 게 있으면 질문하세요."
라는 장학관의 말이 끝나자마자 내가 손을 번쩍 들고 일어났다.

"저는 장학사라 하면 교육행정에 대한 일반적인 지식과 장학사로서 갖춰야 할 자질, 교육에 대한 뚜렷한 소신과 능력을 갖춘 사람이라고 생각합니다. 그런데 서울교육청에서 이 정도 수준의 장학사를 뽑는다는 것이 대단히 실망스럽네요. 제가 장학사 시험에 응시한 것이 후회됩니다."라는 말을 마치고 휭하니 시험장을 나왔다.

아무리 생각해도 기안을 작성하는 이런 문제로 장학사를 뽑는다는 것은 말이 되지 않은 것 같아서 속상하고 화가 났다. 그동안 독서실에서 전문직이 해야 할 많은 분야에 관한 것을 다양하게 열심히 공부했는데, 고작 기안 작성문으로 장학사를 뽑다니, 누군가에게 농락당한 기분이었다. 그리고 앞으로 이런 치사한 장학사 시험은 보지 말자고 생각했다.

1997년 겨울방학 때 G선생과 함께 인도네시아 여행을 갔다. 큰딸이 자카르타대학에서 유학하고 있어서 큰딸의 안내로 인도네시아를 관광하기로 했다. 자카르타 공항에 마중 나온 큰딸을 오랜만에 보니 무척 반갑고 대견스러웠다.

자카르타 국립공원에는 열대지방에 서식하는 온갖 새가 다 모여 있는 것 같았는데, 하나같이 화려한 색의 깃털을 가지고 있어서 무척 아름다웠다. 붉은색의 예쁜 꽃들이 활짝 핀 시내 가로수에서 남국의 풍취가 물씬 났다.

여기서 특이한 풍경은 긴치마를 두르고 다니는 남녀가 많이 있다는 것이었다. 의아하게 생각했는데 나중에 알아보니 사원에 들어갈 때 남녀 필히 신에게 다리의 맨살을 숨겨야 한다는 것이다. 우리도 사원 안에 들어갈 때는 발목까지 내려오는 긴 천을 허리에 둘러야 들어갈 수 있었다. 그걸 인도네시아어로 '싸롱'이라고 했다.

자카르타에서 발리로 갔다. 발리에서 3일을 관광했는데 바닷가 모래가 쌀가루처럼 고왔다. 바닷물은 비취색이었고 하늘은 투명한 파란색이었다. 가는 곳곳마다 펼쳐지는 절경에 감탄이 절로 나왔다.

발리에는 힌두교 사원이 많았다. 여자들이 사원에 예물을 드리려고 머리에 과일을 가득 담은 바구니를 이고 가는 모습이 자주 눈에 띄었다. 사원 안에는 팔이 여러 개 달린 힌두교의 시바신, 코끼리와 원숭이상 등이 있었다. 어느 사원에서는 남성 성기를 모셔놓은 곳이 있어서 배를 잡고 웃었다. 발리섬이 넓어서 구경 다닐 데가 많았다.

발리섬 안에 있는 호수에 배를 타고 들어갔더니 작은 섬이 나왔다. 이곳에서는 사람이 죽으면 풍장을 한다고 했다. 나뭇가지 사이에 시체가 여기저기 널려 있었는데 오래되어서 해골과 뼈만 남은 시체부터 미라처럼 변해가는 시체까지 다양한 모습이었다. 그런데도 별로 썩은 냄새는 나지 않았다. 바다 한가운데라 바람이 많이 불어서 그렇다고 설명해 주었다. 죽은 사람의 시신을 생선 말리는 것처럼 말리는 것을 보면서 자연에서 태어난 인간이 다시 자연으로 돌아가게 하려는 것 같았다.

발리에 있는 동안 자동차를 렌트했는데 오전 9시부터 오후 9시까지 운전사가 차를 가져와서 우리를 관광지 곳곳에 관광시켜 주는 데 하루에 오만 원이었다. 운전기사가 점심때 우리만 식당으로 안내하고 자기는 근처 나무 그늘에서 집에서 싸 온 도시락을 먹었다. 우리와 같이 식사하자고 아무리 권해도 웃으면서 사양했다. 그런 그의 자부심을 높이 사주고 싶었다.

가는 곳마다 은이나 나무로 동물, 사람, 곤충, 자연을 섬세하게 조각한 작품들이 관광 상품으로 많이 진열되어 있었다. 그리고 다양하게 염색한 수공예품들이 많았다. 큰딸이 인도네시아인들의 손재주가 뛰어나다고 말해주었다.

호텔에서 아침을 먹었는데 여러 가지 열대과일이 풍성하게 나와서 입이 즐거웠다. 인건비가 싸서 그런지 옷도 천 원만 주면 세탁해서 다림질까지 해주었다. 잘 가꾸어 놓은 호텔 정원은 정말 아름다웠다. 실외수영장 가운데 정원이 만들어져 있었는데 작은 분수와 각색 꽃들이 예쁘게 핀 그대로 자연스럽게 조경이 되어 있었다. 투숙객 중 서양 사람들은 물가에 놓인 야외 벤치에 누워서 책을 보는 사람들이 눈에 많이 띄었다. 여기는 겨울 우기여서 하루에 한 번씩은 비가 왔는데 대개 늦은 밤에 내렸다.

다음 날 아침이 되면 밤사이 내린 빗물이 길바닥을 깨끗하게 청소해 줘서 상쾌했다. 여기 현지인들이 맨발로 다니는 이유를 알 수 있었다. 그렇게 다녀도 발에 흙이 전혀 묻지 않을 것 같았다.

"엄마, 여기는 화장실이 없어요. 왜냐면 곳곳에 시냇물이 흐르니까 사람들이 물가에서 볼일을 봐요. 그리고 물로 항문을 씻어. 남자들도 싸롱만 입고 팬티는 안 입고 다녀요."

딸이 손으로 멀리 떨어져 있는 개울가에서 웬 남자가 싸롱을 올리고 있는 것을 가리키며 키득거렸다.

그 덕에 인도네시아에는 치질 환자가 없단다. 호텔에 휴지를 비치한 것이 오래되지 않았다고 한다. 지금도 가격이 저렴한 호텔에는 휴지가 없고 대신 변기통 옆에 수도가 있다고 했다.

딸의 안내를 받으면서 내가 좋아하는 친구와 함께 발리의 이곳저곳을 즐겁게 관광하고 다니니 뿌듯하면서 딸자식을 키운 보람이 느껴졌다. 발리의 바다는 연푸른 코발트색 바닷물과 밀가루처럼 부드러운 백사장, 내가 여태껏 보았던 바닷가 중에 가장 아름답고 강렬한 인상을 남겨 준 곳이었다.

1998년도가 되자 교감 선생이 내게 다시 장학사 시험을 보라고 권유했다.

"이 주임, 지난번에 객관식 시험은 통과했잖아. 그 정도 실력이면 충분히 장학사가 될 수 있어. 보통 몇 번씩 시험 봐도 떨어지고 그래. 한 번에 장학사 되는 사람이 드물어. 이번에 가정과도 뽑으니까 한 번만 더 시험 봐요."

가정과 과목은 시수가 줄어서 해마다 장학사를 뽑지 않았다. 나는 전번에 시험 보고 너무 실망스러워서 다시는 장학사 시험을 안 보려고 마음먹었다고 했더니, 이번에는 그런 문제가 나오지 않을 것이라고 하면서 끈질기게 설득하셨다. 그러던 차에 ○○여중에서 같이 근무했던 P주임이 전화를 했다.

"이 선생님, 이번에 꼭 장학사시험 보세요. 이 선생은 누구보다도 장학사가 될 자격이 충분히 있어요. 중등교육의 발전을 위해서도 이 선생 같은 분이 교육계에 꼭 필요하다고 생각합니다. 그리고 이 선생 정도 실력이면 충분히 장학사 될 수 있으니 걱정하지 말고 이번에 시험보세요."

P주임의 말에 감동하였다. 나를 이렇게 진심으로 조언해 주는 분이 정말 고마웠다.

○○여중에서 같이 상담부에 근무할 때 P선생님은 주임으로서 부원인 나를 자상하게 챙겨주었다. 교육대학원도 주임의 권유로 입학하게 된 거다. P주임의 남편은 사업을 하고 있었는데 뭔가 일이 잘못되어 어렵게 됐을 때 나한테 돈을 좀 빌려달라고 한 적이 있다.

평소에 나를 동생처럼 아껴준 분이 어려운 처지에 있는지라 당연히 무이자로 빌려드렸다. 그런 일이 있고 나서 P주임이 내게 더 관심을 가지고 각별히 대해 주었다.

또 P주임은 뜻을 함께하는 여교사들과 '새파람 장학회'를 만들어서 해마다 부광약품의 협찬으로 그 회사의 치약을 공장출고가로 받아서 서울시 중등학교 교사들에게 도매가로 판매했다. 그렇게 해서 생긴 이익금은 중등 학교장들이 장학생으로 추천한 학생들에게 장학금으로 주는 일도 하고 있었다. 올해 장학금을 받지 못한 학교는 다음 해에 추천해 주었다. 나는 해마다 치약 판매를 학교 교사보다는 주변 사람들에게 더 많이 팔았다. 물론 우리 집은 이때 1년 치를 사놓곤 했다. 내가 새파람장학회 임원으로 함께 일을 하니 학교가 서로 달라도 자연히 가끔 만나는 사이였다. P주임은 이때 장학사를 거쳐서 중학교 교감으로 근무하고 있었다.

본교 A교감과 P교감의 간곡한 권유에 점차 마음이 바뀌었다.

'그래, 장학사 시험을 다시 보자. 내가 장학사가 되어서 잘못된 것을 바로 잡으면 되잖아.'

다른 건 몰라도 공부는 내가 남들만큼 할 수 있다는 자신감을 가지고 다시 장학사 시험에 도전했다. 객관식 시험을 보러 갔더니 교원대학에서 가정과 전문과정 연수를 함께 했던 선생님도 있었고, 첫 학교에서 같이 근무했던 선생님도 있었다. 가정과 교사 20명 정도가 장학사 시험에 응시했다. 좀 떨리긴 했지만, 열심히 공부했다는 자신감을 가지고 최선을 다해 시험을 치렀다.

며칠 후 객관식에 통과했다는 연락이 왔다. 통과될 것이라고 기대는 하고 있었지만 정말 통과되니 기분이 좋았다. 다시 주관식 시험을 치러 갔더니 가정과는 세 명밖에 없었다. 객관식 시험에 합격한 선생들만 주관식 시험을 볼 수 있었다. 전번처럼 황당한 문제가 아니고 현 교육의 문제점과 장학에 대한 문제였다. 나름대로 자신감을 가지고 답을 썼지만, 주관식 답은 채점자의 관점에 따라 다를 수 있기에 합격 여부를 장담할 수 없어서 불안했다. 합격하기를 간절히 바라면서 다시 초조하게 발표날만 기다렸다. 기다린 보람이 있어서인지 주관식 시험도 통과했다는 연락이 왔다. A교감 선생님이 자신의 일처럼 좋아하셨다.

다음에는 컴퓨터 시험이 있었다. 이는 장학사가 되고 나면 모든 업무를 대부분 컴퓨터로 처리하기 때문에 컴퓨터를 얼마나 잘 알고 또 능숙하게 다룰 줄 아는가에 대한 평가였다. 컴퓨터 시험을 겨우 치르고 나니 근무하는 학교로 본청장학사가 나왔다. 나에 대한 동료 교사들의 평판과 그동안 교육에 대해 내가 해 온 연구 결과물과 행정 능력을 평가하기 위해 나온 것이라 했다. 장학사 되는 일이 생각보다 훨씬 과정이 어렵다는 것을 실감했다.

내가 힘들어할 때마다 A교감이 항상 따뜻하게 "걱정하지 말아요. 이런 건 장학사 뽑을 때 거치는 과정인데 이 주임 실력이면 충분히 통과될 수 있어요. 이제 힘든 고비는 다 넘겼으니 염려 마세요."라고 격려해 주셨다.

A교감 선생님의 배려와 염려 덕분에 드디어 장학사 시험에 최종 합격했다는 통지서를 손에 쥐었다.

내 인생에 새로운 진로를 열어주신 A교감 선생님께 진심으로 감사를 드리고 존경한다고 했다. 지금도 그 마음은 변함이 없다.

장학사가 되다

∽

다시, 새로운 출발

내가 뭔가 해냈다는 성취감에 기쁨으로 가슴이 벅차올랐다. 그런데 장학사가 되고 난 뒤에 충격적인 말을 들었다.

그 당시 내가 근무하던 학교를 담당하던 교육청 R장학사는 ○○여중에서 같이 근무했던 교사였는데 내가 장학사 되는 것을 끝까지 반대했다는 것이다. 내가 ○○여중 교사 때 "남교사들과 잘 어울려 다녔고, 말도 거침없이 하는 교사이므로 장학사로서 품위가 없다."라고 했단다.

그와 나는 같은 학교에 근무했지만 부서가 달라서 인사 정도만 하는 사이였다. 아마도 다른 교사가 나에 대해 안 좋게 말하는 것을 들은 것 같은데 그 기억만으로 세월이 이십 년이나 흘렀는데도 사람을 그렇게 함부로 평가하다니…. 그 장학사가 왜 나를 그렇게 판단하고 함부로 말했는지 나로서는 이해가 되지 않았다.

만일 내가 그를 평가하는 장학사의 입장이었다면 남의 인생이 좌우될 수 있는 사안에, 과거에 보고 들었던 평가만으로 그렇게 반대하지 않았을 것이다.

다행히 교육청에서 그 장학사의 말보다는 나를 좋게 여기는 장학사가 많았다고 한다.

"이 주임이 옛날에는 어떠했는지 모르지만, 지금은 아주 성실하고 모든 면에서 타교사의 모범이 되는 훌륭한 선생님입니다. 이 주임은 충분히 장학사 될 자격이 있어요."라는 A교감 선생님의 말이 더 설득력이 있어서 다른 장학사들이 교감선생님 말에 동의해 주었다고 했다. A교감 선생은 온화한 성품으로 장학사 시절에 동료들과 친밀한 인간관계를 맺고 있어서, 나를 반대하던 R장학사의 의견이 무시되고 장학사로서 적합한 교사로 평가했다는 것이었다.

장학사 시험에 합격하고 1999년 7월, 전근한 ○○중학교에서 근무 중에 장학사 후보자로서 연수를 받았다. 수원에 있는 공무원행정연수원에는 전국의 장학사 후보자들이 모였다. 서울에서는 작년에 합격한 우리 동기 12명과 1999년에 합격한 후보자 70명이 함께 했다. 연수자들이 다시 분과로 나누어서 분과별 활동을 했다. 나는 8분과로 서울 5명, 경기 4명, 강원 2명, 전남 2명, 인천 1명, 경남 1명의 구성원이었다. 각 도에서 온 교육에 대한 소신과 철학이 뚜렷한 전문직 후보자들과 함께 연수받으면서 토론하고 발표하는 모든 일이 장학사로서 갖추어야 할 필요한 지식과 소양을 쌓는 데 큰 도움이 되었다. 분임토의가 끝나면 보통 회식 자리로 옮겨서 허심탄회하게 대화를 나누곤 했다.

어느 날 저녁에 식사하고 여섯 명이 노래방에 갔다. 도우미까지 불러서 노래를 불렀는데 96점 이상이 나오면 만 원씩을 내기로 했는데 끝나고 나니 5만 원이 모아졌다. 2만 원은 음료수값으로 내고 3만 원은 도우미에게 주었다. 그런데 도우미가 내게 1만 원을 주는 게 아닌가. 나를 도우미로 여긴 그녀가 나이 든 여자가 노래까지 못 부르니 손님들이 팁을 자기한테만 주고 한 푼도 못 받은 내가 불쌍해 보였던 모양이었다. 나는 그녀가 주는 것을 받으면서 "동생, 고마워"라고 했다. 그녀가 가고 난 뒤에 모두 배를 잡고 눈물이 나도록 웃었다.

그때 연수원에서 124시간을 보냈는데 기억나는 게 별로 없지만, 노래방 사건은 지금도 생생하다. 그때 그 생각을 하면 저절로 웃음이 나온다. '나는 노래도 잘 못 부르는 늙은 도우미'.

제8분과 전문직 후보생들은 연수원에서 연수가 끝난 후에도 서로 연락을 주고받았고, 각 시 도별로 돌아가면서 초청하는 등 모임을 오랫동안 계속해 왔다.

교육행정연수원에서 장학사 후보자과정 연수를 마치고 다시 서울시 교육연수원에서 초중등장학사 직무연수를 받았다. 30시간 연수를 마지막으로 장학사로서 필요한 전문직 연수를 다 마친 후 1999년 9월에 학생교육원으로 발령을 받았다.

교사에서 교육 전문직으로 새로운 삶이 시작된 것이다. 학생교육 원에 속한 여학생교육원은 장지동에 있었다. 이순자 여사가 운영하 던 육영재단에서 실업고등학교 여학생을 위한 생활교육관을 만들어 준 것을 서울시교육청이 학생교육원 여학생 교육 분원으로 운영하는 곳이었다.

분원장과 세 명의 연구사, 50여 명의 생활관 지도 여교사 등이 여 학생들에게 학교에서는 배울 수 없는 실생활에 관한 모든 것을 실습 위주로 체험하게 하는 교육장이었다. 원래 이 교육장이 만들어지게 된 것은 이순자 여사가 여자실업고등학교로 순시를 나갔다가 실업계 여학생들이 열악한 환경에서 공부하는 것을 보고 이들이 제대로 시 설이 갖춰진 장소에서 가정교육을 받게 해줄 목적으로 생활교육관을 세워 준 것이었다.

여기서는 예절교육과 조리 실습, 성교육, 인성 교육이 주요 교육과 정이었다. 예절교육은 전통 예절과 생활 예절, 식사 예절, 인사 예절 로 나누고, 조리 실습은 가정에서 식사 때 일상적으로 먹는 음식 위 주로 매일 직접 만들어서 먹었다.

처음 생활관에 입실할 때만 해도 산만하던 여학생들이 3박 4일 모 든 교육과정이 끝나고 나면 차분하고 의젓한 모습으로 바뀌어 나가 는 것이 흐뭇했고 생활관 교육의 필요성과 보람을 느꼈다.

이들을 보면서 실업계고등학교를 졸업하면 대부분 학생이 사회생 활을 바로 시작하는데, 사회인이 되었을 때 갖춰야 할 생활 예절과 인성 교육을 소홀히 하고 제대로 가르치지 못하고 있는 교육 현실이 안타깝고 속상했다.

학생들이 퇴실하고 나면 교육관의 각 방을 점검하고 순시하면서 고장 난 곳은 지원팀에게 수리를 요구하였다. 입소한 학생들이 3박 4일 동안 지내기 때문에 금요일까지만 정상 근무하고, 토요일은 연구사 한 명만 근무하는 시스템이었다.

내가 근무하기로 되어 있는 어느 토요일에 대학 동창의 딸이 시집 간다고 청첩장을 보내왔다. 그래서 동료 연구사에게 근무 날짜를 서로 바꾸자고 의논하고서 분원장에게 말했다.

"분원장님, 친구 딸의 결혼식이 있어서 이번 토요일은 B연구사가 저 대신 근무하고 저는 다음 토요일에 근무하기로 했어요."

"누가 이 연구사 맘대로 바꿔서 근무하라 그랬어요? 이 연구사가 분원장이야! 장학사가 남의 딸 결혼식에 가려고 근무 날을 맘대로 바꾼다는 게 말이 되는 소리야!"

분원장이 불같이 화를 내면서 하는 말에 너무 어이가 없었다.

"아니 분원장님, 내가 근무를 빼달라는 것도 아니고 날짜만 바꾸겠다는 건데 뭐가 그렇게 큰 문제가 됩니까? 친한 친구 딸이 결혼하는 데 가서 축하해 주는 게 당연한 도리 아닙니까?"

나도 언성을 높였다.

"아니, 어떻게 그런 한심한 자세로 장학사를 하려고 해요? 장학사는 자기 사생활을 포기하고 살아야 하는 전문직인데 아직도 일반 교사와 같은 그런 사고방식을 가지고 있어요?"

분원장은 더욱 역정을 냈다. 말도 안 되는 억지소리였지만 달리 대꾸할 말이 없었다. 어쨌든 내 상관이니 약이 올랐지만, 그녀가 승낙하지 않으니 결국 친구 딸 결혼식에 참석하지 못했다.

학생들이 교육원에 입소하지 않을 때 오후 6시 퇴근 시간에 맞춰서 퇴근하게 되어 있는데도, 분원장이 오후 7시가 넘어서야 퇴근하니 우리도 그때까지 특별한 일이 없어도 있을 수밖에 없었다. 그녀는 퇴근 시간 지나고도 뜨개질을 계속하면서 우리에게 퇴근하라는 말을 안 했다. 싸늘하고 날카로운 눈빛을 가진 그녀는 남에게 호감을 주기 어려운 인상인데, 늘 연구사들에게 뭔가를 지적하고 비판해야 직성이 풀리는 사람이었다. 그런 분원장에게 두 연구사는 곧잘 비위를 맞춰주었지만 나는 그렇지 못했다. 그러다 보니 내게 트집거리가 생기면 더 난리를 쳤다.

여학생분원에서 봄이면 정원을 가꾸는 용인들이 와서 잡초를 뽑았다. 하루는 그들이 뽑아서 버리는 잡초 중에서 작은 꽃이 예뻐 보이는 제비꽃, 노란장대, 냉이, 꽃다지 등을 주워 담았다. 또 단풍나무 부근에서 자라고 있는 어린 단풍나무를 뽑아서 버리기에 그것도 몇 개 주워 담아서 화장실에 두었다. 작년에 지인의 권유로 남편의 퇴직금으로 여주에 전원주택을 사 둔 게 있어서 그곳에 심고 싶어서였다. 그런네 분원장이 화장실에 왔다가 비닐봉지에 담긴 잡초와 단풍나무 모종을 보고는 이게 뭐냐고 물었다.

"오늘 정원 손질하는 분들이 잡초를 뽑는데 파랑, 노란 꽃들이 핀 게 예뻐서 주워 왔어요. 여주 농가에다 심으려고요."

"이 연구사가 이걸 왜 가져가요?"

"아니, 잡초를 뽑아 버리는데 주워 가면 안 되나요?"

나의 반문에 분원장은 특유의 싸늘한 표정을 지었다.

"당연히 안 되지요. 공직에 있는 사람은 자기가 일하고 있는 곳에서 풀 한 포기도 가져갈 수 없어요. 여기서 무얼 가지고 나가면 남들에게 의심을 받으니까요. 장학사가 그런 기본적인 것도 몰라요?"

내가 평생을 살아오면서 처음 겪어 본 특이한 분이었다. 해가 바뀌고 분원장이 ○○중학교장으로 발령이 났다. 함께 근무할 때는 이해가 되지 않고 불편하였는데, 지금 생각해 보면 자신의 업무에 매우 철저하고 엄격한 분이었고, 청렴해야 할 교육계에 이런 분은 꼭 필요한 분이다.

새로 부임한 분원장은 ○○여고 교감으로 계셨던 분이었다. 분원장이 바뀌니 교육원 분위기가 달라졌다. 새 분원장은 말씨와 행동이 상냥하고 여성스러웠다. 잘 웃고 까다롭게 굴지 않고 제시간에 퇴근하니 우리도 같이 제시간에 퇴근할 수 있었다. 새로운 분원장이 부임하고 나서 교육관 분위기가 밝아지고 웃음소리도 자주 났다.

여학생교육분원은 학생교육원에 소속되어 있어서 학생들의 방학이 시작되면 학생교육원 소속 연구사들이 다 함께 직원연수를 했다. 연수는 보통 2박 3일 일정으로 각 시도에 있는 다른 연수원 견학과 여행을 겸해서 가기 때문에 은근히 기다려지는 행사였다.

다녀본 중에 가장 인상적인 곳이 강원도교육청에 속해 있는 사임당교육관이었다. 입소한 여학생들에게 신사임당의 인품 위주로 교육을 했다. 여인으로서의 부덕, 올바른 자식의 훈육과 더불어 자신의 재능까지 연마해서 조선 최고의 여성 화가로 사신 분이 신사임당이다. 사임당교육관에서는 그 이름에 걸맞게 전통 예절과 우리나라 역사상 가장 모범이 되는 여성인 신사임당의 지성과 품성을 본받도록 교육하는 곳이었다.

현재 우리나라의 학교 교육은 선진국에 뒤지지 않을 만큼 발전되었지만, 가정생활을 주도하는 여성에게 꼭 필요한 덕목인 인성 교육은 등한시되고 있는 실정이다. 중·고등학교에서 대학입시 위주로 주입식 교육에 중점을 두다 보니 인성 교육은 자연히 등한시되고 있다. 그래서인지 지금 우리나라의 이혼율이 선진국과 비슷해졌다.

나는 가정의 소중함과 부모로서의 책임에 대해서 학교에서 입시교육보다 더 중요하게 가르쳐야 한다고 생각한다. 지금처럼 학교에서 인성 교육을 제대로 못 하는 현실에서는 여학생교육원 같은 교육기관에서 반드시 인성 교육을 학습 받도록 하는 규정이 교육법으로 정해져야 한다고 생각한다.

우리 사회에서 인성 교육을 제대로 받지 못한 인간들이 끼치는 폐해가 얼마나 큰지 모두 다 너무 잘 알고 있지 않은가. 가끔 매스컴을 통해 비인간적인 여러 사건을 대하면 선생이었던 사람으로서 학생 교육을 제대로 못한 책임과 자괴감에 빠지곤 한다.

연수원 생활과 실수

2002년 3월, 나는 사당동에 있는 서울교육연수원 연구사로 발령을 받고 그곳으로 부임하여 기획평가부로 배정되었다. 여자 연구관이 부장이었는데 인품이 너그러웠고, 내가 겪은 부장 중에서 모든 면이 모범적인 분이었다. 항상 미소 띤 얼굴로 연구원들을 편하게 대하고 힘들어 보이는 연구원에게 따뜻한 위로의 말을 해주었다.

기획평가부가 하는 업무 중에서 내가 맡은 일은, 사단법인 허가가 난 연수기관에서 실시하는 연수의 내용이 교사들에게 도움을 주고 적합한지를 평가하는 일이었다. 교사들은 연수비용을 학교에서 지원받았고, 또 연수성적은 교사 승진 때에는 고가점수로 반영되었다. 나는 연수내용이 학생 교육에 필요한지, 또 교사들의 자질향상을 위해 필요한 내용인가를 꼼꼼히 심사해서 평가했다. 그래서 교사들이 연수받고 있는 현장으로 직접 나가서 교사들의 의견을 듣고 교육내용을 검토하고, 교육하는 주체자도 만나서 왜 이런 연수를 하는지에 대해 질의도 했다. 교사들이 직무 연수받는 장소에 혼자 시찰 갈 때도 있었지만 전문적인 지식이 필요한 연수일 때는 해당 교과 교사를 초빙하여 함께 가서 평가했다.

교사 연수기관으로 실사를 나가면 그들이 내 눈치를 살피는 듯해서 은근히 우쭐해지기도 했는데 '상황에 따라 사람이 이렇게 교만해지는구나.'라는 겸연쩍은 생각이 들었다.

드디어 고대하던 교감직무연수를 받게 되었다. 연수는 내가 근무하는 연수원에서 편하게 받을 수 있었다. 교감직무연수 과정 중에 현장 연수로 연극관람, 박물관 견학, 문화재 탐방 등이 있었는데 그동안 내가 받아온 연수와는 사뭇 달랐다. 연수받으면서 문화생활을 누릴 기회를 얻게 된 것이 좋았다.

시간이 지나자 업무에도 웬만큼 익숙해져 점심시간이 되면 식사 후에 연수원 뒷산을 산책했다. 30분 정도 걷고 나면 몸이 가뿐해지면서 기분이 상쾌해졌다.

연수원 뒷산 중턱에 자그마한 움막이 하나 있었다. 움막 옆 나무의자에 한 중늙은이가 앉아서 막걸리를 마시고 있는 것이 자주 눈에 띄었다. 그는 움막 주변의 땅을 일구어 부엽토와 잘 섞어서 상추, 열무, 배추, 쑥갓 같은 채소들을 재배하고 있었는데 작물들은 그가 땀 흘린 노고에 보답이라도 하듯이 모두 싱싱하게 잘 자라고 있었다. 언제부턴가 산길을 오가다가 그와 만나게 되면 인사를 나누었다. 그러던 어느 날이었다.

"아줌마, 여기 앉아서 쉬었다 가세요."

그가 나에게 권했다.

"고마워요, 아저씨. 그러잖아도 힘들어서 앉고 싶었는데 어떻게 아셨어요?"

나는 넉살 좋게 그가 권해주는 의자에 앉았다. 그랬더니 그가 마시고 있던 막걸릿병을 들고 권했다.

"목마를 텐데 한잔하실래요?"

"어머나, 제가 막걸리 좋아하는 걸, 또 어떻게 아셨어요? 감사합니다. 잘 먹겠습니다."

나는 목이 말라 있던 터라 그가 주는 막걸리를 냉큼 받아 마셨다. 산에서 땀을 뻘뻘 흘리면서 내려오던 길이다 보니 막걸리가 감로주로 여겨졌다. 내가 술 마시는 것을 흡족하게 바라보던 그는 목이 많이 말랐던 모양이니 한 잔 더 하라며 인심 좋게 또 따라 주었다.

그 이후로 산에 갔다 내려오는 길에 이따금 간식거리를 갖고 그를 찾아갔다. 그러다 그가 막걸리를 마시고 있으면 자연스럽게 술친구가 되었다. 형식적인 틀에 묶여 있는 사무실의 답답한 분위기를 벗어나서, 거름 냄새가 풍기는 그와 만남은 연수원 생활을 지루하지 않게 하는 충전의 기회였다.

그러던 중에 연수원에서 뜻하지 않은 일이 생겼다. 인격 형성에 관련된 연수가 교육연수원에서 실시되기에 나도 연수에 참여했다. 참

가는 했으나 업무가 바쁜 시기여서 제대로 공부할 시간이 부족했다. 그러다 보니 연수가 끝날 때 봐야 하는 시험 준비가 안 되어 있었다. 그래서 시험 치는 날 커닝하기로 마음먹었다. 어차피 시험 감독관이 연수원 연구사이니까, 서로 아는 처지에 내가 커닝해도 못 본 척해 줄 것이라는 얄팍한 기대로 저지른 짓이었다.

시험 치는 날 작성한 커닝 페이퍼로 답안을 적고 있는데 감독으로 들어온 연구사가 난감한 표정으로 답안지를 빼앗는 게 아닌가. 그런 그와 나 사이에 실랑이가 벌어졌고, 시험을 치던 교사들이 힐끔힐끔 쳐다보면서 수군거렸다. 순간 창피해진 나는 답안지를 팽개치고 시험장을 나와 버렸다. 감독으로 들어온 연구사는 고지식하고 원칙을 준수하는 사람이었다. 얼마 지나지 않아서 연구사가 커닝했다는 소문이 연수원에 돌았다. 내가 지나가면 연구사들이 쳐다보고 쑥덕거리는 것 같아서 얼굴이 화끈거렸다. 창피했다. 괜히 연수를 받는다고 했구나. 커닝으로 적당히 넘어가려고 편하게 생각했다가 벌 받는구나, 때늦은 후회와 자괴감이 밀려들었다. 며칠 후 기획평가 부장이 나를 불렀다. 드디어 올 것이 왔구나 하는 생각이 들어 긴장되었다.

"부장님, 저 때문에 부장님까지 민망스럽게 되신 거 같아서 송구스럽습니다."

정중하게 사과드렸다. 부장님은 내 손을 잡으셨다.

"괜찮아요. 사람이 살다 보면 실수도 하고 다 그런 거야. 그러면서 또 더 성숙해집니다. 너무 자책하지 마세요. 연구사는 사람 아닌가?"

부장님이 빙긋 웃어주셨다. 내가 창피당하는 건 당연한 일이지만 그런 부하직원을 뒀다고 부장님이 욕 얻어먹는 것은 너무 죄송스러운 일이었다.

"안 그래도 원장이 나더러 이 연구사가 연수원 연구사들의 명예를 실추시켰으니 징계를 줘야 하지 않느냐고 하시기에 답안지를 내서 점수를 받은 것도 아니고 본인도 충분히 반성하고 있는데 무슨 징계까지 주냐고, 그러면 연구사의 사기가 떨어져서 앞으로 어떻게 자기가 맡은 일을 소신껏 하겠냐고 그랬어. 솔직히 말해서 시험 칠 때 커닝하고 싶은 생각 안 해본 사람이 있겠어? 그래, 다들 자기들도 한번은 다 해 봤을 거야. 그러니 너무 자책하지 마. 한번 실수는 병가지상사라는 말도 있잖아요."

부장님의 위로가 정말 눈물겹게 고마웠고 내가 한 짓이 너무 창피해서 고개를 들 수 없었다. 자기 부서 사람을 끝까지 변호하고 감싸주는 부장의 의리에 저절로 고개가 숙어지고 존경심이 우러났다. '윗사람이 가져야 할 덕목이 이런 거구나!' 기획평가 부장님이 거대한 여장부로 보이면서 이런 분의 부서에서 근무하게 된 것이 내 생애 큰 행운으로 여겨졌다. 앞으로 내가 관리자가 됐을 때 이분이 내게 베풀었던 관용을 본받아, 나도 아랫사람이 실수하면 너그럽게 용서하면서 살아야겠다고 다짐했다.

학생교육원에서는 교육대상이 주로 고등학생들이었지만 교육연수원에서는 교육대상이 거의 교사나 전문직이고 이따금 일반직이나 학부모 연수도 있었다. 그러다 보니 연수원 강의에 본청에서 교육감과 국장, 장학관들이 자주 강사로 와서 연수원 연구사들이 긴장하고 지낼 적이 많았다. 같은 동기 장학사라도 지역청보다 본청 장학사가 좀 더 좋아 보였다. 또 교육연구사보다는 장학사로 근무하기를 더 선호하는 편이었다. 그래서 새 학기가 되면 연구사가 장학사로 이동을 많이 했다.

3부

별난 게 아니라 사랑이야

한 걸음씩 앞을 향하여

～⊱

교감과 전교조

2004년에 ○○고등학교 교감으로 발령을 받았다. 드디어 나도 학교를 운영할 수 있는 직책을 갖게 됐으니 교사들에게 모범적인 교감이 되어야겠다고 다짐했다. ○○고등학교는 1984년에 개교한 학교로 교사가 86명이었다.

그런데 이 중 56명의 교사가 전교조 단체에 가입된 서울 시내의 학교 중에서 가장 많은 전교조 교사가 근무하는 학교였다. 11개 부서 중에서 7개 부장이 전교조 교사였다. 특이한 것은 교장이 교감과 학교에 대한 일을 논의할 때는 반드시 전교조 회장의 동석 하에 논의했다. 항상 전교조 회장의 의견을 먼저 물어보는 교장이 처음에는 참 특이하다고 생각했다.

하루는 교무실에서 뭐가 휙 지나가기에 뭐지? 하고 일어나서 보니 한 교사가 인라인스케이트를 타고 지나갔다. 하도 신기한 광경이라

소리 내어 웃으면서 "K선생님, 이리 와 봐요. 지금 뭐 하고 있는 거요? 설마 그러고 교실에 들어가는 건 아니지요?"

"아뇨, 지금 수업 들어갈 건대요. 이러고 수업 들어가면 애들이 좋아해요. 지금 TV에서도 스타 강사들이 인기가 있잖아요. 인라인이 굽이 높아서 뒤에 앉은 학생들도 저를 잘 봐요. 또, 이걸 타고 왔다 갔다 하면서 강의하면 학생들이 구경하느라고 조는 학생이 없어요. 그러니 자연히 수업의 집중도가 높아지고 수업 효과도 높아져요."

K선생의 궤변이 구구절절 옳은 말처럼 들린다.

"선생님, 그런데 학생들이 선생님 따라서 실내에서 다들 인라인스케이트를 타고 다니다가 사고 나면 누가 책임지나요?"

"학생들은 타면 안 되죠."

"선생님은 되는데 학생들은 왜 안 되나요? 그건 불공평하잖아. 그러니 선생님도 타지 마세요."

K선생은 내 말에는 아랑곳하지 않고 수업 시간에 타고 들어갔다. 할 수 없이 교장에게 가서 보고했다.

"K선생님이 작년에도 그러더니 올해도 또 그래요?"

그 말에 어이가 없었다. 학교장을 얼마나 우습게 보았으면 작년에 교장이 못 하게 한 일을 올해 또 반복하고 있을까, 한심했다.

교장이 전교조 회장을 불러서 전교조 교사가 학교에서 물의를 일으키지 않도록 전교조 교사들에게 당부해 달리고 간곡히 부탁하고 나서, 스케이트 사건은 마무리되었다. 학교가 학교장의 뜻에 따라 움직이는 것이 아니라 전교조 단체에 의해서 운영되고 있는 듯한 인상을 받았다.

어느 날 점심시간에 교내 순시를 하는데 교사들이 교실에 모여 강의를 듣고 있었다. 사회과 교사가 칠판에 쓰인 사회주의 이론, 사회주의 사회, 노동운동, 마르크스, 엥겔스 같은 낯선 단어를 설명하고 있었다. 그래서 누가 이런 강의를 듣나 싶어 들여다보니 모두 전교조 교사들이었다. 알아보니 전교조 교사들이 수요일 점심시간마다 모여서 강의도 듣고 전교조 단체에서 내려오는 지시사항도 전달받고 있었다.

나는 사회주의 이론을 금기시하는 교육을 받아왔다. 전교조 교사들이 모여 마르크스-레닌에 대해서 강의를 듣는 모습이 내게는 충격이었다. 지금 우리나라는 자유민주주의 국가인데 교사들이 민주주의에 반하는 사회주의에 더 관심을 두고 학습한다면, 결국에는 저들에게 교육을 받는 학생들이 영향을 받지 않을까 하는 우려에서였다. 그래서 황급히 교장에게 가서 말했다.

"교장 선생님, 큰일 났어요. 전교조 선생들이 모여서 마르크스-레닌 사상을 공부하고 있어요."

"교사들끼리 동아리 활동하는 것을 학교장이 어떻게 간섭해요? 교감은 모른 척하고 가만히 계세요."

교장 선생님조차 그렇게 말하니 더 할 말이 없었다. 전교조 교사들은 학교의 모든 일을 자기들과 상의하고 자기들의 의견을 수렴해 주는 교장 선생님과는 허물없이 지냈다. 그러다 보니 교사들이 하는 일에 일일이 간섭하는 교감인 내가 그들의 눈에는 못마땅하게 보일 수밖에 없었다.

나는 아침에 늦게 오는 담임교사에게는 "학생보다 담임이 더 늦게 오면 어떡해요. 좀 일찍 출근해서 아침 자율학습 감독을 해주세요."라고 했고, 청소 시간에 교무실에 앉아 있는 교사에게 "선생님! 청소 감독하러 안 가세요? 선생님이 안 계시면 학생들이 제대로 청소도 안 하지만, 혹시 사고라도 나면 어떡해요."라고 했다.

또 교실 순시를 하다가 유난히 바닥이 지저분하거나 껌 같은 것이 더덕더덕 붙어 있으면, "교실이 이렇게 더러워서 어떻게 학습 분위기가 조성되겠어요? 자기 주변을 깨끗하게 정리하는 생활 습관도 교육의 중요한 덕목이에요. 학생들이 자기가 공부하는 교실을 깨끗하게 청소할 줄 아는 교육부터 해주세요."라고 주문했다. 퇴근 시간 전에 퇴근하는 교사가 보이면 "아직 퇴근 시간 전인데 조퇴 결재를 받고 퇴근해야지, 그냥 무단으로 퇴근하면 어떡해요."라며 쓴소리를 계속했다.

대부분 교사의 근무태도가 내가 이전에 근무했던 다른 학교 교사들의 태도와는 너무 달랐다. 물론 성실하게 근무하는 교사도 있었지만, 적당히 편하게 지내려는 교사들이 눈에 더 많이 보였다. 그래서 그들을 쫓아다니면서 쓴소리를 계속 퍼부었다.

그런데 어느 날 아침 교직원 조회 시간에 교장이 일어나서 말했다.

"우리 학교가 교감 선생님이 오시기 전에는 교무실 분위기가 참 좋았는데, 교감 선생님이 우리 학교에 부임해 오신 이후부터 선생님들이 참 많이 힘들어하고 계십니다. 교감 선생님이 선생님들이 자율적으로 하던 일에 사사건건 너무 간섭하고 지시를 많이 내려 선생님들이 피곤해 하십니다."

교장 선생님의 말에 나는 기가 막히고 어이가 없었다. 순간 자리에서 벌떡 일어났다.

"교장 선생님, 뭔가 오해가 있으신 모양인데 교육청에서 저를 이 학교에 보낸 것은 교사들을 지도 감독하는 교육법령을 실행하기 위해서입니다. 교감에게는 교무관리권이 있고, 저는 국가의 명을 받아 그 의무를 시행하고 있는 겁니다. 여기 계신 선생님들이나 저는 공무원으로서 국민 전체에 대한 봉사자이며, 성실로써 책임을 다해야 하는 줄로 알고 있습니다. 그런데 제가 이 학교에 와서 보니, 성실히 본인의 업무에 전념하는 선생님도 계시지만 적당히 지내다가 퇴근하는 선생님도 계셨어요. 그런 분들을 제가 지도하는 것이 뭐가 잘못된 겁니까? 저희는 국민이 낸 세금에서 월급을 받는 교육공무원들입니다. 국민이 저희에게 월급을 주는 것은 다음 세대를 이끌어 갈 청소년들을 제대로 교육해 달라는 것 아닙니까? 교사로서의 책무를 소홀히 하는 선생님에게 쓴소리를 해서라도 선생님의 본분을 일깨워야 하지 않겠습니까? 우리가 이렇게 적당히 일하면서 월급을 받으니 일반 사람들이 공무원을 '철밥통'이라고 부르잖아요."

격앙된 내 말에 해직되었다가 복직한 교사가 벌떡 일어났다.

"뭐요? 우리더러 철밥통이라고? 교감 선생님, 당장 그 말 취소하세요!"

"내가 선생님더러 철밥통이라 했어요? 일하는 척하면서 적당히 근무하다가 월급만 챙겨 가는 선생님에게 하는 말이에요."

그렇게 서로 언성이 높아지자 교무부장이 서둘러 회의를 끝내고 동료 교사가 해직 교사를 데리고 나갔다. 교장 선생님이 이렇게 전교조 교사들의 편에 서서 노골적으로 편을 들어 주니 학교에서 전교조 교사들이 기세등등했다. 그리고 그들끼리 모이면 다른 학교 교사들이 우리 학교가 전교조 교사들의 천국이라며 자기들을 부러워한다고 공공연하게 떠들어댔다.

○○부장인 B선생은 전교조 교사들의 리더급 교사였다. 학생부실에 가면 대의원 학생들이 교실을 난장판으로 만들어 놓고 놀고 있었다. 과자, 컵라면 등을 먹고 지저분하게 만들어놔도 B부장은 지도하지 않았다. 그래서 B선생은 학생들에게 인기가 높았다.

어느 날 학급 정·부반장의 대의원회의에 참석했다. 그런데 애국가도 국기에 대한 경례도 생략하고 회의를 바로 시작하기에 의아해서 회의가 끝나고 학생 임원들을 불렀다.

"얘들아, 왜 애국가를 부르지 않니?"

"○○부장님이 우리더러 앞으로 회의할 때는 국기에 대한 경례나 애국가 부르는 건 하지 말라고 하셨어요."

한참 머뭇거리다가 부회장이 말했다. '나쁜 ××, 선생이라는 작자가 어떻게 학생들한테 자기 나라 애국가도 못 부르게 하는 이따위로 교육하냐.' 정말 한심한 생각이 절로 들었다. 도대체 전교조 단체에서는 학생들을 어떻게 교육하라고 지시가 내리는 건지 알 수가 없어서 답답했다.

여름방학이 지나고 2학기가 시작되었을 때 전교조 총무를 맡은 ○선생 책상 위에 낯선 책자가 보였다. 책을 펴보니 한글 표기가 낯설어서 물었다.

"○선생님, 이 책은 뭐죠? 책이 좀 특이하네요."

그는 순간 당황하면서 어물어물하기에 재차 물었더니

"그거 북한 교과서예요. 이번에 북한에서 열리는 학회에 갔다가 가져왔어요."

이번엔 내가 당황해서 말을 더듬었다.

"아니, 나한테 학회 참석한다는 신청서 낸 적이 없었잖아요?"

"맞아요. 북한교육협회에서 전교조 단체로 초청이 와서 통일부에 다섯 명의 교사가 신청서를 내고 허락을 받아서 갔다 왔어요."

○선생은 이게 뭐가 잘못됐냐는 듯이 당당한 자세로 말했다.

지금까지 내가 알기로는 교사가 해외로 나갈 때는 학교장의 결재를 받아야 하는 것으로 알고 있었고, 나도 전에 해외여행을 다녀올 때 학교장의 결재부터 받았는데 내가 아는 상식과 완전히 달라서 할 말이 없었다. 세상이 많이 달라진 건지, 이 학교가 유별난 건지, 아니면 교사들의 이런 자유 분망한 행동들을 교장 선생님은 다 수용하는데 나만 유난을 떠는 건지 혼란스러웠다.

전교조 교사 중에는 해직되었다가 다시 복직된 교사가 다섯 명 있었다. 이들은 자신들이 교사들을 위해서 투쟁하다가 해직까지 당한 대가로, 교사들의 복지가 오늘날 이만큼 향상되었으니 일반 교사들은 해직되었던 자기들에게 고마워해야 한다는 말을 가끔 했다.

시월이 끝나갈 때 본청 한 장학사에서 전화가 왔다.

"교감 선생님, 그 학교 교장이 국가인권위원회에서 수여하는 상을 받는다는 연락이 왔어요. 보통 학교 교직원에게 주는 상은 교육청에서 추천하는데 그 교장님은 전교조 단체에서 추천한 상이랍니다. 소수자 인권을 옹호해온 공을 기리기 위해 주는 상이라고 하니까 전교조 교사들이 교장님을 얼마나 존경하고 있으면 공로상까지 추천하겠어요? 교감 선생님, 고생이 많으시겠어요. 전교조 교사들에게 트집 잡히지 않게 조심하세요."

교장 선생이 평소에 하는 행동으로 보아 새삼 놀라운 일은 아니었지만, 가슴이 답답해졌다. 저 교장의 진심은 무엇일까? 내년이면 정년인데 교사들이 교육에 대한 뚜렷한 신념도 없이 학교를 자기들 단체의 논리에 따라 움직이고, 이용하고 있는 느낌을 주는데도 그들을 소수 인권자로 생각하고 그들의 인권을 보호해 주기 위해 역성드는 저분은 과연 어떤 교육관을 가졌는지 정말로 궁금했다.

산 넘어, 산

2005년 5월에 2학년이 과천대공원으로 백일장을 나갔다. 나도 동참하기로 하고 9시경에 도착해 보니 본교 교사는 세 명이 와 있었다. 여러 학교 학생들이 모여들기 시작하자 다른 학교 교사들은 피켓을 준비해 와서 자기 학교 학생들을 반별로 표시된 피켓 뒤로 줄을 세우고 있었다. 그런데 우리 학교 교사들은 아무것도 준비해 오지 않았고, 학생들도 반별로 모이지 않고 그냥 군데군데 모여서 웅성거리고 있었다.

어느 반에 누가 왔는지 조직적으로 확인하는 작업이 되지 않아서 담임교사들이 한참을 소리치며 허둥대고 있는데 입장 시간이 십여 분 지나서야 학년부장 선생이 나타났다.

"학년 부장님, 부장 선생이 지금 오면 어떡해요. 부장님이 일찍 오셔서 선생님들과 협의하고 학생들을 챙겨주셔야 하잖아요."

"예, 좀 늦었어요. 수업도 아니고 야외에서 하는 백일장인데 좀 늦어도 상관없잖아요."라면서 ○부장은 별로 미안하지 않다는 듯 빈정거리듯 말하니까 정작 내가 할 말이 없었다.

입장하고 나서 학생들에게 백일장 주제를 알려주고 자유롭게 행동하도록 한 후에, 교사들이 모여 있는 곳으로 가니 전교조인 학년부장과 동료 교사들이 화기애애 환담하고 있었다. 그런데 교감인 나에게는 아무도 관심을 주지 않았다. 멋쩍어서 학교로 돌아와서 백일장이 끝났다는 보고가 오기를 기다렸다.

오후 3시경쯤 2학년 담임 한 명이 학생들과 함께 백일장에 제출한 원고지와 사생대회에 제출한 작품을 가지고 들어왔다.

"선생님, 백일장은 잘 마쳤어요? 학생들은 다 귀가했나요? 학년 부장은 안 오셨어요?"

"네, 2시경쯤 끝마쳤어요. 부장님과 담임 선생님들은 뒤풀이한 다고 가고 저는 다른 볼일이 있어서 먼저 왔어요."

교감이 학교에서 백일장이 끝나기를 기다리고 있는 줄 알면서 아무런 연락도 하지 않는 학년부장이 괘씸했다.

다음날 출근하는 학년부장에게 말했다.

"부장님, 어제 백일장이 끝났으면 무사히 잘 끝났다고 전화 한 번 해줘야 하는 거 아닙니까?"

"그래요? 왜 제가 꼭 전화를 해야 합니까?"

"부장님이 인솔책임자이잖아요. 그러니까 행사가 끝나면 당연히 학교에 보고를 하셔야지요. 부장님 역할이 그런 거잖아요? 행사 중에 일어나는 모든 일을 학교에 알려주고 학교의 지시에 따라 학생들을 통솔해야 하니까요."

"그럼 교감이 나한테 전화하면 되지, 꼭 내가 해야 합니까?"

부장이 언성을 높였다. 억지 같은 그 말에 나도 언성을 높였다.

"아니, 부장이 해야 할 일을 뭔지도 모르면서 왜 부장을 합니까?"

"뭐야! 니가 교감이면 다야!"

학년부장이 핏대를 세우고 소리치면서 내 책상으로 다가오자, 옆에 서 있던 젊은 여교사 둘이 학년부장 앞에 나섰다.

"부장님, 왜 교감 선생님에게 반말하세요? 이건 교감 선생님에 대한 예의가 아니잖아요. 교감 선생님께 사과하세요."

이건 뜻밖의 반전이었다. 나를 편든 교사들은 전교조 교사가 아니었다. 교무실에서 학년부장이 내게 하는 짓을 흥미롭게 구경하던 전교조 교사들은 여교사의 사리에 맞는 말에 당황스러워하면서, 더 망신당할까 봐 얼른 학년부장을 밀치면서 데리고 나갔다. 그 속에 B부장의 능글맞은 얼굴도 보였다. 이들은 해직당했다가 복직한 학년부장이 강성 전교조임을 익히 아는지라 교감이 그에게 망신당하는 것을 은근히 즐기면서 구경하고 있었는데, 뜻밖의 구원투수가 나타나서 그가 불리해지자 서둘러 철수시킨 것이다.

내 편을 들어준 여교사는 둘 다 경상도 출신으로 한 분은 대학 후배였다. 후배 여교사는 학교 근무를 성실히 하면서 전교조도 아니어서 평소 내가 호감을 가지고 있었다. 교무실에 있던 다른 선생들은 전교조가 무서워 교감이 부당하게 당하는데도 모른 척 가만히 있었는데, 불의를 보고 참지 못하고 당차게 나서는 후배를 보며 나에게도 응원군이 있다는 든든한 마음과 고마움으로 울컥해졌다.

신학기가 되자, 올해 사범대학을 졸업한 신임 남교사 두 명이 왔기에 학교 현황에 대해 브리핑을 했다.

"선생님들은 대학교에서 교육에 관한 이론적인 공부만 했기 때문에 교육 현장에 대해서는 이제부터 하나씩 차근차근 배워나가야 합니다. 앞으로 훌륭한 교사가 되느냐 아니냐는 선생님들이 대학에서 배운 지식을 앞으로 어떻게 현장에서 적절히 교육하느냐에 달려있어요. 그러니 내가 선생님들에게 당부하고 싶은 말은 앞으로 1년 동안 선생님들은 오직 학생 교육에만 전념해 주셨으면 하는 겁니다. 교총이니, 전교조니 하는 교원단체에는 학생들을 가르치는 일에 익숙해지고 나서, 교사로서 어떤 교육목표를 가질 것인지 나름대로 뚜렷한 교육관이 생길 때까지 참여하지 않았으면 합니다. 학생들에게 선생님은 꼭 필요한 존재이고, 선생님들은 학생을 교육하기 위해서 여기 온 것임을 잊지 마시기 바랍니다."

나는 간곡하게 얘기했고 신임교사들도 내 말에 고개를 끄떡이며 진지하게 들었다. 그 이후에 그들은 내 말대로 교육에 열성적이었고 늘 학생들과 함께 있는 모습이 참 보기 좋았다.

그런데 얼마 지나지 않아 퇴근 시간이 되면, 그들의 2년 선배 되는 전교조 여교사가 다정한 미소를 지으면서 그들을 찾아와 함께 퇴근하곤 했다. 이런 모습이 자주 눈에 띄자 왠지 불길한 예감이 들었다. 주말이 되면 그들과 전교조 교사들이 자전거 하이킹도 함께 다닌다고 하더니 2학기가 시작되자 그들이 전교조에 가입했다고 신고했다. 하긴 처음 발령받아 와서 모든 게 낯선데 친절하게 대해 주는 선배에게 어떻게 호감이 안 갈 수가 있겠는가. 전교조 단체에서는 교직 사회의 이런 점을 너무 잘 파악하고 적절히 이용하는 것 같았다. 너무 일찍 교직단체에 가입해버린 그들에게 아쉬운 마음이 들었다.

"선생님, 교직에 들어온 지 얼마 안 되니까 1년 정도는 학교 교육에만 전념하시다가 교직단체는 천천히 가입해도 되는데 너무 급하게 결정한 거 아닌가요?"

"아닙니다. 그동안 선배 교사들의 조언을 충분히 듣고 가입을 결정한 겁니다."

이미 마음이 굳었는데 내가 뭐라 더 말해봤자 전교조 교사들에게 비난만 받을 것 같아서 더는 아무 말 하지 않았다.

1학기가 끝나자 전교조들의 우상이었던 교장이 정년퇴임을 하게 되었다. 솔직히 나는 교장의 퇴임을 손꼽아 기다려 왔다. 정년퇴임식이 끝나면 통상적으로 퇴임한 교사는 그날부터 학교에 나오지 않는다. 그런데 그는 법적으로 8월 말까지 출근해야 한다면서 퇴임식 후에도 날마다 출근했다. 새로 부임하는 교장이 학교 지리도 익히고 학교 현황도 미리 파악하기 위해 팔월 말일에 학교로 오겠다고 연락이 왔는데 이날도 그가 출근해서 교장실에 앉아 있었다.

새 교장은 이 학교에 처음 오기 때문에 학교 지리를 잘 알지 못하니까 모시러 가는 것이 교감으로서 당연한 예의인데 전임 교장이 자기는 오늘까지 근무하기로 되어 있다면서 교장실에 버티고 있으니까 당황스럽고 난감했다. 전임 교장만 두고 나갈 수가 없어서 행정실장에게 새로 부임하는 교장을 모셔와 달라는 부탁을 하고, 나는 그가 떠나기를 기다렸다. 오후 4시쯤 되자 더 있기가 민망한지 슬그머니 교장실을 나와 뒷문으로 나가기에 뒤따라갔다.

"교장 선생님, 그동안 학생들 교육하시느라 수고 많으셨어요. 이제 건강 잘 챙기시고 편안하게 지내세요."

깍듯이 배웅했다. 그랬더니 어디서 전교조 교사들이 우르르 몰려나와서 교장에게 작별 인사를 했다. 이들이 하는 짓을 보니 사전에 그들과는 몇 시에 나간다는 말이 있었던 모양이다. 만약 내가 학교에 있지 않고 새로 부임하는 교장을 모시러 갔다면, 교감이 마지막으로 떠나는 교장을 제대로 배웅도 안 했다고, 또 트집을 잡아서 난리를 피웠겠구나 하는 생각이 들었다. 그는 떠나는 순간까지 자기 나름대로 교감을 골탕 먹일 궁리를 하고 있었던 것 같다. 나로서는 도저히 이해가 안 가는 독특한 인품을 가진 분이었다.

새로 부임한 교장 선생님은 정상적인 사고를 지닌 합리적인 분이었다. 새 교장은 내가 생각했던 대로 학교 운영을 정상적으로 했다.

'아, 이제 나도 제대로 된 교감 노릇을 하겠구나!' 감격스러웠다. 교장실에 들어가면 전교조 회장이 없는 것부터 너무 좋았다. 그동안 학교에서 교사들이 자기들 방식대로 행하던 것을 새 교장이 와서 원칙대로 바로 잡으려고 하니 반발이 심했다.

아침 출근을 8시 20분으로 하고 교실에서 자율학습을 감독하게 하는 일이나 퇴근 시간 준수, 이런 사소한 근무에 관한 것들을 전 교장시절에는 교사들이 적당히 했다. 그런데 새 교장은 아침에 순시하다가 담임이 교실에 없으면 그 교실에서 담임이 올 때까지 기다리고 있으니까 교사들이 힘들어야 하고 싫어했다. 전교조 교사들은 불평하고 투덜거렸지만 새 교장은 무시하고 당신 소신대로 밀고 나가는 것이 얼마나 멋있게 보였는지 모른다. 학부모들도 당연히 새 교장님의 교육 방침을 열렬히 환영하고 반겼다.

별난 게 아니라 사랑이야

학생부장이 학생들의 규율을 별로 단속하지 않았기에 학생들의 복장이 내 눈에 거슬리는 학생들이 많았다. 어느 날 아침에 교내 순시를 하다가 머리에 염색을 빨강, 노랑, 파랑으로 화려하게 염색한 남학생이 교실에 앉아 있는 것이 눈에 띄었다.

"얘야, 너는 머리가 왜 그러냐? 칠면조냐? 학교에 패션쇼 하려고 왔냐? 당장 집에 가서 까만색으로 다시 염색하고 와. 알았냐?"

학생 머리를 잡고 흔들었더니

"아파요. 이거 놔요, 왜 이러세요."

남학생은 짜증스러운 말투로 팔을 휘두르며 내게 항의했다.

"너 지금 뭐라 그랬냐? 학생이 머리 꼴을 이렇게 하고 다니는 게 잘하는 짓이냐?"

그렇게 한바탕 야단을 쳤다. 그러고 나서 오후에 교무실 입구에서 상담부장과 얘기를 나누고 있는데 저쪽 복도 끝에서 햇볕에 반사되어 누군지 정확하게 알아볼 수 없는 학생 두어 명이 이쪽을 쳐다보며 소리쳤다.

"××년아."

그리고는 키득거리면서 달아났다. 분명히 나한테 하는 욕인 듯했다.

"상담부장, 저 녀석이 나한테 욕하는 소리 들었지? 빨리 가서 좀 잡아 와요."

그리고 나서 그쪽으로 뛰어갔더니 벌써 달아나고 없었다.

화가 머리끝까지 치밀어 올라 상담부장에게 "부장님이 이 부근 교실에 가서 방금 욕한 녀석을 본 학생을 찾아서 물어보면 그 두 녀석을 잡을 수 있을 거야. 학생부에도 연락해서 빨리 잡아 와요."

아무리 막가는 세상이라 해도 학생이 선생님에게 대놓고 욕하는 건 참을 수가 없었다. 자리에 앉아 식식거리고 있는데 학생부장이 왔다.

"학생부장, 학생 두 명이 나더러 ××년이라 욕하고 저쪽 3학년 교실 쪽으로 달아났어요. 상담부장이 찾고 있으니까 가서 같이 찾아서 데려와요."

학생부장이 당황스러워하면서 나갔다.

한참이 지나고 나서 학생부장과 상담부장이 학생 두 명을 데려왔다. 그중 한 명은 아침에 나에게 염색한 머리 때문에 야단맞은 학생이었다. 상담부장이

"교감 선생님, 좀 전에 교감 선생님께 욕한 학생들이에요."

애들을 보니 참았던 화가 다시 치밀어 올라왔다.

"야, 너 나더러 ××년이라 그랬지? 내가 그러는 거 어디서 봤어? 내가 너 명예훼손으로 고발할 거야! 내가 가만히 있을 줄 알아?"

분이 나서 소릴 질렀다. 교무실이 안이 조용해졌다. 교무실에 있던 교사들이 내가 소리 지르면서 하는 말에 모두 놀라서 내 쪽을 쳐다보고 입을 다물지 못하고 있었다. 아마 그들은 이렇게 상스럽게 말하는 교감은 처음 봤을 거다. 나에게 욕했던 남학생 둘은 사태의 심각성을 눈치 채고 눈물, 콧물을 줄줄 흘리면서 무릎 꿇고 엎드려서 싹싹 빌었다.

"교감 선생님, 잘못했습니다. 한 번만 용서해 주세요."

"야, 너는 쏟아진 물을 다시 담을 수 있어? 마찬가지야. 입으로 한 번 뱉은 말도 다시 돌이킬 수 없는 거야. 네가 복도에서 그렇게 욕하는 걸 학생들이 다 들었는데 어떻게 없었던 일로 할 수 있냐? 나는 도저히 용서가 안 돼."

이 학생들을 학생부에 넘겨 봤자 제대로 훈육할 것 같지 않아서 내가 지도하겠다고 했다. 그런데 분이 가라앉고 나서 막상 지도하려고 하니, 어떻게 훈화하고 심성교육은 어떻게 시켜야 할지 고민이 되었다.

그때 작은딸의 권유로 다니는 양재동에 있는 '사랑하는 교회'가 생각났다. 그 교회에는 젊은 청년들이 주축이 되어서 감사와 은혜에 대한 복음성가를 많이 부르는 곳이어서 학생들이 그런 곳에서 지내다

보면 뭔가 달라질 수 있지 않을까 하는 생각이 언뜻 들었다. 또, 착하고 바르게 사는 교회 형들을 보면 거친 언행을 일삼아온 남학생들이 감화를 받고 달라지지 않을까 하는 기대가 생겨서 선도 장소를 교회로 정하고 물었다.

"애들아, 내가 내일 교회 가는데 너네도 나랑 같이 교회 가자. 그렇게 약속하면 보내주마."라는 나의 제안에 그 남학생들이 좋다고 했다. 그러면서 자기들도 한때는 교회에 다녔다고 했다.

다음날 교회청년회장에게 본교 남학생들을 소개하고 잘 지도해주도록 당부했더니, 친절하고 자상하게 대해 주어서 마음이 놓였다. 우리 학생들도 청년부 형들과 잘 어울려 지냈다. 교회 다녀온 후에 학생들에게 물었다.

"애들아, 교회 형들이 어떻더냐? 너네한테 잘해 주더냐?"

"네, 형들이 저희에게 잘해줘요. 다음에 또 간다고 했어요."

그 후 몇 번을 더 남학생들이 교회에 갔고, 그때마다 학생들은 청년부 형들과 어울리는 걸 좋아하는 것 같았다. 그래서 나는 거친 남학생들이 차츰 선도되고 있는 것으로 생각하고 내심 좋아했다. 그러던 어느 날 갑자기 학생부장이 내게 와서 따졌다.

"교감 선생님, 왜 학생들을 선도한다는 핑계로 걔들을 강제로 교회에 끌고 다녀요?"

"아니, 학생부장이 지금 무슨 말을 하는 거야? 학생들이 오고 싶어서 따라왔지, 내가 언제 강제로 애들을 교회에 데려갔어?"

"애들이 가고 싶어 했다고요? 왜 이러세요. 제가 애들에게 다 물어봤는데요. 교감 선생님이 교회에 나오면 벌을 안 주겠다고 해서 억지로 나갔다고 그랬어요. 어떻게 애들한테 벌 안 준다는 걸 핑계 삼아 교회로 데려가요? 너무 야비하신 거 아니에요?"

학생부장이 내가 교감이라는 핑계로 야비한 꼼수를 쓴다고 계속 빈정거리는 말투에 나는 너무 화가 나서 밖으로 나오라 했다. 아무도 없는 학교 공터로 갔다.

"지금부터 5분만 계급장 떼고 맘대로 말해. 나도 그럴 거다."

학생부장은 내 말이 무슨 뜻인지 몰라서 멍하니 서 있었다.

"야, 너는 왜 이렇게 싸가지가 없냐? ×새끼, 할 말 못 할 말이 있지, 내가 야비해? 그러는 너는 얼마나 고상하냐? 내가 애 둘 제대로 된 인간 만들려고 교회 데려간 게 뭐가 그렇게 나쁜 짓 한 거라고 지랄이야!"

갑자기 교감 입에서 육두문자가 막 튀어나오니 ○○부장 얼굴이 시뻘게지면서 당황한 기색이 역력했다. 이런 교감은 생전 처음 봤을 거니까. 어어- 소리만 내고 있다가 말을 더듬었다.

"야, 지금 나보고 뭐라고 욕하는 거야. 교감이 이렇게 막 나가도 되는 거야? 미쳤어?"

"그래 이 ××야, 나, 미쳤다. 어쩔래? 날마다 니놈들이 이렇게 괴롭히는데 어떻게 내가 안 미치겠냐? 그런데 이 ××야, 나만 당하고 가만있을 줄 아냐? 내가 당한 만큼 니 놈들도 못살게 굴 거야. 알았냐?"

내가 퍼부어대니 학생부장이 너무 기가 막혔는지 멍하니 넋이 나간 표정이었다. "저게 미쳤어, 미쳤어."라면서 ○○부장은 손을 휘저으며 어쩔 줄 몰라 안절부절못했다.

그렇게 한바탕 악을 쓰고 난 후에 학생부장도 되도록 나와 충돌하는 걸 피했다. 나는 ○○부장이 자기 자식들은 주소를 옮겨서 강남에 있는 학교에 보내면서 본교 학생 임원들은 조퇴까지 시켜가며 학생의 날에 전교조에서 하는 학생 행사에 참여시키는 것이 너무 얄밉고 이중인격자로 보였다.

이 시기에 '남북교과연구회'라는 모임에 나갔다. 남한과 북한의 교과서를 비교해서 남한과 북한에서 쓰는 말 중에 같은 사물을 두고 다르게 표현하는 것들을 찾아서 표현이 달라진 문자를 공부하고 또, 지금의 북한 사회는 어떻게 변했는지에 대해서 북한을 방문했거나 탈북한 인사들의 강의도 듣는 모임이었다.

지금의 북한을 알아보는 연구회라 앞으로 통일을 대비하는 학생교육에 도움이 될 것 같아서 나도 회원에 가입하였다.

모임에서는 탈북인사들뿐만 아니라 탈북학생들도 만나서 탈북하게 된 동기에 관한 얘기도 듣고, 그들이 북한에서 교육받았던 교육과정에 대한 실정도 들었다. 탈북한 학생들은 중국, 태국, 미얀마, 베트남 같은 나라에서 숨어 지내다가 선교사나 브로커를 통해서 남한으로 왔다고 했다.

남한에 와서는 '하나원'에서 정부가 탈북민에게 남한사회 적응을 위해 일정 기간 실시하는 교육을 받은 후에 정부가 탈북민들이 모여 살도록 지원해 주는 곳으로 간다고 했다. 북에서 온 학생들은 거의 제대로 교육을 받지 못한 경우가 많았다. 도망 다니고 돈벌이하느라 나이는 스무 살이 넘었는데도 중학생 정도의 실력도 안 되는 청소년이 많았다.

이들은 자기가 거주하는 인근의 중고등학교에 편입해서 다니고 있었지만 낯선 환경과 실력 차이, 문화적인 차이로 갈등을 많이 겪고 있었다. 남북한이 70년 갈라져 있는 동안 같은 민족임에도 언어와 생활풍속, 사고방식 등이 달라져 있어서 적응이 힘든 것 같았다. 탈북하여 동남아에서 지내는 동안 외모를 자유롭게 치장하고 지내서 그런지 머리는 거의 다 염색했고 여학생들은 손톱에 매니큐어를 바르고 있었다.

공부보다는 외모에 더 신경 쓰고, 북에서 죽을 고생을 하면서 탈북했으니, 대한민국 정부가 알아서 자신들의 미래를 보장해 줄 것으로 여기는 듯했다. 해마다 탈북자는 점점 늘어나는데 정부가 이들에 대한 대책을 제대로 세우지 않으면 큰 혼란이 야기될 것 같았다.

이들과의 대화 중에 크게 충격을 받은 건, 북한에서는 학교에서 우리나라 역사는 거의 가르치지 않는다는 것이었다. 탈북 청소년들은 모든 역사를 김일성 장군 위주로 알고 있다 해도 과언이 아니었다. 안중근이 누군지, 유관순이 누군지 모른다는 말에 너무 놀랐다. 이들이 과연 우리와 같은 피를 나눈 민족이 맞나? 하는 의아심까지 들었다. 이렇듯 남북이 서로 다른 이념 교육으로 인해 너무 사고가 달라져 있어서 앞으로 통일이 된 후에도, 서로 화합하지 못하고 갈등하면서 살게 될 것 같은 예감이 들어 불안했다.

2006년 새 학기에 교장발령을 은근히 기대했는데 발령이 나지 않았다. 교장인사 발령을 보고 전교조 회장이 놀란 표정을 지으며 내게 다가왔다.

"교감 선생님, 왜 교장 발령명단에 교감 선생님 이름이 없어요?"

"선생님들이 협조를 해줘야 내가 나가지요. 작년 복무 감사 때 걸린 선생님이 얼마나 많은데 내가 어떻게 좋은 평가를 받을 수 있겠어요. 못 나가는 게 당연하지요. 나는 앞으로 선생님들과 더 오래 근무하게 돼서 좋은데요."

내 말에 전교조 회장이 얼굴을 찌푸리면서 '허, 참!' 그러고 나갔다. 그가 나간 후 잠시 뒤에 상담부장이 싱글거리면서 들어왔다

"교감 선생님, 제가 차를 주차하고 있는데 전교조 간부들이 주차장에 모여서 회의를 하던데요. 글쎄 그 선생들이 교감이 이번에 발령이 안 나서 어떻게 하냐는 거예요. 너무 웃기죠? 그런데 그 선생들 얼굴이 하나같이 모두 너무 심각한 거 있죠."

상담부장은 웃음을 참지 못하고 낄낄거렸다.

"그래, 그거 잘됐네. 그 선생들이 난감해하니 속이 시원하네."

나도 웃으며 말했다. 발령 나지 않아 은근히 속상해 있었는데 상담부장 말을 듣는 순간, 고소하다는 생각이 들면서 재미있어지니 나도

놀부 심보가 적잖은 것 같다. 그 이후로 나는 전교조 교사가 지시를 어긴다든지 맡은 업무를 제대로 하지 않으면 그때마다 넋두리했다.

"내가 이 학교에서 교장 나가기는 틀렸네. 이렇게 선생님들이 협조해 주지 않는데 내가 어떻게 교육청 평가를 잘 받겠나. 나는 정년퇴임을 이 학교에서 하게 생겼네."

그러면 그들이 당황스러워했고, 나는 또 그걸 은근히 즐겼다. 그렇지만 마음은 편치 않았다.

그러던 어느 날 퇴근길에 행정실장이 요즈음 힘드신데 저녁식사를 사 드린다며 이끌었다. 그와 저녁을 먹으면서 소주 한잔하고 다시 2차로 가서 넋두리하면서 소주 한 병과 맥주를 마셨다. 그리고 나서 말리는 행정실장의 호의를 무시하고 차를 운전했다. 양재동을 지나서 서초회관 앞으로 지나가는데 교통순경들이 길에 서 있었다. '무슨 일일까?' 생각하면서 지나갔더니 뒤에 백차가 따라왔다. 그때서야 '이거 음주단속이구나!' 하는 생각이 퍼뜩 들었다. 얼른 찬송가 테이프를 찾아서 틀고, 차 안에 있는 박하사탕을 입에 넣고 깨물었다. 잠시 후 신호에 걸려 서 있는 내 차 옆으로 백차가 급정거하더니 경찰이 다가왔다.

"음주단속 중인데 왜 달아납니까? 술 드셨지요."

경찰이 언짢은 목소리로 야단치면서 말했다.

"아니, 저는 음주 단속하는 줄 몰랐는데요. 앞에 차가 가기에 저도 그냥 갔어요."

"앞차는 택시였잖아요!"

경찰은 차 안으로 고개를 밀어 넣고 냄새를 맡으면서 두리번거렸다. 차 창문을 활짝 열어 놓고 찬송가를 틀어놔서 경찰도 혼동되는 모양이었다. 이 경찰은 내가 당연히 음주단속을 피해 달아난 것으로 단정하고 있는데 찬송가 소리가 나고 박하 향도 나니 그럴 만도 했다. 그리고 경찰관의 결정적인 실수는 음주측정기를 가져오지 않은 것이었다. 그는 손바닥을 내게 내밀었다.

"여기다가 후우 하고 불어보세요."

손바닥에 후 불었더니 코로 가져가서 냄새를 한참 맡고는 고개를 갸우뚱하면서 다시 해보라고 했다. 처음에는 불안했는데 다시 하라는 말에 자신감이 생겨 후 불고 나서 말했다.

"저는 교회에서 예배를 보고 집에 가는 길이에요."

다소곳이 말했다. 내가 보기에 경찰관의 의심이 완전히 가신 것은 아니지만 확실한 물증이 없는 데다 교회 다니는 아줌마라 하니까 보내주기로 한 거 같았다.

"아주머니, 앞으로 음주 단속할 때는 반드시 단속에 응해 주세요. 이런 행동은 공무집행방해죄에 해당합니다."

"감사합니다. 바쁘신데 제가 무얼 제대로 몰라서 성가시게 해드렸네요. 죄송합니다. 그럼 수고하세요."

그러고 나서 꽁지가 빠지게 달리면서 앞으로 절대로 술 마시고 운전하지 말아야겠다고 다짐했다. 운전하면서 마음속으로 "하나님, 거짓말해서 죄송합니다. 교회까지 팔면서 거짓말해서 너무너무 죄송합니다. 그런데 그 상황에서 어쩔 수 없었잖아요. 한 번만 용서해 주세요." 계속 잘못했다고 빌면서 운전했다.

내가 교장발령을 받지 못한 뒤부터 전교조 교사들이 내 심사를 건드리는 짓을 별로 하지 않아 1학기는 수월하게 지나갔다. 8월 말이 가까워지자 발령이 궁금해졌다. 남북교과연구회의 회장을 맡고 있는 본청국장에게 "이번에 어떻게 발령이 나게 되는지 궁금합니다"라고 했더니 "어쩌면 나갈 수 있을 것 같은데 특별히 가고 싶은 학교가 있어요?"라고 물어서 집에서 통근이 가까운 학교로 발령이 났으면 좋겠다고 했다. 그동안 분당 집에서 학교까지 출, 퇴근하는 데 시간이 너무 많이 걸렸다. 출근할 때 보통 한 시간 정도 걸렸는데 차가 막히는 날이면 30분이 더 걸렸다. 그래서 근거리 학교로 발령받는 것만큼 반가운 일이 없었다.

은근히 가까운 학교로 발령 나기를 기대하면서 기다렸는데 수서중학교로 발령이 났다. 분당 우리 집에서 서울에 있는 중학교 중에서 가장 가까운 학교로 발령을 받은 거였다.

나는 너무 기뻤다. 드디어 나도 출, 퇴근 시간에 스트레스받지 않으면서 다닐 수 있게 되었다는 사실이 믿기지 않았다. 교장 선생님을 비롯하여 모든 선생님이 진심으로 축하해 주었다.

교장이 되다

학생을 위해 적극적으로

교장발령이 나고 다음 날 수서중학교의 행정실장과 교감 선생님이 학교로 나를 찾아왔다. 미리 중학교 안내를 해 줘야 한다고 떠나시는 교장 선생님이 보냈다고 했다.

내가 부임하는 중학교에서는 교장의 정년퇴임식이 며칠 전에 있었는데, 그분은 떠나기 전에 학교 사정을 후임 교장에게 알려주려고 인사발령이 나자마자 바로 모시고 오라 했다는 것이었다. 나와 알지도 못하는 분인데도 후임자를 따뜻하게 배려해 주는 마음이 느껴져서 진심으로 고마웠다.

수서 전철역에서 그렇게 멀지 않은 곳에 자리한 중학교의 첫인상은 소박했다. 전임 교장 선생님한테서 학교에 대한 설명을 듣고 학교를 한번 둘러보는데 감회가 밀려왔다. 내가 드디어 관리자가 되어서 내가 만들고 싶은 학교를 만들 수 있게 됐다는 생각에 가슴이 벅차올랐다.

2006년 9월 1일, 가족들의 따뜻한 격려를 받으면서 중학교장 취임 길에 올랐다. 집에서 출발해서 학교에 도착하니 25분밖에 걸리지 않았다. 교통이 혼잡한 구간도 없었다. 앞으로 늘 이렇게 출근할 것을 생각하니 기분이 너무 좋았다. 출근할 때 교통 체증에 대해 걱정은 하지 않아도 된다는 현실이 믿기지 않을 만큼 기뻤다. 그동안 출근 때마다 차에 시동을 걸면서 오늘은 차가 막히지 않고 제대로 가게 해 달라고 기도했었다. 정말이지 어떤 날은 차가 막히면 발을 동동거리 며 속상해했는데 앞으로 그런 일은 없을 것 같다.

교직원들의 따뜻한 환영을 받으며 교장실로 들어갔다. 이제 나는 수서중학교의 교장으로서 퇴임 때까지 이 학교에서 근무할 것이다. 전임 교장들이 학교의 발전과 교직원들의 복지를 위해 해온 일들을 잘 지키면서, 나도 이 학교 교육에 실질적인 도움이 되는 일들을 해 놓고 떠나야겠다고 굳게 다짐했다.

수서중학교는 24학급에 교사가 53명인 작은 학교였다. 교사 중에 전교조 교사가 5명이고, 부장 교사는 전교조가 한 명도 없는 평온한 학교였다. 전임 고교에서 사사건건 시비를 걸던 전교조 교사들과 지내다가 교사가 해야 할 일을 지적하면 묵묵히 내 뜻에 따라주는 교사 들을 보면서, 이게 제대로 된 학교의 본래 모습이고 당연한 일인데도 꿈만 같아 믿기지 않았다. 이런 교사들과 함께라면 어떤 일이든 해낼 수 있을 것 같았고, 나도 그들을 위해 무엇이든지 해주고 싶었다.

이 학교에서 제일 먼저 눈에 띈 것이 땡볕에서 체육수업을 받는 학생들의 모습이었다. 운동장에 그늘진 곳이 없다 보니, 학생들이 잠깐 쉴 때는 얼굴을 찡그리며 손으로 햇볕을 가리고 있었다. 우선 체육교사와 학생들을 위해서 운동장 스탠드 위에 자외선 차단 가리개를 설치해 주어야겠다는 생각이 들었다. 그래서 강남교육청에 몇 번씩 간곡하게 부탁하여 운동장 스탠드 전체에 자외선 차단 가리개를 설치할 수 있었다.

차양막이 설치되고 나니 시멘트로 된 운동장 스탠드가 눈에 거슬렸다. 거기다 군데군데 스탠드의 시멘트가 떨어져 나가서 흉물스러웠다. 며칠 전에 부근 중학교에서 열린 교장간담회에 참석했다가 방부목 스탠드를 보고 우리 학교도 저렇게 해야겠다고 마음먹고 교육청에 가서 교육장님께 건의했다.

"교육장님, 우리 학교는 강남에 있는 다른 중학교에 비해 교육시설이 열악한 편입니다. 운동장에 시멘트 스탠드가 있는데 깨어져서 학생들이 다칠 우려도 있고, 날씨가 추울 때는 바닥이 너무 차서 학생들 건강에 좋지 않습니다. 제가 인근 중학교에 가봤는데 그 학교는 방부목 스탠드로 되어 있던데요. 우리 학교도 제가 부임한 축하선물로 방부목으로 교체해 주세요."

내가 간곡하게 부탁했더니 승낙해 주셨다. 학교 운동장이 방부목 스탠드에 자외선 차단개로 우아하게 치장되었다. 체육과 교사들은 물론 학생들과 학부모들도 당연히 좋아했다.

이듬해 신설 중학교에 초청받아 갔다가 천장형 냉난방기를 봤다. 본교 교실에 있는 에어컨이 오래되어 냉방이 잘 안 되고 소음도 심했다. 그래서 교실 전체를 시원하게 하는 데는 뭔가 부족하다고 느끼고 있었는데, 행정실장을 통해 냉난방기에 대한 자세한 정보를 듣고 우리 학교도 바꾸기로 마음먹었다. 작년에 운동장 스탠드를 리모델링했기에 교육청에 연달아 요청하기가 민망했다. 먼저 우리 힘으로 자금을 만든 후에 부족분을 후원받기로 작정하고 학부모회를 열어서 논의했더니, 학부모들이 모두 적극적으로 바자회를 열어서 기금을 마련하자고 했다.

바자회가 개최되자 학부모들이 물품도 기증하고 음식도 만들어 팔고, 또 원가 이하의 물품을 가져와서 싼값에 팔면서 일정액을 기증하고 해서 바자회에서 천오백만 원을 모았다. 학부모가 학생들을 위해 학교에서 하는 사업에 적극적으로 동참해서 이루어낸 모금성과를 보니 너무나 가슴이 벅차올랐다.

강남교육청에 찾아가서 바자회의 목적과 성과를 보고하고 천장형 냉난방기를 설치하는데 부족한 금액을 보조해 달라고 간곡하게 요청했다. 다행히 본교의 열악한 교육환경을 잘 알고 있는 교육장님은 학교와 학부모가 일심동체가 되어 교육환경개선을 위해 열심히 노력한 뜻을 가상히 여기고 바자회수익금에서 부족한 금액을 지원해 주셨다.

드디어 우리 학교에도 천장형 냉난방기가 교실마다 설치되었다. 공사가 끝나고 나서 교실마다 천장형 냉난방기에서 나오는 시원한 바람을 쐬면서 쾌적해진 교실에서 공부하는 학생들을 바라보면서 얼마나 뿌듯했는지 모른다.

수서중학교 인근에 수서주공아파트가 있는데 9평에서 12평 정도로 주로 노인 계층이 많이 거주하는 임대아파트였다. 여기에 우리 학생들도 많이 살았는데 부모와 같이 사는 학생도 있지만, 조부모와 같이 사는 학생, 부모가 돈 벌러 지방에 가고 학생만 사는 집도 있었다. 그 옆에 '명화사회복지관'이 있는데 여기서는 강남구청과 교회 단체의 지원을 받아 주공아파트에 거주하는 독거노인들에게 무료로 점심을 제공해 주면서, 노인들의 취미생활을 위해 다양한 교육 강의를 무료로 하고, 간단한 의료봉사도 해주었다. 그 외에도 저녁에는 본교 학생 중에 집에서 저녁밥을 못 먹는 학생들에게 저녁밥을 무료로 주면서 공부할 수 있는 장소까지 제공해 주는 고마운 곳이었다.

이런 사실을 알게 된 후, 우리도 노인들을 위한 일이 뭐가 있을지 복지관과 상의했다. 어버이날에 우리 학교 강당에서 복지관 노인들과 본교 학생들의 조부모를 모시고 경로효친 잔치를 열기로 했다.

본교 강당은 2007년에 교육과학기술부에서 지원하는 '교육복지 투자 우선 지역 지원사업'에 본교가 선정되어 새로이 리모델링 했다. 전보다 훨씬 넓고 쾌적한 공간으로 탈바꿈되어서 체육활동은 물론 학교의 크고 작은 행사들이 모두 강당에서 실시되었다.

경로효친 잔칫날에 강당 벽면과 중앙을 풍선아트로 예쁘게 치장하고 백여 명이 넘는 어르신들을 모셨다. 국악인을 초청해서 민요 가락과 판소리로 흥을 돋우어 주고, 본교 풍물동아리 학생들이 일심동체가 되어 흥겹고 요란하게 북을 쳐서 어르신들의 박수갈채를 받았다. 명화복지관에서도 할머니 스포츠댄스 팀이 출연해서 노익장을 과시하면서 발랄하고 예쁘게 춤을 추셨다. 어른들의 춤추는 모습을 보니 나이는 숫자에 불과한 것 같았다. 식사는 뷔페식으로 하고 수건을 선물로 나눠드렸다. 어르신들이 모두 흥겹게 즐기다가 돌아가시는 모습을 보면서 학교가 지역 사회를 위해 보람 있는 일을 했다는 생각에 나도 즐거웠다.

　수서중학교 학생들의 생활환경은 그리 좋은 편이 아니었다. 부모가 이혼하고 조부모가 학생을 맡은 경우도 있고, 부모 중 한쪽이 학생을 맡는 경우도 있었다. 학생 중에는 결손가정이 많아서 집에 돌아가도 저녁밥을 제대로 먹지 못하는 학생들이 있었다. 나는 이들에게 학교가 저녁밥도 제공해 주고 공부하는 것도 돌보기로 했다. 여기에 필요한 재원은 '교육복지 우선 지역 지원사업'에서 나오는 지원금으로 충당했다. 학생들이 밤 10시까지 공부하는 것을 감독하는 교사에게는 방과 후 학습지도 수당을 주었다. 또, 도서관 일부를 일반 개인 독서실처럼 개조하여 옆에 앉은 학생이 보이지 않게 만들어서 공부하는 학생의 자율학습에 방해가 되지 않도록 했다. 그리고 학생들이 공부하는 곳을 '지식발전소'라는 이름을 붙여서 학습 의욕을 북돋아 주었다.

이곳에서 공부하는 학생들을 바라보면서 나의 중학생 시절을 떠올렸다. 날이 어두워지면 교실에서 공부하다가 나와 길바닥 전봇대 밑에 앉아서 가로등도 아닌 전봇대에 붙어 있는 전등불 밑에서 책을 펴놓고 공부하던 생각이 났다. 집에 가봤자 가게에 사람들이 있어서 시끄러웠고, 단칸방에는 식구가 다 모여 있어 역시 시끄러웠기 때문에 차라리 통행이 뜸한 길바닥이 더 조용한 편이었다. 특히 시험 때가 되면 공부할 장소를 찾아 더 전전긍긍했던 그때를 떠올리며 우리 학생들이 편히 공부에만 전념할 수 있는 장소를 만들어주고 싶었다. 그래서 조용히 공부할 수 있는 장소를 만드는 일에 신경을 썼다. 학생들이 자신만의 공부할 수 있는 공간을 갖고 편히 공부하는 모습을 지켜보니, 내가 그 자리에 앉아 있는 것처럼 흐뭇하고 학생들을 위해 노력한 보람이 느껴졌다.

1학기 기말고사가 끝나고 이튿날 단양 농촌 마을로 전교생이 농촌 돕기를 겸한 감자 캐기 체험학습을 떠났다. 한국청소년협회 회장의 고향이 단양인데, 그 지역은 교통이 불편해서 밭농사를 지어도 판로가 마땅치 않다고 했다. 청소년협의회 모임에서 만난 이 회장이 내게 감자 캐기 체험학습을 적극 권유했다.

"교장 선생님, 학생들이 직접 감자를 캐는 체험학습을 저희 마을에 와서 했으면 합니다. 그 동네 농민들이 판로에 어려움을 겪고 있으니 학생들이 와서 감자를 캐서 가져가면 학생들도 좋고, 농촌도 돕는 일이 되잖아요."

생각해 보니 우리 학생들이 직접 감자를 캐서 각자의 집으로 가져 간다면 부모님이 좋아할 것 같고, 또 가는 길에 단양팔경도 관광할 수 있다기에 전교생의 체험학습을 실시하기로 한 것이다. 단양군에 도착해서 명승지를 구경하고 감자밭으로 갔다. 감자밭에 도착하니 새마을부녀회장을 비롯한 부녀회원들이 모여 점심 준비를 하고 있었다. 마을에서 점심밥을 제공하고, 10킬로 봉투에 학생 각자가 감자를 캐서 가져가는 조건으로 1인당 1만 원씩 체험비를 지불했다. 학생들도 큰 부담이 되지 않았고, 농민들도 감자를 캐서 내다 파는 경비가 절약된다고 만족스러워했다. 갓 지은 밥에 갖가지 나물과 계란지단을 얹은 비빔밥을 콩나물국, 열무김치와 함께 흐르는 계곡물 소리를 들으면서 먹으니 꿀맛이었다. 교직원에게는 부녀회에서 시원한 막걸리까지 줘서 더 좋았다.

밥을 먹고 나자 마을청년회에서 학생들에게 호미와 장갑을 나눠주고 반별로 학생들이 캐야 할 감자밭을 정해 주었다. 교직원들도 봉투를 받아서 자기가 가져갈 감자를 열심히 캤다. 감자밭에 흙이 부드러워 별로 힘들이지 않고 감자를 캤는데 감자알이 굵고 좋았다. 감자 캐는 학생들을 보니 열심히 캐는 학생도 있고 장난치는 애들도 있었다.

"애들아, 힘들지? 그래도 열심히 캐라. 많이 가져가면 엄마가 좋아하실 거다. 그치?"

"네, 많이 캐 갈래요. 우리 할머니가 감자를 좋아하셔요."

"교장 선생님, 힘들어서 못 캐겠어요. 흙이 자꾸만 신발 안에 들어가요."

학생들은 난생 처음 해보는 일이 힘들어도 좋아하는 것 같았다. 두 시간 남짓 감자를 캐니 밭이 웬만큼 바닥이 났다. 학생들이 호미를 반납하고 흙 묻은 손과 얼굴을 씻는 동안 학생들이 버려놓은 감자는 줍고, 파다가 둔 곳은 다시 파서 감자를 캐내고 한참을 그랬더니 그것도 제법 많았다. 캔 감자를 차에 싣고 있는 걸 보니 봉투가 넘치도록 캐서 메고 있는 가방에까지 불룩하게 담은 학생부터 10킬로 봉투에 겨우 반 정도 담은 학생까지 천차만별이었다. 그래도 다들 싱글벙글하는 것을 보니 오늘 체험학습이 만족스러운 모양이었다.

오는 길에 고구려 온달장군이 축성했다는 온달성을 둘러보고 저녁 늦게 학교로 돌아왔다. 학생들이 이번 체험활동을 통해서 앞으로 농촌의 일손 부족에 대해서 더 많이 생각하고 자기들 나름대로 농촌을 도울 방법을 생각하는 계기가 되었으면 좋겠다.

강남초등학교에서 영어연구학교 발표가 있었다. 초등학교의 영어체험 교실을 보고 충격도 받고 부러움도 느꼈다. 그리고 우리 학교도 초등학교 못지않은 영어체험 교실을 만들어야겠다고 생각했다. 강남에 있는 학교 중에 영어체험 교실이 만들어진 초, 중학교를 몇 군데 방문하고 자문도 받았다. 그리고 '교육복지투자'와 강남교육청의 지원으로 영어체험센터를 만들어서 7월에 개관했다. 2학기에는 캐나다에서 온 원어민 선생님이 학생들에게 영어체험센터에서 실용 영어를 교육하기 시작했다. 영어체험센터에서 원어민 교사에게 본토 발음으로 영어 회화를 듣고 따라 하며 열심히 배우는 학생들을 보고 있으니 저절로 미소가 나오고 흐뭇했다.

학교도서관에 학생들이 독서하고, 쉴 수도 있는 휴식공간을 만들기 위해 소파를 나선형으로 창가를 따라 배치하고, 또 한쪽 구석 공간에는 신발을 벗고 발을 뻗거나 누워서 마음대로 책을 볼 수 있게 만들었다. 그리고 금요일 방과 후에는 명작영화를 상영해서 도서관이 침묵하고 책만 읽는 딱딱한 곳이 아니라 내 집처럼 친숙하게 드나들면서 즐길 수 있는 공간으로 학생들이 인식하도록 만들었다.

수서중학교에 부임하고서 나는 열악한 교육환경에 처해 있는 본교의 교육환경을 하나하나 개선하여 강남의 어느 중학교에도 뒤지지 않는 수준 높은 교육 학습장이 되도록 부단히 노력해 왔다. 차츰 시간이 지나면서 학교발전을 위해 열심히 분투 노력해 온 결과가 조금씩 결실을 맺어, 이제는 강남의 어느 학교에도 뒤지지 않는 바람직한 교육환경을 갖춘 학교로 변해있는 학교로 출근하는 것이 무척 즐겁고 보람찼다.

어느 날 이런 나의 행복감을 순식간에 빼앗아 가버린 엽기적인 사건이 일어났다.

우리 학교 3학년 여학생이 임신하는 일이 벌어졌다. 그 여학생은 부모가 이혼하고 주공임대아파트에서 아버지와 함께 살았다. 아버지가 지방으로 일하러 가고, 여학생 혼자 지내면서 고2 자퇴생과 지내면서 임신을 했단다. 동네 주민들도 어린 여학생이 임신했으리라고는 미처 생각 못 했기에 만삭이 된 배를 보고서야 비로소 눈치를 챘단다.

부랴부랴 복지관 직원과 동네 어른들이 모여서 여중생이 아기를 분만하면 일단 돌봐주기로 의논하고 그 집을 방문했더니, 집안이 완전 쓰레기장이었다고 했다. 군데군데 먹고 버린 일회용 음식 용기와 용기에 남아 있는 음식물 찌꺼기가 썩어서 나는 악취로 숨을 쉴 수가 없어 코를 틀어막았다고 한다. 구청 위생과 직원이 와서 그 집안의 쓰레기를 치우고, 소독하고, 청소하는 데만 3일이 걸렸다고 했다.

이 여학생은 학급에 친한 친구가 없는 데다 평소에도 출석보다 결석을 더 많이 해서 담임선생조차 무관심했다. 뒤늦게 복지관 원장을 통해서 이 사실을 알게 된 나는 너무 놀랍고 가슴이 아팠다. 눈앞에 보이는 교육환경만 중요시하고, 잘 만들어주는 것만이 학생들을 위하는 최선이라고 생각해 온 나의 신념에 오류가 있었다는 현실에 직면하고 깊은 자책감에 빠졌다. 얼마 뒤 다시 알아보니 그 여학생은 딸아이를 분만해서 집에서 키우고 있다는 소식을 들었다. 다행스럽게 교회 단체와 복지관, 부녀회에서 잘 돌봐주고 있다고 했다.

내가 복지관 원장에게 그 집을 방문하겠다고 했더니 펄쩍 뛰면서 학교에서 나서지 말아 달라고 했다. 개인 인권 보호차원에서 학생이 원하지 않으면 가만히 있는 것이 학생을 도와주는 것이라고 했다. 교사들에게도 절대 비밀로 해 달라는 것이었다. 학생 인권보호라 하니 뭐라 할 말이 없었다.

시대가 참 많이 달라졌구나! 그렇게 생각할 수밖에 도리가 없었다. 주공아파트에 거주하는 학부모인 구청 의원을 통해 가끔 그 여학생의 소식을 들었다. 함께 사는 남자애는 취직자리를 알선해 줘도 얼마 다니지 않고 그만둔단다. 천성이 놀고먹기를 좋아하는 게으른 자퇴생이라 책임감이 없단다. 여학생도 급식비에 모녀 양육비까지 국가에서 웬만큼 복지비가 나오는 데다 교회, 복지관, 자선단체에서 분유, 생활용품, 부식들을 주기 때문에 사는 데 별로 어려움이 없다고 했다. 가끔 그 집에서 아기 울음소리가 자지러지게 나서 이웃 주민이 가보면 아기 혼자서 울고 있단다. 아기만 내버려 두고 둘이서 놀러 다닌다고 했다.

그들은 정말 철없는 부모다. '제대로 아기를 돌보지 않는데 왜 양육기관이 데려가지 않느냐?'라고 답답해서 물어보니까 우리나라 법이 부모가 합의하지 않으면 데려갈 수 없다고 했다. 그들이 아기를 자기들의 생활 방편으로 삼는 것 같아서 얄밉기도 했지만, 또 한편으로는 철부지들이 불쌍했다. 그리고 우리나라가 개인의 인권을 대단히 존중하는 참 좋은 나라라는 생각이 들었다. 그 이듬해 그 여학생이 또 임신했다는 기막힌 소식을 복지관 원장에게 듣고 나서 경악했다.

가정과 학교 사이에서

2008년 3월 말, 작은딸이 결혼했다. 큰딸을 먼저 결혼시키고 싶은 게 당연한 부모 마음이다.

그러나 큰딸 중매는 정말 어려웠다. 큰딸은 연애하는 남자도 없는 주제에 지인들의 소개로 만나게 해주면 갔다 와서 뭐라 뭐라 트집을 잡고 싫다 했고, 간혹 딸이 괜찮아하면 남자 쪽이 시큰둥했다.

작은딸은 교회를 잘나가는 신앙심이 좋은 배우자를 원했기에, 교회 친구가 많은 김 교장의 소개로 만난 청년과 종교적인 공감대가 형성되어 수월하게 결혼하기에 이른 것이다. 우리 내외도 시댁 부모 될 분이 같은 동향이라서 우선 마음에 들었고, 기독교 가정인 것도 마음에 들었다. 안사돈은 나와 동갑인데다가 경남여고 출신이어서 친근감이 더 갔다. 이런 모든 조건이 상승작용을 하여 둘은 만난 지 얼마 안 되어서 결혼을 결정하였고 결혼식장은 우리가 다니는 '만나교회'로 정해졌다.

결혼식 날, 내가 더 설렜다. 분당인데도 많은 지인이 결혼식에 참석해서 딸의 결혼을 축하해 주었다. 담임목사님이 "하나님이 정해 준 배필이니 서로 섬기면서 믿음의 가정을 만들어야 한다."라는 주례말씀만 귀에 남아 있다.

착실해 보이는 평범한 외모를 지닌 사위는 대전 대덕단지 내의 연구소 연구원이었다. 작은딸은 미국에서 로스쿨을 졸업하고 뉴욕과

뉴저지주의 변호사 자격증을 따고 현대자동차 법무팀에서 근무하고 있었다.

결혼식이 끝나고 둘은 하와이로 신혼여행을 떠났다. 일주일 후 신혼여행에서 돌아온 딸이 집에 오자마자 제대로 인사도 하기 전에 내 손을 잡고 안방으로 들어와서는 문을 잠그고 나서 눈물이 글썽글썽한 채로 하소연했다.

"엄마, 나 이제 어떡하면 좋아. 아무래도 내가 속아서 결혼한 거 같애."

"애야, 무슨 말인지 알아듣게 차근차근 말해 봐라."

나는 가슴이 덜컥 내려앉는 것을 겨우 진정하고 딸을 다그치며 물었다.

"글쎄, 엄마, 하와이에서 신랑이 잠자리를 자꾸 같이하자고 조르는 걸 겁이 나서 피하다가 돌아오는 날 한 번 같이 잤는데 저 남자 거기에서 비릿한 냄새가 나는 끈적한 액체가 나오는 거야. 아무래도 저 사람 무슨 이상한 병에 걸린 모양인데 나 이제 어떡해."

딸이 하는 말을 들어보니 무슨 뜻인지 금방 알겠는데 말문이 막혔다. 내가 아무리 성교육을 안 시켰다고 해도 서른네 살이 되도록 저렇게 무식할 수가 있을까? 너무 당황스럽고 난감했다.

"너하고 친한 지희한테 전화해서 물어봐라. 아마 네 신랑이 병이 아니라고 얘기해 줄 거다."

지희는 딸과 가장 친한 친구인데 작년에 결혼했다. 그 친구라면 부부관계에 관한 얘기를 딸이 이해할 수 있게 잘해 줄 것 같았다. 그래도 엄마가 기본적인 것은 알려줘야 하니까 말하기 어려운 설명을 낯붉히면서 해주었다. 사위는 영문도 모르는 채 갑자기 싸늘해진 신부의 태도에 안절부절못하고 있었다. 죄인 아닌 죄인이 되어 쩔쩔매고 있는 사위 꼴이 너무 우스웠지만 대놓고 웃을 수가 없었다.

이렇게 부부생활에 대해 무지한 채 결혼한 작은딸도 얼마 지나자 임신을 했다. 그리고 힘든 임신 시기를 잘 견뎌내더니 결혼한 이듬해에 잘생긴 손자를 낳았다. 사위는 대전에서 근무하기 때문에 월요일이면 대전에 내려가서 금요일까지 근무하다가 주말은 집에서 지내는 주말부부로 살았다.

작은딸은 출산휴가가 끝나고 다시 회사에 근무하게 되면서 아기 돌보미를 두었다. 딸이 회사 일이 생겨 늦어지면 돌보미가 가고 내가 대신 손자를 돌보아야 했다. 손자를 안고 있으면 팔이 아팠지만, 그래도 마냥 좋고 행복했다. 이렇듯 손자가 귀여운 걸 보니 나도 할머니가 된 것이 실감이 났다.

재경여성동문회 회장이 되어

2007년에 재경 부산대학교 여성 동문회장을 맡았다. 한동안 재경 동문회에 참가하지 않았는데, 그동안 학교생활이 너무 빡빡해서 참여할 마음의 여유도 없었지만, 잘나가는 동문들에게 교사라는 직책을 얘기하는 것이 자존심 상해서이기도 했다.

그러다 교감이 된 이후부터 참석했다. 재경총동문회는 해마다 롯데호텔에서 열렸다. 내가 교장이 되고 나자 여성동문회에서 회장을 맡아달라고 요청하기에 몇 번 사양하다가 결국 수락하고 동문회 일에 관여하게 되었다. 그 당시 부산사범대학 졸업생 중에 서울에서 교장을 하는 이가 없었기 때문에 미력하지만, 학교에 근무하고 있는 동문들에게 도움이 되는 일을 하고 싶었다.

여성총동문회장이 되고 나서 우리 학교 강당에서 총회를 개최하였다. 동문회 연수강사로 '신달자 시인'을 모셔 와서 강의를 들었다. 신달자 시인은 삶의 연륜이 묻어나는 차분한 목소리로 당신이 살아온 삶을 이야기했다. 시집간 지 얼마 되지 않아 시어머니가 쓰러져서 병간호하는 중에, 이번에는 남편이 또 병에 걸려 눕게 되어 두 사람을 동시에 병수발하면서 힘들었지만 꿋꿋하게 살아온 이야기가 감동적이었다. 신 시인이 교수님의 권유로 문단에 등단하게 된 사연까지 들으면서 사람이 살면서 누구를 만나느냐에 따라, 누구와 인연을 맺는가에 따라 그 사람의 인생의 진로가 완전히 달라진다는 사실을 다시 깨닫게 되었다.

이분의 시를 읽으면 왜 마음이 찡하도록 여운이 남는지 시인의 인생사를 듣고 나니 쉽게 이해가 갔다. 그리고 삶의 아픈 역경을 진솔하고 주옥같은 시어로 표현해내는 인생 선배의 재능이 부러우면서 무한한 존경심이 우러났다. 이분과 둘이서 차 한 잔 마시면서 더 많은 인생 이야기를 나누고 싶은 욕심이 생겼지만 서로 다른 삶을 살다 보니 그런 기회를 얻지 못했다. 그래도 내가 만난 사람 중에 사람이 사람에게 삶의 감동을 전해 주는 훌륭한 인물로 신달자 시인을 기억하게 되었다.

여성동문회를 개최할 때마다 학교에 재직 중인 동문의 참여가 부진해서 어떻게 하면 많은 동문이 참석할까 고심하다가 교육청에 근무하는 후배에게 부탁해서 어느 학교에 우리 동문이 근무하는지 알려달라고 부탁했다. 동문회장이 아닌 사범대학 1회 선배로서 그들을 만나면 서울 생활에서 경험했던 고충을 서로 얘기 나누고 난감한 일이 생길 때 슬기롭게 힘든 과정을 극복해 가는 나름 대로의 요령도 진솔하게 알려주고 싶었다. 개인정보를 공개하는 것은 위법이라 알려주기 곤란하다는 후배를 겨우 설득하여 동문이 근무하는 학교를 알아내고 동문들에게 편지를 띄웠다.

"서울교육에 종사하는 후배님들, 반가워요. 사대 선배로서 후배들을 한 번도 제대로 챙겨주지 못해서 미안합니다. 제가 서울에 발령받고 근무하면서 동창회 모임에 가는 다른 교사들을 많이 부러워했어요. 그리고 이다음에 우리 후배들이 서울로 와서 교직 생활을 하게 되면, 선배인 내가 후배들과 모임을 만들고 어려운 일이 생길 때는 도와주어야겠다고 생각했었는데, 세월이 지나면서 내 일에 빠져

동문은 잊고 지냈어요. 미안해요! 늦었지만 너그럽게 이해해 주기 바랍니다. 대신 이번 동문 모임에 꼭 참석해서 그동안의 회포도 풀고 선후배의 정도 나누었으면 좋겠어요."

이런 내용의 편지를 600여 통 서울시에 있는 중고등학교 중에서 동문이 근무하는 학교에 보냈다. 적어도 백 명은 훨씬 넘게 참석하리라 기대했는데 80여 명이 참석했다. 기대했던 인원보다 훨씬 적어서 다소 실망스러웠지만 그래도 사범대 동문이 서울에서 모였다는 것이 너무 감격스러웠다. 1회 졸업생인 내가 30회가 넘는 후배와 함께 자리하고 있다는 것이 신기하고 세월이 참 빠르게 흘러갔구나 하는 생각이 들어 인사말을 하는데 목이 메었다.

"사대 후배 여러분 반가워요. 정말 반가워요. 젊은 후배들과 함께 있으니 저도 대학 시절로 돌아온 것 같네요. 선배가 이런 동문 모임을 너무 늦게 만들어서 미안해요. 그 대신 오늘 나눠준 동문 연락처를 보고 우리 동문이 어느 학교에 근무하는지 이제는 알았으니 앞으로는 전체 동문 모임이 아니더라도 지역별로 가까이 있는 동문끼리 서로 연락하고 자주 모임을 했으면 좋겠네요. 동문 여러분은 혼자가 아니니 기죽지 말고 열심히 근무하면서 어려운 일이 생기면 언제든 저에게 연락해주세요. 여러분에게 미력하지만 힘이 되어 주고 싶어요. 후배 여러분 이렇게 만나서 정말 반가워요."

후배들의 얼굴에도 반가움과 감회로 웃음꽃이 활짝 피어나 서로 바라보기만 해도 좋았다. 서울 와서 서로 소식을 모르고 지내던 동문이 그동안의 회포를 풀면서 즐겁게 이야기꽃을 피우느라 시간 가는 줄 몰랐다. 후배 동문들과 얘기를 나누면서 그들을 바라보고 있노라니, 갓 졸업하고 서울에 올라와서 힘들게 지내던 날들이 새삼 떠올라 눈시울이 붉어지면서 가슴이 벅차올랐다. 후배들에게 도움이 되는 좋은 선배가 되어야겠다고 마음속으로 다짐했다.

그런데 며칠 뒤 본청의 후배 장학사가 전화를 했다.

"선배님, 제가 동의도 없이 자기 근무지를 맘대로 알려줬다고 여선생 몇 명이 교육청으로 항의 전화를 했어요. 아무리 동문이라 해도 왜 개인정보를 함부로 누설하느냐고 난리 쳤어요. 제가 변명하느라고 혼났어요."

그 말을 듣고 깜짝 놀랐다. 세상이 이렇게 변했구나! 하는 격세지감이 들었다. 나라면 소식을 모르고 있었던 대학동문회에서 만나자고 연락을 보내오면 나를 찾아준 동문회에 감사하고 너무 반가웠을 것인데, 연락했다고 시비를 걸었다는 것이 너무 뜻밖이라 할 말이 없었다.

내가 보낸 초청 편지를 받고 참석하지 않은 동문 중 몇 명이 본청에 항의 전화를 한 것 같았다. 동문들을 보고 싶어 하는 내 마음을 몰라주는 그들이 야속하고 서운했다.

서운한 마음에 한참을 멍하니 창밖을 바라보다가 '어쩜, 이럴 수가!' 하는 당혹감이 들면서 온몸에 기운이 빠졌다. 그래도 그날 만났을 때 좋아하던 동문이 훨씬 더 많았으니 그걸로 위안을 삼고 만족하

자. 모든 사람이 똑같은 생각을 하고 사는 건 아니잖아? 그러니 너무 언짢아할 필요 없어. 나 자신을 위로하면서 저리도록 서글픈 마음을 달랬다.

학생의 봉사심을 위해서

2008년도에 매일 점심시간과 방과 후에 '사랑의 매점'을 운영하였다. 매점은 학생부에서 학생회 임원들이 학교의 지원금으로 운영하게 하였다. 매점에서 돈을 받고 물건을 파는 것이 아니라 미담이나 선행이 있는 학생에게 선생님이 칭찬스티커를 주면 그것을 가져가서 매점에서 판매하는 학생에게 주고 자기가 원하는 간식을 가져갈 수 있게 하였다. 이를 통해서 학생들의 바른생활 태도가 길러지고, 자기의 사소한 선행이 보상받는 기쁨을 누릴 수 있게 하면 선행이 지속적으로 이어져서 습관이 될 것이라는 기대로 마련한 것이었다.

칭찬과 격려의 분위기를 더하기 위해 한 학기 동안 가장 칭찬스티커를 많이 받은 학생을 '학기 말 칭찬왕'으로 선정해 교내에 게시하고 학년말에는 1년 동안 칭찬스티커를 가장 많이 받은 학생을 '올해의 칭찬왕'으로 뽑아 표창장과 상품을 주기로 했다.

"학생 여러분, 앞으로 여러분들이 하는 행동에 따라 '칭찬스티커'를 주기로 했어요. 여러분이 생활하는 학교 주변을 정화하는 일부터 나와 함께 지내고 있는 친구에게 친절을 베풀고 봉사하는 일, 선생님 말에 순종하고 예의 바르게 행동하는 일 등 내가 다른 사람을 기쁘게 할 수 있는 모든 일이 칭찬을 받을 수 있는 일이에요."

나는 전체 학생 조회 시간에 '칭찬스티커'에 대해 얘기해 주면서 보상으로 간식을 받을 수 있고 '칭찬왕'이 될 수도 있다고 하니 학생들이 모두 좋아했다.

다음날 운동장을 돌고 있는데 남학생이 휴지 몇 장을 주워 가지고 와서는 "교장 선생님, 휴지 주워 왔으니 칭찬스티커 주세요."라고 했다. 그 모습이 우습기도 하고 능청스러운 행동이 귀엽기도 했다.

"그래, 알았다. 그런데 이건 너무 적으니까 양손에 가득 주워오면 줄 거야. 다시 주워 와."

그 학생은 얼른 다시 운동장 이곳저곳을 돌아다니면서 휴지를 많이 주워왔다.

"어이구, 착해라. 수고했어. 자, 스티커 여기 있다."

"교장 선생님, 감사합니다. 저 내일 또 휴지 주워 올게요."

내가 건네주는 칭찬스티커를 받은 학생이 벙글거리며 매점으로 뛰어갔다. 교실에서 수업 시간에는 별로 주목을 받지 못하던 학생이 휴지 줍는 일로 칭찬받고 공짜로 간식까지 받으니 무척 신나는 모양이었다.

처음에는 보상을 받기 위해 칭찬받을 일을 시작하지만 여러 번 반복하다 보면 선행에 익숙해져서 남을 배려할 줄 아는 바른 인성을 가진 인간으로 성장하게 되리라는 믿음이 생겼다. 칭찬에 대한 보상 때문에 과하게 집착하는 학생도 있겠지만, 교사가 적절히 잘 대처해서 지도한다면, 교과서로만 배우는 막연한 인성 지도보다 훨씬 더 효과가 있으리라고 생각했다.

아무튼 그 이후에 교내를 순시하면서 학생들이 하는 행동을 보면 어렵고 힘든 일을 자진해서 하는 학생이 눈에 많이 띄어서 '칭찬스티커'의 효과가 나타나는 것 같았다. 학생들의 행동에도 조금씩 변화가 생기는 듯해서 반가웠다. '칭찬은 고래도 춤추게 한다.'라는 말이 새삼 실감이 났다.

만남 후에는 헤어짐이

2008년 11월 28일에 어머니가 돌아가셨다. 어머니는 우리가 분당으로 이사 오기 전에 성남 은행동 주공아파트에서 혼자 사셨다. 내가 매달 드리는 용돈으로 주택청약금을 넣으셨고 성남의 주공아파트에 청약해서 당첨되었다. 어머니는 그곳에서 여생을 보내고 싶다고 하시고 이사 가서 혼자 지냈다.

형제들이 매달 어머니 생활비를 분담해서 보내드렸고, 가끔 생활용품을 사서 찾아가 보면 우리 집에 계실 때보다 훨씬 더 재미있게 지내는 것 같았다. 그 동네 할머니들이 이 집에 모여 담소하며 화투를 치는 모임 장소가 되었고, 어머니 얼굴에 지루함이 사라지고 생기가 돌았다. 나이가 비슷한 또래들이 모여 의기투합하면서 지내는 게 삶의 활력을 부어주는 듯했다.

그렇게 잘 지내던 어머니가 어느 날부터 소화가 잘 안 되고 배가 아프다고 해서 병원에 갔더니 위암이었다. 청천벽력 같은 말에 가족들은 모두 다 아연실색했다. 서둘러 강남세브란스병원에 입원시키고 7시간 동안 대수술을 받았다. 작은언니는 그런 경황 중에도 수술 전에 집도의를 찾아갔다.

"우리 엄마는 평생을 고생만 하고 살아온 불쌍한 노인네입니다. 선생님, 제발 우리 엄마 살려주세요."

의사 선생님 손까지 붙잡고 울먹이면서 간절히 부탁했다. 다행히 어머니는 수술이 잘 되어서 일주일 만에 퇴원했다. 어머니를 언니 집으로 모셔서 정성껏 돌봐드리니 점차 회복되셨고 기력이 회복되자 서둘러 당신의 아파트로 돌아갔다. 다시 돌아온 엄마를 이웃 할머니들은 열렬히 환영해 주고 보살펴 주셨다. 어머니의 얼굴에도 내 집으로 돌아왔다는 안도감으로 웃음꽃이 피었다.

동네 어른들과 잘 지내고 계신 어머니를 큰오빠가 와서 꾀었다. 혼자 지내는 게 불안하니 엄마가 사는 집을 팔아서 자기와 함께 지내자고 했다. 나와 언니는 펄쩍 뛰면서 반대했다.

"이 집은 오빠가 사준 깃도 아니고, 엄마가 마련한 긴데, 그리고 잘 지내는 엄마를 왜 모셔가겠다는 거야. 부산에 있던 집도 오빠가 팔았으면 됐지. 왜 이 집까지 팔아먹겠다는 거야.”

그런데 어머니의 생각은 달랐다.

“얘들아, 네 큰오빠가 불쌍하지 않니? 저 나이에 오죽하면 나더러 이 집을 팔아서 자기가 가진 돈과 합쳐서 같이 살자고 그러겠냐.”

엄마는 아들 편을 들었다. 이미 엄마 마음은 큰오빠에게로 기울어져 있었다. 엄마는 아파트를 팔고 양산으로 내려가서 여관업을 시작한 큰오빠네 잡일을 해주고 지냈다. 한 번씩 내려가서 엄마를 만날 때마다 지치고 힘들어하는 모습에 너무 속이 상했다. 그런데도 엄마는 오빠에 대해 아무런 불평을 하지 않았다. 오히려 얼굴은 평온했다.

몇 년 뒤 부산으로 옮겨서 여관업을 계속하던 큰오빠가 당뇨를 앓았다. 그런 상황이다 보니 엄마의 끼니도 제대로 챙겨주지 못하고 지내는 것 같았다. 방학 때 부산에 내려와서 보니 엄마의 건강 상태가 너무 나빠 있었다. 이전보다 허리는 더 굽고 기운이 하나도 없어 보이면서 어깨가 축 처져 있는 엄마를 보고 있으니 저절로 화가 치밀어 올랐다.

“이러려고 잘 살고 있는 엄마를 꼬드겨서 데려왔어? 이 양심도 없는 나쁜 인간아!”

나는 큰오빠에게 물불 가리지 않고 대들어 한바탕 분풀이하고 나서, 당장 엄마를 모시고 서울로 올라왔다. 아들한테 계속 속고 고생만 하면서도 그놈의 아들이 뭐가 그리 좋은지 참 모를 일이었다. 생각할수록 울화가 치밀었다.

막상 모셔는 왔지만 내가 학교에 나가고 우리 애들도 학교 다니느라 엄마를 온종일 돌봐 줄 수가 없었다. 그래서 남동생이 도우미 아주머니를 두고 모시고 있다가 큰언니가 돌보겠다면서 모시고 갔다. 나는 큰언니보다 형부가 더 고마웠다. 이때는 엄마가 대소변을 못 참고 가끔 실수해서 기저귀를 차고 지냈다. 냄새 나는 엄마를 목욕시킬 때 형부가 도와주지 않으면 씻기기 힘들다는 언니 말에 큰형부가 정말 고마웠다. 나는 주말에는 큰언니 집에 가서 엄마를 보는 일이 일상이 되었다. 그러다가 엄마의 건강 상태가 너무 좋지 않아 병원에 입원했는데 노환이라 어쩔 수 없다고 했다.

퇴원하여 큰언니 집으로 간 지 얼마 지나지 않아 엄마가 곧 운명할 것 같다는 기별을 받고 부랴부랴 달려갔다. 언니 집에 도착하니 수원교구 레지오 단원들이 와서 언니를 돕고 있었다. 레지오 단장인 형부와 레지오 단원분들이 임종을 앞둔 엄마를 위해 장례 준비를 하고 있었다. 잠시 후 신부님이 오셔서 종부성사를 마치고, 장례를 치른 경험이 많은 분들이 엄마 몸을 닦고 옷을 갈아입혔다. 그리고 난 후에 엄마가 멍한 눈으로 숨을 몰아쉬었다.

"엄마, 그동안 우리 키우느라 고생 많이 하셨어요. 이제 아무 걱정하지 마시고 천국에 가셔서 편히 쉬세요. 우리도 좀 있으면 엄마한테 갈 거니까 먼저 가서 기다리고 계세요."

큰언니가 떨리는 목소리로 눈물을 글썽이며 엄마 얼굴을 만지니까 엄마 눈에서도 눈물이 번지면서 입가에 보일락말락 한 미소가 떠올랐다. 그리고 몇 번 숨을 몰아쉬더니 눈이 반쯤 감겼다. 옆에서 지켜보던 교우가 휴지를 가져다 코에다 대어 보았다.

"임종하셨어요. 숨길이 없어요."

"엄마! 엄마!"

우리 자매들은 엄마를 목청껏 부르며 통곡했다. 어머니는 향년 89세에 생을 마치신 거다. 돌이켜보면 어머니도 참으로 험난한 일생을 사시다가 돌아가셨다.

어머니는 20살 꽃다운 나이에 히로시마에서 선주였던 아버지에게 시집가서 살던 중 원자폭탄이 터지자 경악하고 한국으로 나왔다. 부산 영도에 정착하여 살면서 나를 낳았고, 내가 태어난 지 며칠 뒤에 아버지는 일본으로 장삿길에 나섰는데 영영 돌아오지 않았다. 그 후 어머니는 온갖 고생을 다해서 자식들을 키웠다. 우리 형제자매는 어머니의 고귀한 희생으로 자랐다. 그런데도 제대로 보답하지 않고 당연시 하면서 지낸 것이 너무 죄송스러워 가슴이 미어졌다.

그 자리에 있던 레지오 단원들은 일제히 연도를 드리기 시작했다. 곧 삼성병원에 연락해서 밤늦게 장례식장으로 시신을 옮겼다.

다음날부터 장례식장이 분주해졌다. 연락을 받고 시골에서 일가친척이 왔고 부산에서 두 오빠네 식구들과 조카들이 왔다. 큰언니가 다니는 성당의 교형자매들과 내가 다니는 만나교회 성도들이 문상 와서 연도도 드리고 추모기도를 연거푸 드리니 어머니의 빈소는 기도와 찬송가 소리로 넘쳐났다.

어머니는 생전에 사람이 많이 모여서 노는 것을 좋아했다. 그래서 어릴 적에도 우리 집은 동네 사람들이 모여서 떠들썩했다. 어머니가 은행동 주공아파트에 살 때도 그 집에 가면, 늘 동네 할머니들이 다 모여서 놀고 있었다. 워낙 사람을 좋아하는 어머니라서 장례식장에 사람들이 북적대는 것을 반길 것 같았고, 또 먼 길 떠나는 어머니를 외롭지 않게 전송해 준다는 마음도 들었다.

나와 친분이 있는 많은 분이 문상 와 주었다. 특히 교직에 있는 교장, 전문직, 교사, 일반직 등 생각지도 않았던 분들까지 문상을 와서 위로해 주었다. 정말 고마웠다. 그리고 앞으로 지인들이 상을 당하게 되면 반드시 문상하겠다고 다짐했다.

발인하는 날은 대치동성당에서 장례미사를 드리고 장지로 가기로 했다. 성당에서 신부님이 올리는 장례미사를 마지막으로 예약해 둔 성남화장장으로 갔다. 화장장에서 얼마를 기다렸더니 화장장 안에서 엄마의 관을 보여주면서 불 속으로 넣는다는 신호를 보냈다. 관이 화염 속으로 들어가는 장면을 보고 우리 남매들은 오열했다. 서로 부둥켜안고 "엄마! 엄마!"를 부르면서 울고 또 울었다.

잠시 후에 뼛가루를 담은 유골 항아리를 전달받았다. 엄마의 육신이 한 줌 재로 바뀐 것을 보니 더 서럽고 인생이 허망하다는 말이 실감이 났다. 가족들은 장지가 정해진 시안공원으로 분양받은 묘소에 유골함을 넣으면서 마지막 추모 기도를 간절한 마음으로 드렸다.

"하나님, 저희 어머니, 추말영 마리아의 영혼을 천국으로 인도하여 주시옵소서! 살아생전에 자식들을 위하여 갖은 고초를 다 겪으면서 헌신하고 살아온 저희 어머니를 불쌍히 여기시고 부디 천국에서 영원한 복락을 누리게 하여 주시옵소서!"

다행히 어머니가 천주교에서 '위령성월'로 정해진 11월에 돌아가셨기 때문에 우리 가족들은 어머니가 틀림없이 천국에 가셨을 것으로 굳게 믿었다. 평생을 남에게 해 끼치는 일은 안 하고 사셨지만 그래도 혹시나 하는 염려가 있었는데 연도 미사를 드리던 교우가 자신 있게 말했다.

"위령성월에는 천당 문이 열려있는 달이니까 어머니는 틀림없이 천당 가셨어요. 그러니 아무 걱정 마셔요. 노인네가 복이 많아서 돌아가시는 날도 어떻게 이런 날을 골라서 돌아가셨네요."

그분의 말이 맞다고 생각되었고 또 그리되었으리라 믿으니 훨씬 마음이 홀가분해졌다.

존경하는 분에 대한 의리

내가 존경하는 B교육장이 교육감 출마를 결심하셨다. 나는 이분이 꼭 교육감이 되시기를 진심으로 바랐다. 부끄러운 일화지만 내가 수서중학교에 올 수 있게 된 것이 이분이 애써 준 것을 알고는 교장이 되고 나서 모임에서 만났을 때 감사한 마음에 봉투를 드린 적이 있었다. 그랬더니 봉투를 보고는 버럭 역정을 내셨다.

"이 교장, 이게 뭐야? 당신 나를 이런 사람으로 봤어? 나는 이 교장을 그렇게 안 보았는데 너무 실망스럽다."

나는 너무 창피해서 내민 봉투를 얼른 집어넣었다.

"죄송합니다. 제가 교육장님이 배려해 주신 덕분에 집에서 제일 가까운 학교로 발령이 나서 너무 감사한 마음을 전하고 싶어서 교육장님의 고귀한 뜻을 헤아리지 못하고 이런 무례한 짓을 저질렀어요. 용서해 주세요."

나는 무안해진 얼굴로 쩔쩔매면서 사과했다. 그리고 교육장님의 인품을 다시 재평가했다.

내 주변에서 이분처럼 인사를 차렸다고 화내시는 분을 본 적도 들은 적도 없었다. 우리 사회에서 비정상적인 일이 정상적인 일로 취급받고, 정상적인 일이 비정상적으로 행해지는 일이 얼마나 많이 일어나고 있는가. 우리도 모르는 사이에 이 사회는 비정상적인 일이 정상적인 일로 고착되어 있어서 이렇듯 정상적인 일을 당하면 충격과 감동을 받는 것이다.

이때부터 나는 이분이 하는 모든 일에는 적극적으로 동참했고 지지했다. '남북교과연구회'는 연구회의 취지도 좋고, 연구 활동도 좋았지만, 교육장님이 회장으로 계셔서 더 열심히 참여했다.

어느 해 여름방학 때 남북교과연구회 임원 여러 명이 여주에 있는 농가에서 연수를 겸한 친목 시간을 가졌다. 그날 밤에 비가 많이 내렸는데 다음날 연못으로 가니 산에서 흘러온 물로 연못이 넘치면서 팔뚝만 한 잉어가 물가로 밀려나서 펄떡거리고 있었다. 남교사들이 난리법석을 치며 잉어를 잡기는 했는데 처리가 어려워 회장님한테 댁에 가지고 가시라고 강제로 드렸다.

2009년 가을에 B교육장은 출신고 동창들의 후원을 약속받고 양평역 부근에 선거사무실을 차렸다. B교육장님을 교육감으로 만들겠다고 뜻을 함께하는 분들과 선거사무실에서 출정식을 하면서 건배했다. 그리고 사무실 밖에는 B교육장의 이름과 사진을 현수막으로 만들어 달았다. 선거가 시작됐다는 긴장감이 들면서 꼭 교육감에 당선시켜야겠다는 의욕이 넘쳤다. 그 이후로 내가 아는 지인, 동문, 학부모 등에게 연락해서 B교육장님이 왜 교육감이 되어야 하는지를 열심히 설명했다.

그런데 전교조 지지를 받고 교육감후보 나온 상대방 쪽에서 이상한 말을 퍼트리기 시작했다. 'ㅇㅇㅇ후보는 지금 교육감의 황태자이다.' 그런데 마침 이 시기에 현 교육감의 교육비 횡령과 교원 인사

때에 금품을 받은 비리가 터져 나왔고, 현 교육감에 대한 일반인들의 인식이 좋지 않아졌다. 또 상대방 편에서 마치 B교육장이 현 교육감의 비리에 동참한 것처럼 루머를 퍼트렸다. 사람들은 B교육장이 현 교육감과 교육청에 함께 근무했다는 사실만으로 진실을 알려고 하기보다는 루머에 더 현혹되어 B교육장을 부패한 교육자로 의심하는 분위기가 점차 확산되기 시작했다.

이런 낌새에 선거위원들은 이 난관을 어떻게 헤쳐나가야 하는지 머리를 싸매고 고민하면서 해결 방안을 찾아보려고 함께 모여서 의논에 의논을 거듭하면서 묘안을 찾아내려고 필사의 노력을 하고 있었다.

그러던 어느 날 B교육장이 우리를 불러 모았다.

"이번 선거는 접기로 했어요. 동창회장이 지금 떠도는 루머들 때문에 내가 당선되기 어렵게 보인다면서 선거활동비를 지원해 주기 곤란하다는 연락을 했어요. 지원금이 없으면 당장 사무실 운영비부터 앞으로 들어갈 선거 활동 비용을 감당해 낼 재간이 없어서 이번 출마를 접기로 했습니다."

B교육장은 굳은 표정으로 비장하게 말했다. 순간 머리가 멍해지면서 내가 잘못 들은 것이 아닌가 하고 내 귀를 의심했다. 장내가 갑자기 숙연해지면서 침울한 기운이 감돌고 있는데 이번 선거운동에 가장 열성적이었던 박 소장이 먼저 입을 열었다.

"안 됩니다. 교육장님, 우리가 지금까지 어떻게 일해 왔는데 그런 말씀을 하세요? 동창회 도움이 없어도 우리끼리 선거자금 문제를 해결해 나갈 수 있어요. 저희가 합심해서 더 노력해서 교육장님을 꼭 교육감에 당선시킬 것이니 우리를 믿고 맡겨 주십시오. 그러니 포기한다는 말씀은 하지 마세요."

"맞습니다. 교육장님, 우리가 단합해서 이 난관을 뚫고 나가면 됩니다. 힘들어도 지금까지 교육장님을 믿고 따르고 있는 저희를 보시고 용기를 잃지 마세요. 비 온 뒤에 땅이 굳는다는 말처럼 이런 시련을 딛고 교육감이 되시면 더 보람 있고 자랑스럽지 않겠습니까?"

그 자리에 있던 모든 사람이 이구동성으로 후보 사퇴를 적극적으로 반대했다. 선거 참모들의 극심한 반대에 깜짝 놀란 그는 자신의 뜻을 다소 굽히고 다시 신중하게 생각해 보겠다면서 헤어졌다.

며칠 지나서 다시 선거자금 마련에 대해 논의했다. 선거 참모들이 제안하기를 그가 집을 담보로 선거자금의 반을 마련하면 나머지 반은 참모들이 마련하겠다고 제의했으나 집이 아내와 공동명의로 되어 있기 때문에 아내의 동의 없이 마음대로 할 수 없기도 하지만 아내가 허락하지 않을 것이라고 하면서 다시 후보 사퇴를 고집했다. 자신의 능력으로 선거자금을 마련하기도 힘들지만, 또 같이 일하는 사람들에게까지 폐를 끼칠 수 없다는 그의 확고한 입장 표명에 선거 참모들도 이제는 고집을 부릴 수가 없어 비통한 마음으로 선거를 접는 데 동의할 수밖에 없었다.

그동안 모든 열정을 다 바쳐서 일해 왔던 동료들은 눈물을 흘리면서 안타까움에 소리 질렀다. 이럴 때 내게 돈이 많았다면 이렇게 끝나게 하지 않았을 텐데 하는 생각이 들어, 돈이 없어 도움을 줄 수 없는 내가 무능하게 느껴졌다. 그리고 말장난으로 사람을 농락하는 인간들도 미웠지만, 그런 말 농간에 휘말리는 사람들도 멍청이 같고 얄미웠다. 누군가가 말한 것처럼 큰일을 하려면 천운이 따라야 한다는 말이 실감이 났다. 그래서 어떤 이가 출세하게 되면 관운이 있었다든지, 천운이 있었다는 말이 생겨 난 것 같다.

B교육장의 능력이 아무리 탁월해도 관운이 따르지 못해서, 또, 서울교육의 운이 없어서 교육 발전에 기여할 큰 인물을 놓친 것은 너무나 가슴 아픈 사건으로 오래오래 기억되었다.

마지막까지 최선을 다해서

수서중학교 부임하면서 학생들이 운동장 땡볕에서 노는 모습을 볼 적마다 나무를 심어 그늘을 만들고 그 아래에다 벤치를 놓아 주고 싶었다. 학교 담도 벽돌이 아닌 나무를 심어서 울타리를 만들면 학생들이 학교에 들어서면, 숲길을 걸어 공원에 들어오는 기분이 들게 만들어주고 싶었다. 나무 향과 꽃 향이 솔솔 나는 오솔길을 교문에서부터 본관 현관까지 조성해 주면 학생들이 학교에 빨리 오고 싶은 행복한 등굣길이 될 것으로 생각했다.

그래서 '학교의 공원화 사업'을 적극 추진했다. 푸른 숲에 에워싸인

느낌이 나게 큰 나무를 심고 그 사이사이에 벤치를 놓았다. 그리고 자연석도 곁들였다. 여기 들어오면 학생들이 학교가 아닌 야외공원에서 자연을 즐기고 있는 듯한 마음이 들게 만들어주었다. 공원화 사업 후에 학생들이 점심시간이나 여가 틈틈이, 삼삼오오 여기저기 그늘진 벤치에 앉아서 즐겁게 담소하는 모습을 볼 때마다 너무 좋았다. 그 광경을 보노라면 흐뭇해지면서 학생들에게 좋은 선물을 해준 기분이 들었다. 학교의 열악한 교육환경을 개선하기 위해 정성을 다해서 노력한 성과가 나타나는 듯해서 행복했다.

그렇게 지내던 어느 날 교장실에 학부모가 찾아왔다. 2학년 남학생 부모라고 하는데, 표정이 굳은 것으로 보아 뭔가 심상찮은 일이 있구나 하는 직감이 들었다.

"교장 선생님, 이 사진 좀 보세요."

학생의 어머니가 인사를 나누자마자 자기 핸드폰에 찍혀있는 사진을 내게 보여주었다. 사진에는 시퍼렇게 피멍이 든 허벅지가 찍혀있었다. 순간 큰일 났구나 하는 생각이 들었다.

"이게 우리 애가 어제 선생한테 맞아서 생긴 피멍 자국이에요. 어떻게 애를 이렇게 피멍이 들게 팰 수가 있어요. 나는 우리 아들한테 지금까지 매 한 번 댄 적이 없는데 어떻게 이럴 수가 있어요? 어제 우리 아들이 맞고 온 걸 보고는 너무 분통이 터져 밤새도록 한숨도 못 잤어요."

학생의 어머니는 분해서 어쩔 줄 모르겠다는 표정으로 흥분해서 소리를 질렀다.

"어머니, 죄송해요. 아들이 맞은 걸 보고 얼마나 속이 상하셨는지 알겠어요. 그런데 학생이 선생에게 이유 없이 맞은 것은 아닐 테니 담당 선생님을 불러서 왜 그랬는지 한번 알아봅시다."

학부모를 진정시키면서 학생에게 매를 든 선생을 찾아서 불렀다. 해당 교사는 중년 여교사였다. 교장실에 불려온 여교사에게 어제 수업 시간에 무슨 일이 있었느냐고 물었다.

여교사는 수업이 시작된 뒤에 늦게 들어온 남학생이 앞자리에 앉아서 수업은 듣지 않고 양말을 벗고는 발가락 사이의 때를 후벼 파고 있어서 하지 말라고 경고를 했다. 그런데도 계속 그러고 있어서 밖으로 나가라고 했단다. 못마땅한 표정으로 선생에게 눈을 흘기고는 문을 쾅 소리가 나게 힘껏 닫고 나가기에, 보고 있다가 너무 화가 나서 교실에 있는 '매 주걱'으로 세 대를 때렸다고 했다. 그 당시 학교 교칙에 세 대까지 때릴 수 있게 되어 있었다. 그리고 교실에 매도 있었다.

학생에게 왜 매를 들었는지 이해가 되기는 했다. 맞은 남학생은 통통하게 살이 찐 데다 선생님의 감정이 격해서 매를 허벅지에 너무 세게 쳐서 피멍이 든 것으로 보였다. 여교사는 화가 나 있는 학부모에게 진심을 다해 사과했다.

"너무 죄송합니다. 그런데 아드님이 평소에도 수업 시간에 엉뚱한 짓을 잘하는데 어제는 수업 시간에 늦게 들어와, 또 그러기에 제가 정신 차리라고 몇 대 때렸는데 피멍 든 거 보고 얼마나 속상하고 화가 많이 나셨겠어요. 그런데 어머니 제가 학생이 잘되라고 그런 거지 미워서 그런 게 아니니 오해하지 마세요. 그리고 앞으로는 절대 이런 일이 없도록 하겠으니 너그럽게 이번 일을 용서해 주세요."라고 여교사가 용서를 빌었다.

"아니, 선생님. 애를 피멍이 들도록 때려놓고 그게 말이 되는 소리예요? 나는 아직 한 번도 우리 애를 때려 본 적이 없어요. 내가 가만히 있지 않을 거예요. 선생님을 교육청에 폭력 교사로 고발할 거니 그렇게 아세요!"

옆에 같이 있던 아버지가 서슬이 시퍼레져서 소리쳤다.

나는 얼굴이 하얘지며 겁에 질린 여교사를 밖으로 나가라고 했다.

"아버님, 흥분 가라앉히고 제 얘기 들어보세요. ○○ 선생님 얘기를 들어보니 댁의 아들도 집에서 야단을 맞지 않고 커서 그런지 만만치 않네요. 그 학생은 집에서 혼자 맘대로 하고 지내야지, 다른 사람들하고 어울려서는 못 살겠네요. 자식이 제멋대로 행동하는 것을 보고도 부모님이 제대로 야단을 못 치는 것을 선생님이 대신 혼내고 꾸중해 주면 선생님에게 고마워해야 하는 거 아니에요? 우리 속담에도 '자식이 귀하면 매를 아끼지 말아야 한다'라는 말이 있잖아요. 자식이 귀할수록 매로 키우라는 말이 왜 나왔겠어요? 저의 어머니는요. 제가 초등학교 다닐 때 담임 선생님을 만나게 되면 '선생님, 우리 애가 철이 없으니 인간되게 많이 때려서 가르쳐 주십시오.' 그렇게 부탁했어요. 저도 학창 시절을 돌이켜보면 저를 때리면서 가르쳤던 선생님이 제일 기억에 많이 남아 있어요. 학부모님, 제 말 잘 들으세요. 부모님께서 정말 아들을 사랑한다면 애가 맞았다고 이렇게 학교에 달려올 것이 아니라 아들 앞에서 '야, 어느 선생님 인지 너 참 잘 때려주셨다. 내가 집에서 봐도 너는 맞을 만한 짓 을 잘해. 내가 그 선생님 찾아가서 고맙다고 인사해야겠다.' 이렇 게 하셔야 아들이 정신을 차리게 됩니다."

내가 한바탕 설교하자 학부모는 어안이 벙벙한 표정으로 뭐라 반 박을 하고 싶은데 적당한 말을 못 찾고 있는 눈치였다.

나는 그 순간을 놓치지 않고 말을 이었다.

"아버님이 ○○선생을 교육청에 고발했다고 합시다. 그러면 누구 학부형이 왜 그랬는지 금방 학교에 소문이 나게 되고 댁의 아들인 걸 알고 나서 선생들이 이상한 눈으로 아들을 보게 되면 아들이 이 학교 에 계속 다닐 수 있겠어요? 만일 다른 학교로 전학 간다고 해도 그 학교까지 아들에 대한 소문이 따라갈 겁니다. 그러니 학부모님이 속 이 상하더라도 아들이 왜 맞았는지를 이제 아셨으니까 '선생이 오죽 하면 때렸겠나' 이렇게 생각하시고 속이 상한 걸 아들 앞에서는 내색 하지 마세요. 오히려 집에 가시면 '너네 선생님이 왜 때렸는지 물어 보니 맞을 짓을 했더라. 다음에 또 그러면 더 많이 때려달라고 부탁 하고 왔다.'라고 아버님이 말해주셔야 아들이 수업 시간에 정신 차리 고 공부에 전념할 겁니다."

내 말을 들으면서 골몰히 생각에 잠겨있던 어머니가 입을 열었다.

"교장 선생님 말씀을 듣고 보니 우리가 자식을 잘못 키우고 있는 건 맞아요. 사실 제가 미용실을 하고 있어요. 그래서 아침에 나가면 저녁 늦게 들어와서 애하고 같이 지내는 시간이 별로 없어요. 그러다 보니 아들에게 괜히 미안한 마음이 들어서 애가 잘못해도 그냥 넘어가고, 무얼 해달라고 하면 무조건 해주고, 뭐든 자기 맘대로 하게 내버려 두고 키웠어요. 그랬더니 애가 크면서 더 버릇이 없어진 것 같습니다. 제가 아들을 제대로 가르치지도 못해 놓고 괜히 아들의 못된 버르장머리를 고쳐주려는 선생님에게 실례를 범한 것 같네요. 부모가 못나서 그러니 교장 선생님이 이해해 주세요. 바쁘신데 찾아와서 소란을 피워 죄송합니다."

어머니가 고개 숙이며 사죄를 하자 아버지도 함께 고개를 숙였다.

"아니에요, 어머니 저희 선생님도 학생에게 심했어요. 좀 더 자상하게 말로 타일러야 했는데 자제력이 부족했어요. 그런 점에서 해당 선생을 대신해서 저도 사과드립니다. 어머니가 아들을 진심으로 사랑하는 마음에서 자식의 앞날까지 생각하고 아량으로 이번 일을 이렇게 마무리해 주셔서 정말 진심으로 감사드립니다. 앞으로 댁의 아들은 제가 눈여겨보고 가끔 불러서 지도도 하겠으니 두 분은 걱정하지 마시고 돌아가세요. 담임 선생님과 국어 선생님도 더 관심을 가지고 지도해 달라고 부탁해 두겠습니다."

나는 학부모에게 진심으로 감사드렸다.

요즈음은 아무리 교사가 학생을 잘 지도하려고 해도 일단 때려서

멍이 들었다고 하면 그 교사는 폭력 교사로 낙인찍히는 시대가 되어 버렸다. 그러니 학부모가 이 정도에서 교사의 고충을 이해해 주는 것만 해도 고마운 일이라고 생각했다. 갈수록 교사의 주도권이 학생의 인권 논리에 휘둘려서 교사가 학생들 눈치를 보느라 제대로 인성 교육을 못 하는 시대가 된 것 같아서 서글퍼졌다. 힘든 일을 한고비 넘겼다고 안도하고 지낸 지 며칠 되지 않아 인근 상가 빌딩 경비원에게서 전화가 걸러왔다.

"교장 선생님, 거기 여학생들이 거의 날마다 상가 화장실에 와서 담배를 피워요. 여학생들이 화장실에서 담배를 피우니까 여기 오는 여자 고객들이 냄새난다고 너무 싫어해요. 특히 아침 등교 시간에 와서 피우고 가니까 와서 꼭 잡아가 주세요."

경비원의 격앙된 목소리에 너무 민망스러워 죄송하다고 사과하고 학생부에 연락했다. 이튿날 아침, 여학생 두 명을 학생부장이 교장실로 데리고 왔다. 가방을 뒤져보니 담뱃갑과 라이터가 나왔다. 그리고 입에서 담배 냄새가 났다.

"얘, 어떻게 등교하면서 담배부터 피우고 오냐? 대단하다!"

학부모에게 바로 연락해서 오라고 했다. 여학생 어머니 한 분이 놀라고 풀이 죽은 얼굴로 교장실에 들어섰다.

"교장 선생님, 죄송합니다. 저는 우리 애가 이런 줄 정말 몰랐어요. 앞으로 제가 똑바로 교육하겠으니 한 번만 용서해 주세요."

연신 고개를 숙이며 어머니가 빌었다. 얼마 후 좀 늦게 도착한 어머니는 덤덤한 얼굴이었다.

"교장 선생님, 죄송해요. 저는 우리 애가 담배 피우는 거 알고 있는데 아무리 못 피우게 해도 제 말을 듣지 않으니 어떻게 했으면 좋겠어요?"

다소 충격적인 말이었다. 하긴 사춘기가 되면 부모 말도 우습게 여기는 시기니까 자식 키우기도 힘들겠다는 생각이 들어 어머니에게 동정심이 생겼다.

교육청에서, 보건소에서 실시하는 금연 교육프로그램을 소개하고 학부모가 학생과 함께 참여해서 일정한 금연교육을 받도록 했다. 그 외에도 무료로 금연침을 놔주는 한의원도 알려주고, 혹시 가족 중에 흡연하는 사람이 있으면 학생 보는 앞에서는 흡연을 삼가라고 말했다. 학생들에게도 나이가 어릴수록 담배가 인체에 얼마나 해로운지, 또 뇌에 치명적인 손상을 준다는 말과 함께 특히 여자가 임신 중에 흡연하면 기형아, 저능아를 출산할 확률이 높으니 앞으로 절대로 흡연하지 말라는 훈화를 입에 침이 마르도록 했는데 과연 얼마나 효과가 있었는지 모르겠다. 앞으로 청소년 금연교육에 교육청이 더 적극적으로 나서서 다양한 교육프로그램을 교육과정으로 넣어 청소년들의 흡연을 사전에 방지해 주기를 간절히 바란다.

새로운 인생이 시작되다

✤

별난 교사로 퇴임

나는 중학교 입학원서를 쓸 때 나이가 모자라 입학원서를 못 쓴다는 초등학교 선생님 말씀 때문에 호적을 1년 올려놓아서 정년퇴직을 1년 빨리하게 되었다. 지금도 어째서 나이가 한 살 어리면 왜 중학교에 진학 못 했는지 도무지 이해가 안 된다. 그때 담임 선생님은 월사금도 안 내면서 중학교에 진학한다고 하니 얄미워서 입학원서를 안 써주려고 트집을 잡은 것이 아니었을까라는 강한 의심이 든다.

아무튼 일찍 퇴임하고 연금 받으면서 지내면 그것도 좋은 일인 것 같다. '학교 공원화 사업'을 7월에 마무리하면서 수서중학교에서의 내가 할 일도 끝난 것 같다. 이 정도 교육환경이면 서울에 있는 어느 중학교와 비교해도 별로 뒤떨어지지 않을 것이라는 자부심을 혼자서 가져본다.

우리네 인생사에 언제나 시작이 있으면 끝이 있기에 나도 8월 30

일에 본교 강당에서 정년퇴임식을 거행하였다. 학교장으로 발령받고 설레는 마음으로 교문을 들어선 지가 엊그제 같은데, 4년이나 되는 시간이 언제 훌쩍 지나갔는지 유수와 같이 빠른 게 세월이라는 말이 새삼 실감났다.

교직 생활 38년을 돌이켜보니 교직에 있는 동안 나름대로 성실히 일해 왔지만, 교직 마지막을 수서중학교 교장으로 지내는 동안 가장 열심히 일했고 보람이 있는 성과도 남겼다는 생각이 들었다. 처음 부임해 왔을 때는 허술한 교문, 햇볕에 노출된 운동장 시멘트 스탠드, 나무 몇 그루 없는 허술한 정원이 눈에 들어왔다. 그런데 지금 퇴임을 앞두고 교문에 들어서니 울창한 나무로 덮인 오솔길과 그사이에 놓인 나무 벤치가 쾌적한 공원을 연상시킨다. 운동장 전면은 자외선 차단 가리개가 설치되어 있고, 그 아래에는 방부목 스탠드가 우아한 자태를 갖추고 있다.

내가 부임해 오던 날 보던 학교 전경과 전혀 다른 모습으로 변모되어 있다. 내가 이 학교에 부임해 와서 학생들을 위해 열심히 최선을 다해 노력했던 흔적을 남기고 떠나는 것이 나 자신도 흐뭇하고 뿌듯하여 감회가 새로웠다.

현관 앞에 마중 나와 있는 교직원들의 따뜻한 축하 인사를 받으며 교장실로 들어가니 기분이 묘했다. 출근해서 늘 앉는 내 자리가 오늘로써 마지막으로 앉는 자리가 된다고 생각하니, 갑자기 서먹하고 낯설었다. 그런데도 내가 이 자리를 떠난다는 실감은 나지 않았다.

퇴임식장에는 가까이 지내던 여러분-지역 사회 인사, 지역 학교 교장 선생님, 전문직 동기, 친구, 가족, 학부모 임원-이 오셔서 나의 퇴임을 축하해 주었다.

퇴임식에서 교육공로상으로 국가에서 주는 '녹조근조훈장'을 받았고, 청소년운동에 활동해온 공로로 한국청소년운동연합에서 메달을 수여했다. 한국교육연합회에서는 그동안 교육에 기여해준 것에 감사한다고 감사장을 주었다. 이 학교에 와서 근무할 때 결혼식을 올린 작은딸이 낳은 손자가 자기 키만 한 꽃다발을 들고 나와서 할머니를 축하해 주는 바람에 장내에는 웃음꽃이 피었다. 교육장을 비롯하여 몇 분의 내빈이 퇴임 축사를 해주고 난 뒤, 선생님들의 송별 축가 합창을 마지막으로 퇴임식이 끝났다.

이별은 언제나 아쉬움을 남기는 거다. 학교의 모든 일을 거의 날마다 모여 의논해온 부장 교사들과는 정이 더 많이 들었다. 교무, 연구, 상담부장의 눈에 눈물이 글썽거렸다.

"교장 선생님, 건강하게 잘 지내세요. 그동안 날마다 학교일 하시느라고 힘드셨을 텐데 이제 편안하게 잘 지내세요. 그동안 저희를 이끌어주고 보살펴 주셔서 감사합니다. 안녕히 가세요."

여러 선생님이 번갈아 가며 내 손을 잡았다. 나는 자꾸만 눈물이 나는 것을 꾹꾹 참았다.

"그래요. 여러 가지 부족한 점이 많은 나를 그동안 잘 보좌해 줘서 고마웠어요. 여러 선생님이 저와 함께 적극적으로 학교 일에 동참해준 덕분에 제가 계획한 대로 좋은 학교 환경을 만들 수 있었어요. 학교가 이렇게 발전한 것이 다 부장님을 비롯한 모든 선생님 덕분입니다. 학교 일이 제대로 안 되면 부장님들에게 화를 내면서 심한 말까지 함부로 했던 거 죄송합니다. 제가 수양이 모자라서 그런 거니 다 용서해 주시고 잊어주세요."

"교장 선생님, 무슨 말씀을 그렇게 하세요. 저희가 부족해서 교장 선생님의 뜻을 미처 헤아리지 못해서 화나게 했잖아요. 저희도 그동안 교장 선생님이 학교 일을 하시는 것을 보고 많이 배웠어요. 그리고 교장 선생님도 힘드실 텐데 항상 저희부터 먼저 챙겨 주셔서 고마웠습니다."

교무부장의 말속에 따뜻한 마음이 전해져 와서 고마웠다. 교감, 교직원들의 훌쩍거림이 섞인 환송을 받으며 차에 올라타고 교정을 떠나는데 가슴이 짠해지면서 다시 울컥했다. 차에 나 혼자 타고 있었으면 소리 내어 한바탕 울었을 것 같았다. 남편이 운전하는 차가 교정에서 멀어져 가자 '이제 정말 다 끝났구나.' 하는 생각과 함께 무거운 짐을 내려놓은 기분이 들었다. 허전한 마음도 들고, 무사히 정년퇴임을 잘 끝냈다는 안도감도 들었다. 복잡 미묘한 마음으로 멍하니 앉아 있는데 남편이 내 손을 살며시 잡았다.

"이 교장, 그동안 수고했어요. 이제 퇴임했으니 학교 일은 다 잊고 나하고 여기저기 여행이나 다닙시다."

이럴 때 따뜻한 말로 위로해 주는 남편이 곁에 있다는 것이 든든하고 마음이 평온해져서 좋았다.

돌이켜보면 대과 없이 교직 생활을 무사히 마칠 수 있게 된 것이 힘들 때마다 내 곁에서 항상 위로하며 격려해 준 남편과 내가 드리는 기도를 들으시고 '괜찮아, 걱정하지 마라. 시간이 지나면 다 해결된다.'라고 항상 무언의 위로를 해 주셨던 하나님의 보살핌 덕분인 것 같다. 그래서 가만히 두 손을 모으고 하나님께 감사기도를 드렸다.

"하나님, 감사합니다. 여러 가지 부족한 저를 하나님의 사랑으로 지금 여기까지 이끌어주셔서 감사합니다. 제가 무사히 제 직분을 다 마칠 수 있게 늘 보살펴 주신 하나님의 은혜에 감사드립니다. 아멘"

정년퇴임에 즈음하여 몇몇 분의 지인이 글을 보내주셨는데 그중에서 내가 가장 존경하던 이○○ 교장님의 글을 옮겨본다.

이양자 교장의 정년에 붙여

사람은 태어나면서부터 수많은 사람과 인연을 맺으면서 살다가 죽는다.

전생의 인연과 내세의 인연을 차지하고 말이다. 부모 형제, 친척, 친구, 동료, 지인들, 어찌 이뿐이겠는가? 성인, 위인, 책 속의 주인공, 사이버 공간의 인물들도 있겠다. 실로 한 인간의 삶의 모습은 다른 사람과 인연의 총화라고도 할 수 있다. 이양자 교장님이 학생교육원, 교육연수원에 근무할 때부터 어느 정도 안면은 있었지만, 내가 강남교육장 때 본 수서중학교의 혁신적인 변화, 일부 교원단체 교사들과의 갈등 극복, 지역 사회와 함께하는 학교장의 리더십, 부산대학교 여성 동문회장으로서의 활약, 교육전문직 동료 간의 의리, 항상 열을 올리는 교육철학 등 이 중 어느 한 부분을 말하면 너무 단면인 것 같다.

우리가 6070시절에 주요일간지에서 '고바우 영감', '왈순아지매'의 네 컷 만화를 보면서 카타르시스를 느끼곤 했었다. 어려운 상황 속에서도 바른 비판과 진솔한 사회여론을 반영하였기에 사랑을 받았다고 생각한다. 내가 이 이야기를 꺼낸 것은 이양자 교장님의 언행에서 교육 현장을, 교육계를 분석하고 비판하고 앞서 실천하면서 방향을 제시하는 모습이 마치 '교육계의 왈순아지매' 같은 인상을 지울 수 없기 때문이다.

한 기관이나 조직단체를 책임지고 있는 관리자로서 소임을 다하지 않는 사람이 있겠는가마는 많은 경우, 처한 상황이나 여건을 핑계 삼아 지도자로서의 역할을 다하지 못하는 경우가 있다. 그러나 나는 이 교장님이 보낸 메일에서 모범적인 공복상을 보게 된다.

'안녕하세요? 아침저녁으로 찬바람이 부니 살맛 나네요. 오늘부터 2학기 시작이니 또 열심히 학교를 진두지휘해야겠지요. 수업 중에 엎드려 자는 놈 깨우고, 복장 위반한 놈 운동장에서 오리걸음 시키고 그러다 보면 또 2학기가 지나가겠지요. 그래도 철부지들이 조금씩 성숙한 인간으로 변해가는 것을 보는 것이 즐겁습니다.

(2009. 9. 1.)

'안녕하세요? 날씨가 겨울의 문턱에 들어선 것 같습니다. 길가의 가로수가 고운 잎들을 아낌없이 바닥에 깔아놓았네요. 신종플루는 이번 주가 고비가 될 것 같습니다. 지난주에 걸린 학생들은 다 완치가 되어서 등교했는데 나머지 학생들이 걱정됩니다. 애들은 회복이 빠른 것 같은데 어른들이 걱정됩니다, 추위에 건강 유의하시고 행복한 하루 보내시기를 바랍니다.'

(2009. 11. 2.)

'안녕하세요? 벌써 주말이네요. 어제는 학생들과 단양으로 감자 캐기 농촌체험학습을 다녀왔습니다. 비가 와서 걱정했는데 우리가 감자 캘 때는 다행히 비가 안 와서 행사를 무사히 마쳤습니다. 이제 공식적인 1학기 학교행사는 거의 끝났습니다. 내가 할 일을 다 끝냈다는 생각에 홀가분하기도 하고 좀 아쉽기도 하고 그러네요. 떠날 날이 가까워서 그런가요? 장마와 더위에 건강 유의하시고 행복한 주말되세요.'

(2010. 7. 3)

퇴임이 가까워지자 뒤에 긴 여운이 남는 것 같은 애잔한 메일을 보낸 것을 보니 교장 선생님도 어쩔 수 없는 여성이다.

교장 선생님은 남달리 의리를 중요시했다. 세상 살아가면서 어느 누구인들 자기만의 사연이 없겠는가마는 그런 상황을 극복하려고 노력하며, 생활에서의 빈 공간을 가족과 지인과 힘든 자들과 함께하려고 노력하던 의리 있는 모습들이 아름답게 남는다. 나는 첫머리에 이양자 교장 선생님과의 인연을 말했다. 그러면서 이 세상 살아가면서 인연이 갖는 의미를 다시 생각해 보는 계기가 되었다.

누군가에게 힘이 되는 인연은 건강하고.

누군가에게 의미가 되는 인연은 아름답고,

누군가에게 성장이 되게 하는 인연은 행복합니다.

우리의 인연이 좋은 인연으로 이런 인연이 되기를 기원합니다.

계향 충만

2010. 7. 30. 목동에서

이 양 자 지 음

별난 아이에서
별난 교사로